WORLD
토브욘
헤닝
카말 대사막
군나르
리안강
수도
아르네
스벤센
토레
부쿤 대산맥
바야크
바야크 저지선
홀리랜드
발루아
카롤

룬드
에룬
요르겐
맥클라우드
위그
마고
N

하라간

ORIGINAL FANTASY STORY & ADVENTURE

쥬논 판타지 장편소설

dream books
드림북스

하라간 1 북부의 솔샤르

초판 1쇄 인쇄 2017년 2월 23일
초판 1쇄 발행 2017년 3월 6일

지은이 쥬논
발행인 오영배
기획 박성인
책임편집 이대용
일러스트 엑저
표지 · 본문 디자인 권지연
제작 조하늬

펴낸 곳 (주)삼양출판사 · 드림북스
주소 서울시 강북구 도봉로 173
대표 전화 02-980-2112 팩스 02-983-0660
편집부 전화 02-980-2116 팩스 02-983-8201
블로그 blog.naver.com/dreambookss
출판등록 1999년 3월 11일 제9-00046호

ISBN 979-11-313-0655-0 (04810) / 979-11-313-0654-3 (세트)

+ 이 도서의 국립중앙도서관 출판시도서목록(CIP)은 서지정보유통지원시스템홈페이지(http://seoji.nl.go.kr)와 국가자료공동목록시스템(http://www.nl.go.kr/kolisnet)에서 이용하실 수 있습니다. (CIP제어번호: 2017004632)

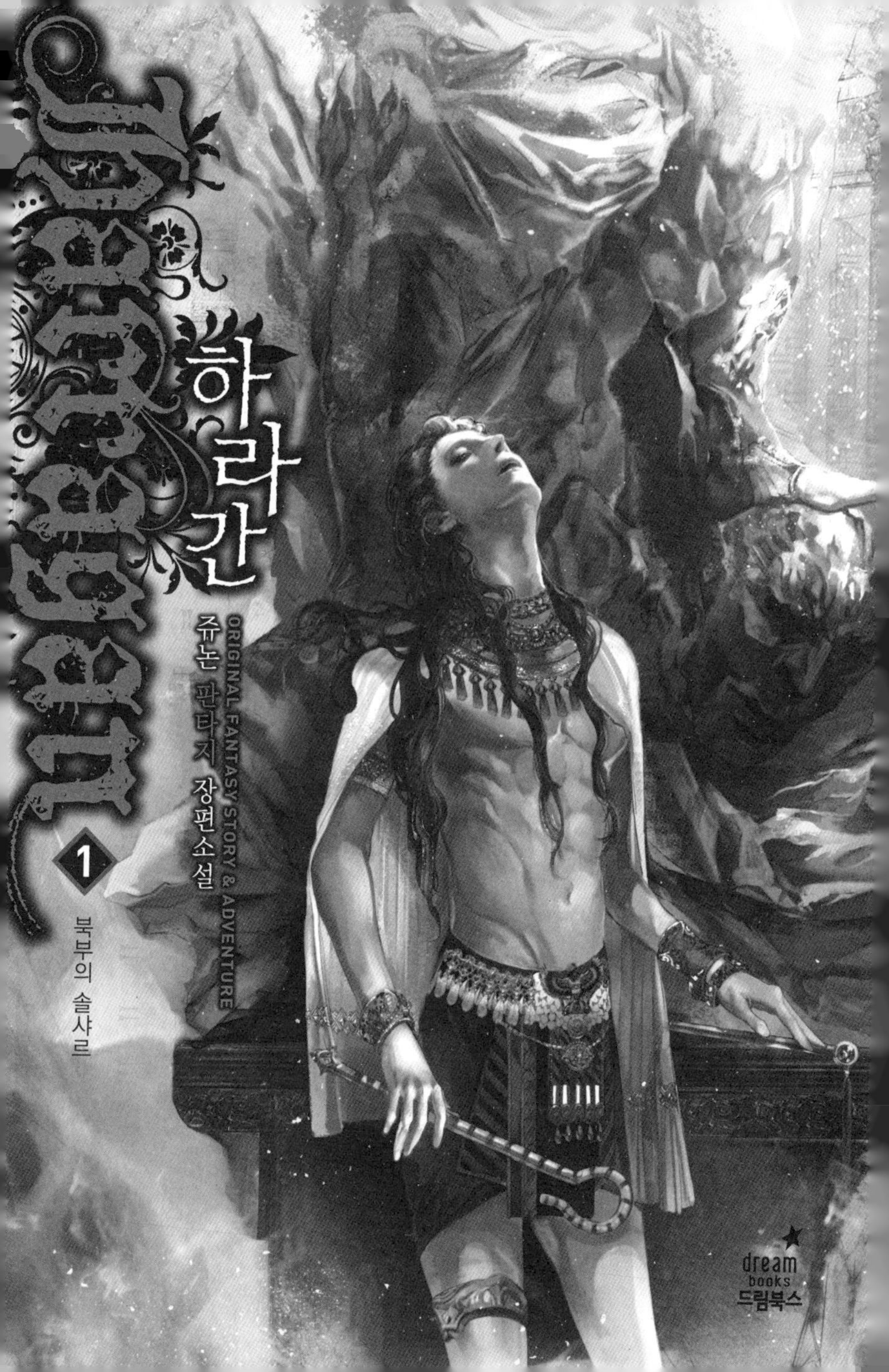
하라간
ORIGINAL FANTASY STORY & ADVENTURE
쥬논 판타지 장편소설
1
북부의 솔샤르
dream books
드림북스

목차

사대신수

『성혈의 바하문트』

—신수: 날개 달린 사자

—상징: 공포

—속성: 흙(土), 피(血)

『둠 블러드 이탄』

—신수: 냉혹의 뱀

—상징: 파멸

—속성: 금속(金), 빛(光)

『불과 어둠의 지배자 샤피로』

—신수: 광기의 매

—상징: 탐욕

—속성: 불(火), 어둠(暗), 나무(木)

『포식자 하라간』

—신수: 투명 마수

—상징: 타락, 나태

—속성: 얼음(氷), 균(菌), 물(水)

영멸을 원하는 자여
검푸른 마해(魔海)를 들여다보라
끝을 가늠할 수 없는 그 깊은 심해저 밑바닥에
괴물이 산다

서장:

욘 아르네의 편지

친애하는 벨커스,

한동안 연락이 뜸해서 미안하이.

하지만 내겐 그럴 만한 이유가 있었다네. 도대체 무슨 사정인지 자네는 짐작도 못 할 게야. 지금부터 그 이야기를 하려고 하네.

온갖 마물들이 서식한다는 마계(魔界)!

인간들이 상상 속에서 지어낸 마물들의 세계가 실제로 존재한다는 사실을 내가 발견했다면 믿을 수 있겠는가?

어허허!

분명 자네는 어이없다는 표정을 지을 게야. 그리고 그 마계가 바다와 닮은꼴이라는 사실은 더더욱 믿지 않겠지.

하지만 내 말을 잘 듣게.

마계!

아니 마해(魔海: 악마의 바다)는 실제로 존재한다네.

그것도 우리와 아주 가까운 곳에 있지.

한여름에도 눈보라가 몰아치고 1년 내내 코 밑에 고드름이 열리는 이곳 북부 끝자락에서 나는 마해로 통하는 우물을 발견했으이.

자네가 이 편지를 받아 볼 즈음 나는 이미 이 세상 사람이 아닐지도 몰라. 나는 내 호기심과 목숨을 맞바꾸기로 결심했다네. 눈앞에 일렁거리는 검푸른 우물이 나를 미지의 세계로 인도할 것이라 믿네. 비록 내 모험이 죽음으로 끝난다고 해도, 그리고 내가 악마의 바다에 뛰어들었다가 흉포한 마물들의 한입 식사거리로 전락할지라도, 나는 내 결정을 후회하지 않을 걸세.

나 이제 새로운 신천지에 들어갈 거라네.

잘 있게.

내 유일한 벗이여.

추운 북부에서

욘 아르네.

제1화

불륜

Chapter 1

어둑한 실내.

한 사내가 검을 닦고 있다. 보드라운 천으로 검의 손잡이부터 시작해서 검 끝까지 한 번 훑고, 다시 반복해서 훑고, 또 훑고.

사내의 동작은 신비로울 정도로 엄숙해서 마치 검을 닦는 일에 자신의 혼백을 모두 쏟아 붓는 느낌이었다.

티잉! 팅! 팅!

검에서 맑고 청명한 소리가 울렸다. 이건 쇠붙이가 깨어나는 소리였다. 검날 안에 잠들어 있는 혼백이 깨어나서 울음을 우는 소리였다. 사내는 우는 아이를 달래듯 검날을 쓰다듬었다. 거울처럼 매끄러운 검날에 사내의 얼굴이 비쳤다.

참으로 사내다운 얼굴이었다. 코는 우뚝했다. 꾹 다물린 입술은 암석 같았다. 길게 뻗은 눈썹은 잘 벼린 검을 보는 듯 예리했고, 부리부리한 눈 안엔 어둠을 밝히는 형형한 기운이 어려 있었다. 단단한 턱과 단정하게 가다듬은 수염이 사내의 얼굴에 위엄을 더해 주었다.

사내의 이름은 루잉 드뷔시!

나이는 41세.

작위는 백작.

이곳 대륙 남부에서 루잉 드뷔시 백작이라고 하면 모르는 사람이 없었다. 그는 카롤 왕국의 3대 검수 가운데 하나로 꼽히는 검의 절대자일 뿐 아니라, 카롤 최강으로 불리는 레드 라이온(Red Lion: 붉은 사자) 기사단의 단장이었다. 그의 부인은 외국에서도 알아줄 정도로 명성이 자자한 미인이었고, 그의 십년지기 친구이자 검술 제자는 카롤 왕국의 왕세자였다.

왕국 3대 검수 가운데 한 명!

왕국 최강 기사단의 단장!

왕국 최고 명문가의 가주!

왕국 최고 미인의 남편!

왕세자의 친구이자 검술 스승!

루잉이 차지한 이런 타이틀들은 어느 것 하나 빠지는 것이 없었다. 루잉 백작은 정말 남부러울 것이 없는 사람이었다.

게다가 3일 전 루잉 백작은 마나의 벽 두 번째 단계를 돌파해 냈다. 세상의 모든 기사들과 마법사, 무인들이 꿈에도 그리는 경지! 인간의 한계를 뛰어넘어 초인으로 진입하기 위한 그 아득한 마나의 벽을, 루잉은 40대 초반이라는 젊은 나이에 무려 두 단계나 돌파해 버렸다.

대륙 남부 일대를 통틀어서 마나의 벽 첫 번째 단계를 통과한 사람은 고작 19명에 불과했다. 그러니까 3일 전까지만 해도 루잉 백작은 남부 전체에서 19위 이내에 들어가는 절대 강자였다.

이 19명 가운데 루잉 남작은 세 번째로 젊었다. 강하고 약함이 꼭 나이에 비례하는 것은 아니지만, 순위 매기기 좋아하는 사람들은 루잉 백작의 실력을 남부 17위 수준으로 점찍어 놓았다.

그리고 이 19명의 절대자 가운데 마나의 벽의 두 번째 단계까지 돌파한 사람은 채 다섯이 넘지 않는다고 했다.

그런데 3일 전 루잉은 마나의 벽 두 번째 단계에 올라섰다.

지금까지 남부의 역사를 통틀어서 루잉의 나이에 이만한 성취를 이룬 사람은 아무도 없었다. 루잉이 이루어 낸 것은 그만큼 엄청난 일이었다.

하지만 세상 사람들은 아직 이 사실을 알지 못했다. 루잉이 아직 아무에게도 알리지 않았기 때문이다. 그래도 그가 지금 대륙 남부에서 가장 강한 다섯 명의 거인들과 어깨를 나란히 할 수준에 올라섰다는 사실엔 변함이 없었다.

이건 마땅히 기뻐해야 할 일이었다. 루잉이 이루어 낸 성취는 루잉 개인의 영광일 뿐 아니라 카롤 왕국 전체가 축하해야 할 만한 경사 중의 경사였다. 루잉의 친구인 왕세자가 이 사실을 알게 된다면 뛸 듯이 기뻐하며 파티를 열 것이다. 루잉을 총애하는 국왕 메로베가 이 사실을 듣는다면 병석에서 벌떡 일어나 덩실덩실 춤을 추었을 것이다.

그런데도 지금 루잉의 얼굴엔 눈곱만큼도 기뻐하는 기색이 없었다. 검날에 비친 루잉의 얼굴이 갑자기 평정심을 잃었다.

'크으윽!'

호수의 물처럼 담담하던 루잉의 얼굴은 한순간에 소름 끼칠 정도로 포악하게, 마치 악귀가 세상에 강림한 것처럼 무섭게 일그러졌다. 시뻘겋게 핏발 선 그의 눈은 상처 입은 사자의 그것처럼 흉포한 기운을 뿌려 댔다. 푸들푸들 떨리는 입술 아래로 침에 젖은 이빨이 허옇게 드러났다. 이마에 두드러진 혈관은 금방이라도 터질 것처럼 부풀어 올랐다.

'이건 지옥이다!'

크아아앙—!

루잉의 검에서 상처 입은 사자의 포효가 터졌다. 그의 검끝이 백옥처럼 매끈한 여인의 배를 뚫고 들어가 난폭하게 위로 움직인다. 가벼운 깃털도 베어 버릴 만큼 예리한 검날은 여인의 하얀 살과 복근을 한꺼번에 자르며 위로 쳐올라가 갈비뼈를 끊었다.

순식간에 쫙 벌어진 여인의 복부!

뭉텅이로 피가 튀고, 내장이 쏟아진다. 비릿한 혈향이 방안을 감싼다.

검날은 여인의 갈비뼈를 자르고 그대로 올라가 심장을 세로로 쪼갰다. 울컥울컥 쏟아지던 핏물이 한순간에 팍! 터지면서 루잉의 온몸을 때렸다.

루잉은 상체를 약간 비틀며 오른손을 끝까지 쳐올렸다. 루잉의 검이 여인의 심장을 지나 목뼈 옆면을 타고 뱀처럼 솟구쳐 올랐다. 그다음 여인의 매혹적인 턱을 자르고 두개골과 그 두개골 안에 담긴 허연 뇌까지 일직선으로 잘랐다.

여인의 복부에서 시작해서 등 뒤로 빠져나온 검날이 목까지 세로로 쪼개고 올라왔다가 바로 이어서 정수리까지 베어 버렸다. 이 모든 것이 하나의 동작으로 깔끔하게 이루어졌다. 상반신이 세로로 잘린 여인은 피를 분수처럼 쏟으며 고꾸라졌다.

루잉의 검이 다시 춤을 추었다.

세로로 잘려 쓰러지는 여인의 몸을 이번엔 가로 방향으로 가르며 지나갔다. 여인의 왼쪽 겨드랑이 아래서 시작된 섬광은 여인의 폐와 간을 훑고 안으로 파고들어 여인의 오른쪽 목 부근으로 빠져나왔다.

세로로 잘린 여인의 머리통이 바닥에 떨어져 쩍 벌어졌다. 가로, 세로로 두 번 잘린 여인의 상체는 기묘한 각도로 접힌 채 떨어졌다.

시체가 된 여인을 내려다보는 루잉의 눈이 불꽃을 품었다. 루잉의 입술은 복잡한 미소를 머금었다. 분노와 서글픔이 함께 복합된 미소였다.

살인자의 검 끝이 이번엔 다른 방향으로 움직였다. 피를 머금은 루잉의 검은 금발의 유쾌해 보이는 사내의 얼굴로 날아들었다.

금발의 사내가 루잉을 향해 뭐라고 소리를 질렀다.

루잉은 듣지 않았다. 쩍 벌어진 사내의 입 속으로 루잉의 검이 벼락처럼 파고들어 목구멍 뒤로 뚫고 나왔다. 금발 사내의 목 뒤에서 폭! 소리가 나면서 구멍이 뻥 뚫렸다. 뚫어진 구멍 안에서 검과 함께 피 섞인 살점이 튀어나왔다.

루잉은 그 상태에서 오른손에 힘을 줘서 검을 아래로 내리 끌었다.

부와악!

금발 사내의 목구멍에 박힌 검이 목뼈를 타고 쭉 훑어 내려오면서 살과 근육과 신경 다발을 한꺼번에 도려내었다. 그 검이 금발 사내의 심장 동맥을 자르고 위와 장을 연달아 가르며 사타구니로 빠져나왔다.

잘생긴 금발 사내는 입부터 시작해서 사타구니까지 그대로 두 쪽이 났다. 금발 사내가 두 눈을 부릅뜬 채 뒤로 넘어갔다.

시체가 완전히 쓰러지기 전, 루잉의 검이 허공에서 빙글 돌아 방향을 바꾸었다. 좌에서 우로 잡아 쓸 듯이 화악!

루잉의 검에서 새하얀 빛이 터졌다.

금발 사내의 몸뚱어리가 그 빛에 휘말려 세포 단위로 분열되고 으깨졌다.

바닥에 쓰러질 때, 금발 사내의 시체는 오직 두 다리와 머리통만 남았다. 중간 토막은 세상에서 완전히 사라졌다.

잠시 후, 허공에서 후두둑 진눈깨비처럼 비가 내렸다. 잘게 다져진 금발 사내의 살점과 핏물이 함께 뒤섞여 내리는 피의 비였다.

루잉은 우뚝 서서 그 피의 비를 맞았다.

"크흐으으!"

루잉의 입에서 고통스러운 웃음소리가 흘러나왔다. 광기에 물든 루잉의 눈은 바닥에 널브러진 남녀의 시체를 내려다보았다.

Chapter 2

팍!

두 구의 시체가 물거품처럼 사라졌다. 바닥에 흥건하던 피도 보이지 않았다. 조금 전 펼쳐진 그 지옥도는 루잉의 상상 속에서 벌어진 일들이었다.

방 안에 무거운 정적이 감돌았다.

"후우우!"

루잉은 다시 숨을 고르고 검날을 닦았다. 손잡이에서 시작해서 검 끝까지 위로 한 번 훑고, 다시 반복해서 훑고, 또 훑고.

루잉은 검을 닦는 일에 자신의 혼을 쏟아부었다. 루잉의 얼굴에 자리했던 악귀는 어느새 사라지고 평점심을 되찾았다.

루잉의 검신을 타고 한 줄기 빛이 치링! 훑고 지나갔다. 그 검에 비친 루잉의 얼굴이 또다시 시뻘건 악귀의 모습으로 변해 있었다.

"내 경지가 높아지지만 않았더라면! 그래서 내가 몰라야 될 사실을 모른 채 살았더라면 얼마나 좋았을까?"

세 자루의 검을 깨끗이 닦아 하얀 천 위에 일렬로 늘어놓은 다음, 루잉은 나직하게 중얼거렸다. 방 모서리에서 스며 나오는 여린 빛이 검 끝에 튕겨 영롱한 무지개를 그려 내었다. 루잉은 검이 만들어 낸 무지개를 물끄러미 바라보았다.

데엥, 데엥, 데엥—

밖에서 들리는 아련한 종소리가 루잉을 3일 전으로 이끌어다 놓았다.

3일 전 오후.

루잉은 저택 지하 연무장에서 홀로 수련 중이었다.

연무장 벽면엔 100개의 검이 나란히 걸려 있었고, 그 정면에 거대한 크기의 초상화 한 폭이 자리했다.

루잉은 무릎을 꿇고 앉아 초상화를 올려다보았다.

'스승님!'

초상화 속 주인공은 루잉의 스승인 카일 드뷔시였다. 카일은 루잉을 왕국 3대 검수 가운데 한 명으로 키워 낸 장본인이었다.

원래 루잉은 귀족 출신이 아니었다. 평범한 상인의 아들로 태어나 부친의 상업을 물려받을 평민 소년에 불과했다.

그런 루잉의 재능을 카일이 알아보았다. 카일은 주변의 반대를 물리치고 루잉을 자신의 종자(기사의 수발을 들며 검술 수업을 받는 보조 인력)로 들였고, 고작 일곱 살에 불과한 어린 루잉을 전쟁터로 끌고 다니며 다양한 검술을 전수했다.

보통 기사들은 16세가 넘는 소년을 종자로 들여 가르치는데, 그 이유는 최소한 그 정도 나이는 되어야 전쟁터에서 보조로 써먹을 수 있기 때문이다.

한데 카롤 왕국 최고의 검수인 카일이 일곱 살짜리 코흘리개를, 그것도 평민 아이를 종자로 삼았다. 당시 카롤 왕국에서는 카일의 행동을 비난하는 소리가 높았다.

"이건 카일 백작이 우리 카롤 왕국의 기사도를 무시한 거나 다름없어. 원래 기사와 종자 간에는 엄격한 도제 관계가 이루어져야 하는데, 그런 천한 코흘리개를 어디다 쓴단 말인가?"

귀족들은 이런 말을 하며 카일을 흉보았다.

하지만 시간이 지나자 서서히 인식이 바뀌었다.

카일과 루잉은 스승과 제자의 관계를 넘어서 최고의 파트너가 되었다. 당시 카일은 북부 솔샤르의 침공에 맞서 대륙 서부 전선을 방어하는 총지휘관이었다.

루잉이 그 보조를 맡았다. 전쟁터에서 카일이 있는 자리에는 항상 루잉이 뒤따랐다. 카일과 루잉은 서로의 등을 의지한 채 물밀 듯이 밀려오는 솔샤르들을 향해 검을 휘두르고 또 휘둘렀다. 치열한 전쟁의 한복판, 바야크 장벽이 온통 시뻘건 피 칠갑을 하는 와중에도 카일과 루잉은 떨어지지 않았다. 전쟁 말미, 도망치는 솔샤르 무리를 쫓아 북부 깊숙이 진군했을 때도, 그 북부에서 고립되어 필사적으로 탈출로를 뚫을 때도, 카일과 루잉은 늘 함께였다. 그러면서 두 사람 사이에는 스승과 제자의 관계를 뛰어넘는 전우애가 형성되었다.

그러다 북부에서 솔샤르의 포위망을 뚫으며 남쪽으로 탈출을 하던 중에 그 전우애마저 뛰어넘는 일이 발생했다.

이건 형제애보다도 더 진했다. 심지어 부모와 자식 간의 감정보다 더 끈끈한 무언가가 두 사람 사이에 만들어졌다.

당시 카일과 루잉은 하루에도 수십 번, 수백 번의 악전고투를 치러야 했다. 북부의 솔샤르들은 집요하게 두 사람을 공격했다. 둘은 100일이 넘도록 잠도 제대로 자지 못하고 쫓겼다. 그러면서 다른 사람에게는 도저히 말할 수 없는 비밀을 공유하게 되었다.

마물과 결합을 한 솔샤르들을 상대로 석 달이 넘게 쉬지 않고 싸운다는 것은 인간으로서는 할 수 있는 일이 아니었다. 카일과 루잉 둘 다 어느 순간부터 이성의 끈을 놓았다. 그들은 그저 습관적으로 검을 휘두르고, 습관적으로 남쪽으로 발길을 옮겼다. 이미 의식은 놓아 버린 지 오래였다.

급하게 쫓기는 와중이라 먹을 것도 전혀 없었다. 들짐승을 사냥한다거나 불을 지피고 요리를 만드는 것은 사치였다. 솔샤르들은 카일과 루잉에게 그럴 여유를 주지 않았다. 카일과 루잉이 굶지 않으려면 검을 휘두르며 적과 싸우는 와중에 어떻게든 배를 채울 수밖에 없었다. 먹지 않으면 그대로 힘이 빠질 테고, 힘이 빠지면 결국 솔샤르들에게 붙잡혀서 지독한 고문을 당하다가 마침내는 잡아먹히게 될 처지였다.

카일과 루잉은 그 지옥을 헤쳐 나왔다.

그들이 인간의 한계를 뛰어넘어 버티고 또 버틸 수 있었던 이유! 100일이 넘게 쉬지 않고 싸우면서도 굶어 죽지 않은 이유!

그 끔찍한 비밀이 두 사람 사이를 진하게 이어 주는 동아줄 역할을 했다.

하얗게 달이 뜬 밤.

수백에 달하는 솔샤르의 시체 사이에서 카일과 루잉은 숨을 헐떡이며 서로를 바라보았다. 서로의 입가에 묻어 있는 진득한 핏물도 보았다. 오른손에 검을 쥐고 왼손에 살점이 더덕더덕 붙어 있는 허연 뼈다귀를 든 모습을 보았다.

식(食)!

인간으로서 해서는 안 될 일이 벌어졌다. 아무리 무의식 중에 벌인 일이라고는 하나, 이건 이만저만한 충격이 아니다.

"루잉, 너어어……."

카일이 부들거리는 손가락으로 루잉을 가리켰다. 순간적으로 카일의 머릿속에 여러 가지 생각이 훑고 지나갔다.

'안 돼! 이 사실이 사람들에게 알려지면 안 된다고!'

카일의 눈이 갑자기 살기로 번들거렸다.

"스승님."

루잉이 스승의 속내를 읽었다. 루잉은 일곱 살에 카일의 종자가 되어 25년 가까이 전쟁터를 붙어 다녔다. 스승의 얼굴만 보아도 지금 무슨 생각을 하고 있는지 훤히 보였다. 루잉은 검을 축 늘어뜨리고 두 눈을 감았다.

스승이 검을 휘두르면 그냥 목을 내줄 생각이었다.

"루잉, 너!"

카일이 입술을 씰룩거렸다. 그다음 손에 든 검과 마물의 뼈다귀를 버리고 성큼 다가가 루잉을 꽉 끌어안았다.

"스승님!"

루잉도 카일의 등판을 꽉 안았다. 두 사제는 하얀 달빛 아래서 그렇게 뜨겁게 눈물을 흘렸다.

Chapter 3

부쿤 대산맥을 넘어 다시 남부 연합으로 복귀한 뒤, 카일은 루잉을 사위로 삼았다. 뒤늦게 본 외동딸을 루잉에게 준 것이다.

"여기 있는 루잉이 내 딸 실비아와 결혼을 해서 우리 드뷔시 백작가를 이어받을 것이다!"

카일은 이렇게 선포했다.

비천한 평민을 명문 백작가의 데릴사위로 삼겠다는 것은 충격적인 선포였다. 하지만 사람들의 반응은 그리 나쁘지 않았다.

"루잉! 루잉! 루잉!"

"루잉! 루잉! 루잉! 루잉!"

오히려 백성들은 루잉의 이름을 소리쳐 부르며 축하를 해 주었다.

북부 깊숙이 진군했다가 기적적으로 생환한 카일과 루잉!

이 두 사람은 이미 카롤 왕국 최고의 영웅들이었다. 더군다나 루잉의 검술은 이미 스승과 어깨를 견줄 만큼 높은 경지에 이르렀다. 카롤 왕국 내부는 물론이고, 남부 전체를 통틀어서도 루잉만 한 검수는 찾아보기 어려웠다.

마침내 드뷔시 성에서 성대한 결혼식이 열렸다.

이때 루잉의 나이 31세.

결혼과 동시에 루잉은 '드뷔시'라는 성을 가지게 되었다. 그러곤 카일의 추천을 받아 왕실 교관이 되었다.

왕실 교관이란 왕족들을 훈육하는 스승을 의미한다. 루잉은 왕족들에게 검술을 가르치게 되었는데, 이때 왕세자 줄리앙과 인연을 맺었다.

'평민이었던 내가 한 나라의 왕세자를 가르치는 스승이 되다니!'

당시 루잉은 크게 감격했다.

왕세자 줄리앙은 서글서글한 성격에 붙임성이 좋은 사람이었다.

루잉에게 한창 검술을 배우던 중, 줄리앙은 "우리 친구가 되면 어떨까? 비록 내가 여섯 살이나 어리지만 말이야."라는 황송스러운 제안을 했다.

루잉은 너무 놀라 입만 벙긋거렸다.

10년 전 그 날부터 루잉과 줄리앙은 친구가 되었다. 공식적인 자리가 아닌 사석에서는 서로 말도 놓았다. 두 사람은 왕실과 드뷔시 성을 오가며 대련을 하고 많은 이야기를 주고받았다.

다시 3일 전 오후.

"제가 이렇게 성장한 것은 모두 스승님 덕분입니다."

루잉은 드뷔시 성 지하의 연무장 바닥에 앉아 스승인 카일의 초상화를 올려다보면서 이렇게 중얼거렸다.

카일은 오래 살지 못했다. 북부를 탈출하면서 입은 상처가 도진 탓이었다. 약을 먹고 치료를 해 보아도 병이 쉽게 낫지 않았다. 오히려 갈수록 상처가 악화되었다. 카일은 고통 속에서 괴로워하다가 결국 숨을 거두었다.

루잉은 실비아를 아내로 맞은 지 불과 5년 만에 스승의 장례를 치러야 했다. 그 날 루잉은 하늘이 무너지는 듯이 통곡했다. 영웅의 죽음에 카롤 왕국 전체가 슬픔에 빠졌다.

그 후로 5년이 훌쩍 지났다.

루잉은 스승을 잊기 위해 더욱 일에 매달렸다. 스승이 물려준 레드 라이온 기사단을 매일 같이 조련하고, 왕궁에 입궁해서 왕세자를 가르치고, 그 후엔 자기 수련에 매진했다. 그러다 오랜만에 스승의 초상화 앞에 앉아 옛 기억을 반추했다.

하늘보다 높은 스승의 은혜!

스승과 함께 헤쳐 나온 피의 길!

끔찍할 정도로 막강한 북부의 솔샤르들!

무의식중에 미친 듯이 검을 휘둘렀던 탈출기!

그리고 하얀 달이 뜬 밤에 알게 된 끔찍한 진실!

이 모든 것들이 루잉의 뇌리로 와락 몰려들었다. 밤하늘의 별이 한꺼번에 쏟아지는 것처럼, 수천 마리의 연어 떼가 물살을 헤치고 폭포수를 거슬러 올라가는 것처럼, 엄청난 폭발이 루잉의 뇌 속에서 일어났다.

콰앙!

그 화려한 폭발 속에서 루잉이 기억하지 못하던 무의식의 세계가 활짝 열렸다.

솔직히 루잉은 자신이 어떻게 북부를 탈출했는지 기억하지 못했다. 루잉과 카일은 무려 석 달이 넘게 솔샤르 무리에 둘러싸여 파상 공세를 받았는데, 그걸 어떻게 헤쳐 나왔는지 알 수가 없었다. 의식을 잃은 상태에서 무의식적으로 몸을 움직인 탓이었다.

"그 많은 마물들을 상대로 어떻게 검을 휘둘렀고 어떻게 활로를 뚫었는지 도무지 이해할 수가 없습니다, 스승님."

오래전 루잉은 스승에게 이렇게 말했다.

"나도 마찬가지구나. 도무지 기억이 없어. 쯧쯧!"

카일도 이렇게 대답했다.

솔샤르들과 끊임없이 싸운 것은 알겠는데, 정확하게 어떻게 검을 썼고 어떤 동작을 취했는지는 기억이 나지 않았다.

그렇게 봉인되었던 기억이 오늘 갑자기 풀렸다. 루잉의 뇌 속 깊숙한 곳에 잠겨 있었던 무의식의 문이 활짝 열리고, 모든 것들이 한꺼번에 의식의 수면 위로 떠올랐다.

"아아아—!"

루잉은 자신도 모르게 탄성을 질렀다.

루잉은 젊은 나이에 마나의 벽을 돌파한 희대의 천재였다. 그런 루잉도 솔샤르에게 겹겹이 둘러싸인 상황에서 탈출하는 것은 불가능했다.

그런데 무의식 속에서 펼쳐내는 루잉의 검술 동작 하나하나는 모두 인간의 한계를 넘어서고 있었다. 검의 화려함은 줄어들었지만, 대신 불필요한 요소도 모두 사라졌다. 무의식중에 휘두른 루잉의 검은 너무나 간결하면서도 완벽했다.

루잉은 입을 쩍 벌리고는 과거를 반추했다. 그리고 거짓말처럼 벽이 깨졌다.

마나의 벽 두 번째 단계 돌파!

루잉은 41세라는 젊은 나이에 엄청난 경지에 올라섰다. 스승 카일이 78세에 겨우 도달한 경지를, 루잉은 무려 37

년이나 단축한 것이다.

"와아아아아—!"

루잉은 날아갈 것만 같은 기분을 느꼈다.

단지 기분만 그런 것이 아니었다. 실제로 루잉의 몸이 연무장 허공으로 둥실 떠올랐다. 그 상태에서 루잉의 신체가 재구성의 과정을 겪었다.

우두득! 뿌드득! 소리가 연신 들렸다. 루잉의 근육은 올올이 해체되었다가 다시 결합하면서 더 조밀해졌다. 뼈대도 훨씬 더 단단해졌다. 정신은 한층 높은 수준으로 고양되었다. 그러면서 루잉의 의식은 점점 더 넓은 동심원을 그리며 확장해 나갔다.

드뷔시 성에서 벌어지는 모든 일들이 루잉의 확장된 감각에 잡혔다.

"야, 하녀장 언니 요새 왜 그런다냐? 별것도 아닌 일에 생트집을 잡고 지랄이야?"

"쉿! 너 몰랐어? 그 언니 요새 애인에게 바람을 맞았잖아."

"애인? 남편 말고?"

"애는! 갑자기 웬 내숭이야. 하녀장 언니, 남편 말고 애인이 있잖아. 애인!"

"아아! 혹시 주방의 그……."

"그래. 주방의 그 젊은 애. 그 애가 바로 하녀장 언니의 애인이었는데, 요새 다른 젊은 하녀랑 눈이 맞았다지 뭐니? 호호호호! 고소해라."

"까르르르!"

빨래터에서 하녀들이 수다를 떠는 소리가 루잉의 귀에 잡혔다. 단지 소리만 들리는 것이 아니라 수다를 떠는 두 하녀의 옷차림이나 표정까지 훤히 보였다.

루잉은 하녀들의 잡담을 한 귀로 흘리며 점점 더 의식의 영역을 확장했다.

"찌르기, 하나!"

"하압—!"

"상체 베기, 하나!"

"하압—!"

기사들이 기합을 넣으며 훈련하는 소리가 들렸다.

'녀석들! 열심히 하는구나.'

루잉의 입가에 절로 미소가 걸렸다.

루잉의 의식이 점점 더 크게 부풀었다. 그 의식이 마침내 드뷔시 본성을 넘어 별채에 도달했다.

부인 실비아의 침실이 위치한 별채.

그곳에서 루잉은 지옥을 보았다.

Chapter 4

화려하게 장식된 침대 위에서 미끈한 여체가 퍼덕거린다.

"아잉, 간지럽단 말이야. 그렇게 핥지 마요."

옥으로 빚은 듯이 아름다운 여인의 정체는 바로 실비아 드뷔시였다. 금발의 미남자가 실비아의 가슴에서 얼굴을 떼고 고개를 들었다.

"내숭 떨기는. 여기가 자기의 성감대잖아. 크크."

상쾌해 보이는 금발의 미남자는 실비아의 오뚝한 유실을 손바닥으로 빙글빙글 문질렀다. 실비아가 까르르 웃음을 터뜨렸다.

"꺄악! 하지 마! 간지러워 미치겠어."

실비아의 입에서 미치겠다는 소리가 나왔다.

지하 연무장의 루잉도 미쳐 버릴 것 같았다. 루잉의 눈알 속 실핏줄이 투툭! 터져 시뻘겋게 물들었다.

"실비아! 크드득! 줄리앙 왕세자!"

실비아의 침대에서 뒹구는 남자의 정체는 놀랍게도 줄리앙이었다. 루잉에게서 검술 지도를 받는 줄리앙 왕세자 말이다. 루잉은 순간적으로 '지금 내가 꿈을 꾸고 있나?' 라고 생각했다. 한 명은 사랑하는 아내, 다른 한 명은 친구이자 제자다. 그런데 이 둘이 한 침대에서 나뒹군다!

"크우웃! 너희들이 감히! 감히!"

루잉은 실비아의 침실에서 벌어지는 불륜을 도저히 믿을 수 없었다. 콰르르르! 그의 혈관 속 핏물이 미친 듯이 질주했다. 피부엔 소름이 쫙 돋았다. 루잉은 어금니를 꽉 물었다.

침대 위, 줄리앙이 실비아의 귓바퀴를 입술로 물었다. 줄리앙의 달콤한 숨소리가 실비아를 간지럽혔다.

"자기, 미치겠어? 으흐, 나 말고 자기를 미치게 해 주는 사람이 또 있어?"

"없어. 오직 오빠뿐이야."

실비아가 줄리앙의 머리를 와락 끌어안았다. 실비아는 줄리앙을 오빠라고 불렀다. 하지만 그녀는 남편인 루잉에게는 단 한 번도 오빠라고 부른 적이 없었다.

줄리앙의 속삭임이 계속되었다.

"미치게 해 주는 사람이 왜 없어? 자기 남편이 있잖아."

"루잉? 흥! 그 무뚝뚝하고 검만 아는 멍청이?"

실비아의 입에서 충격적인 단어가 튀어나왔다. 루잉보다 아홉 살이나 어린 실비아는 평소 남편에게 늘 존칭을 쓰고 공경하는 태도를 취해 왔다. 그런데 뒤로는 멍청이라고 비하한다.

'멍청이라고!'

루잉은 해머로 뒤통수를 한 대 얻어맞은 기분이었다.

줄리앙이 키득거렸다.

"크크, 루잉이 멍청하기는 하지. 제자와 부인이 이런 사이라는 것도 모르고 오로지 검술 수련에만 매달리다니, 정말 천하의 바보야."

"바보일 뿐 아니라 매력도 없어."

실비아의 입꼬리에 비웃음이 걸렸다.

"크으윽!"

지하 연무장의 루잉은 두 주먹을 부들부들 떨었다.

루잉의 확장된 감각은 실비아의 작은 표정 하나까지 놓치지 않았다. 그녀의 감정을 생생하게 전달받는 만큼 충격이 더 컸다.

줄리앙이 실비아에게 다시 물었다.

"루잉이 그렇게 매력이 없어?"

"없고말고."

"허! 그래도 사교계의 귀부인들 가운데 루잉을 선망하는 여자들이 꽤 있던데? 루잉의 몸은 정말 건장하잖아."

"흥! 그건 그 여자들이 루잉에 대해서 몰라서 그래. 요새 사교계에서 인기를 끌려면 우선 사람이 쿨(Cool)해야 하잖아. 오빠처럼 말이야. 그런데 루잉은 전혀 쿨하지 않아. 평민 출신이라는 콤플렉스 때문인지 성격이 집요하고 끈적끈적해. 게다가 완전 고리타분한 노땅 스타일이라니까."

실비아는 애인 앞에서 남편을 대놓고 비웃었다. 그러다 목이 마른지 입술을 혀로 축이며 침대에서 일어났다.

"아, 목말라."

스텐실 유리창을 통해 들어오는 햇살에 실비아의 매혹적인 몸이 그대로 드러났다. 아름답게 출렁거리는 가슴과 잘록한 허리, 둔부로 이어지는 곡선이 조각품보다 더 조각 같았다.

줄리앙은 침을 꼴깍 삼키며 실비아의 나신을 감상했다.

실비아는 애인의 시선을 즐기며 한 바퀴를 빙글 돌더니, 고혹적인 자세로 은잔에 탄산수 한 잔을 따라 마셨다.

줄리앙은 뜨거운 눈으로 불륜 상대의 아름다운 몸을 감상하다가 다시 루잉을 입에 담았다.

"뭐, 루잉이 고리타분한 건 사실이지. 그런 면에서 보면 확실히 사교계의 귀부인들과는 어울리지 않아."

"맞아. 완전 내 취향이 아니라니까."

실비아가 검지를 좌우로 까딱까딱 흔들었다.

줄리앙이 슬쩍 반론을 던졌다.

"하지만 폐하께서는 루잉의 그런 고리타분한 충성심을 높이 사고 계셔. 돌아가신 카일 백작도 그래서 루잉을 총애

했던 것 아냐?"

"그야 그렇지. 루잉은 아버지나 폐하의 마음에 쏙 들 만한 사람이지. 뭐, 남자로서 매력이 없다는 점만 제외한다면 남편으로도 나쁘지 않아. 어쨌거나 루잉은 우리 왕국의 3대 검수 가운데 한 명이고, 오직 나만 바라보는 해바라기고, 건실한 가장이니까."

"흐흐, 자기는 그런데도 나랑 이렇게 바람을 피우는 거야?"

줄리앙이 능글맞게 웃었다.

실비아는 '그게 뭐 어떠냐?' 는 듯이 어깨를 으쓱했다.

"내가 말했잖아. 루잉은 남자로서 매력이 전혀 없다고. 완전 우리 아버지 판박이라니까. 두 사람 다 여자의 마음을 헤아릴 줄 모르고 온 정신을 검술에만 쏟는 멍청이들이라고. 그러니까 엄마가 바람을 피우셨지."

실비아의 입에서 충격적인 이야기가 흘러나왔다. 루잉은 깜짝 놀랐다.

'뭐? 장모님께서 바람을 피우셨다고? 그 현숙하신 분께서 스승님을 배반했단 말이야?'

루잉의 입술이 푸들푸들 떨렸다.

루잉이 엿듣는 줄도 모르고 실비아는 종알종알 말을 이었다.

"난 엄마를 이해해. 아버지는 엄마를 내팽개치고 인생의 대부분을 전쟁터에서 보냈잖아. 게다가 모처럼 성에 복귀하셨을 때도 엄마와 시간을 보내지 않고 기사들과 어울렸지. 시큼한 땀 냄새나 풀풀 풍기면서 말이야. 그러니 사교계의 남자들이 엄마를 그냥 놔두겠어? 엄마처럼 아름다운 미녀를 말이야?"

"호호, 그건 그렇지."

줄리앙이 맞장구를 쳤다.

실비아의 목소리가 한층 커졌다.

"그런데도 멍청한 아버지는 계속 밖으로만 도셨거든. 사태의 심각성도 모르고 말이야. 한데 루잉의 성격도 아버지와 똑같아. 게다가 그는 출신이 미천하기까지 하지. 그러니 내가 오빠랑 바람을 피울 수밖에."

실비아의 입에서 쏟아지는 독설은 비수가 되어 루잉의 심장을 후벼 팠다. 그녀는 루잉 앞에서 단 한 번도 이런 모습을 보인 적이 없었다.

'실비아! 대체 날 어디까지 기만하려는 거냐?'

루잉의 주먹에 힘이 꽉 들어갔다. 주먹을 어찌나 세게 쥐었던지 손톱이 손바닥으로 파고들어 붉은 피가 흘렀다.

Chapter 5

줄리앙이 옆으로 돌아누워 빙그레 웃었다.

"하하! 듣고 보니 우리 실비아의 말이 맞네. 루잉은 고리타분하기로는 카일 백작과 맞먹는 데다 출신이 미천하지. 그런 자를 남편으로 두었으니 우리 자기가 만족을 못 하지. 흐흐흐."

실비아가 둔부를 살랑살랑 흔들며 침대로 다가왔다.

"근데 오빠, 그거 알아?"

"뭐?"

"사실 아버지 아셨다. 우리 엄마가 바람피우는 거."

"뭐라고? 카일 백작이 아셨다고?"

줄리앙이 벌떡 일어났다.

실비아는 아무렇지도 않게 고개를 끄덕였다.

"그래. 아셨어. 꼬리가 길다 보니 막판에 들킨 거지."

"그래서, 그래서 어떻게 되었는데?"

줄리앙이 침을 꼴깍 삼켰다.

실비아는 피식 웃었다.

"아버지는 엄마의 불륜을 알고도 아무런 행동을 못 하시더라. 심지어 엄마에게 대놓고 따지지도 못하셨어. 오히려 엄마가 멀리 떠나 버릴까 싶어서 그 일을 모르는 척 덮어

두려 하셨지. 그런데 엄마는 그것도 모르고 아버지에게 독약을 먹이신 거야. 아버지의 검에 목숨을 잃을까 두려워서 말이야."

"뭐어?"

"진짜 독약은 아니고, 사람을 흥분시키는 약 말이야. 당시 아버지는 절대 안정을 취해야 할 환자셨거든. 환자가 그런 약을 먹으면 어찌 되겠어? 전쟁터에서 입은 상처가 아물지 않고 계속 악화될 수밖에 없잖아. 그것이 계기가 되어서 결국 5년 전에 아버지가 돌아가신 거야."

"진짜로?"

"응, 진짜로."

실비아의 이야기는 충격을 넘어서 사람을 경악하게 만들었다. 지하 연무장에서 루잉은 이빨을 딱딱 맞부딪쳤다.

'장모님께서 스승님을 살해하셨다고? 그 현숙한 장모님께서!'

루잉은 머리가 멍하고 살이 떨려서 도저히 듣고 있을 수가 없었다.

"죽여 버릴 테다!"

폭발하는 감정을 참지 못한 루잉이 검자루를 꽉 움켜쥐었다. 이대로 달려 나가 더러운 불륜 남녀를 도륙하고 싶다는 생각이 머리끝까지 차올랐다.

그것도 모르고 줄리앙은 느긋한 자세로 팔베개를 했다.

"와아! 전대 백작 부인께서 참 독하셨네. 결국 카일 백작이 5년 전에 갑자기 돌아가신 게 그 때문이었구나?"

줄리앙이 혀를 내둘렀다.

실비아는 아무렇지도 않게 대답했다.

"맞아. 엄마가 저지른 짓이야. 하지만 난 엄마를 이해해. 당시에 엄마는 그럴 수밖에 없었어. 아버지는 우리 왕국 최고의 검수였잖아. 아버지의 검이 피를 부르는 날에는 엄마만 죽는 게 아니거든. 엄마와 바람을 피운 상대, 그러니까 엄마의 애인도 죽게 생겼거든. 그러니까 엄마는 사랑하는 애인을 위해 남편을 희생시킨 거지."

"근데 그 남자가 대체 누구야? 감히 카일 백작의 아내를 빼앗아 간 그 간땡이 부은 사람이 누구냐고?"

줄리앙의 물음에 실비아가 도리질을 쳤다.

"나도 몰라. 엄마가 말을 안 해 주셨어. 다만 엄마보다 연하라는 것만 알 뿐이야."

"그렇구나. 누군지 궁금하다. 그지?"

실비아는 단호하게 말을 끊었다.

"난 궁금하지 않아. 이건 엄마의 사생활이잖아. 모녀 사이에도 서로의 사생활은 건드리지 않는 게 쿨한 거야. 그러니까 오빠도 뒤를 캐려고 하지 마. 그런 집요한 행위는 비천한 루잉에게나 어울려."

줄리앙이 두 손을 번쩍 들었다.

"알았어. 난 쿨한 사람이니까 여기서 스톱! 더 이상 궁금해하지 않을게."

"히힛! 그래야 착한 오빠지. 그나저나 오빠 와이프는 쿨해? 왕세자빈 말이야."

이번엔 대화의 대상이 왕세자빈에게 넘어갔다.

줄리앙이 고개를 갸웃거렸다.

"내 부인? 글쎄? 우리 자기만큼 쿨하지는 않은 것 같은데? 외모는 비교할 것도 없고 말이야."

이렇게 말하면서 줄리앙은 실비아의 손목을 잡아당겼다.

"어맛?"

실비아가 침대로 넘어졌다.

줄리앙이 그녀의 귀에다 속삭였다.

"남편이 연무장에서 나오려면 아직 멀었지?"

"아직 멀었으니까 걱정하지 마. 왜? 오빠는 루잉이 겁나?"

실비아가 장난스럽게 물었다.

줄리앙이 대답을 머뭇거리자 실비아가 다그쳤다.

"오빠, 루잉이 그렇게 무서워? 오빤 이 나라의 왕세자잖아. 루잉은 오빠의 신하에 불과한 사람이고."

실비아는 이렇게 말하며 줄리앙의 젖꼭지를 꼬집었다.

줄리앙이 정색을 했다.

"그래도 겁나지. 루잉은 어떤 면에선 카일 백작보다 훨씬 더 무서운 사람이야. 잘 가다듬어진 정신으로 본능을 억누를 뿐이지, 사실 루잉의 내면엔 거대한 폭력성이 도사리고 있거든. 만약 어떤 계기로 인해 그 흉포한 맹수가 풀려난다면, 무슨 일이 벌어질지 상상할 수도 없어."

말을 하는 동안 줄리앙의 팔에 소름이 돋았다.

실비아가 빙그레 웃었다.

"걱정하지 마. 그땐 내가 오빠를 지켜 줄게. 엄마가 했던 것처럼 말이야."

실비아의 모친은 애인을 지키기 위해 남편을 죽였다.

실비아도 모친과 같은 행동을 하겠다고 한다.

"크우웃!"

루잉의 눈에서 불똥이 튀었다. 그는 무너지려는 이성을 가까스로 붙들었다. 이대로 이성을 잃으면 무슨 짓을 벌일지 몰랐다.

그사이 줄리앙은 실비아를 꽉 끌어안았다.

"와아! 나 정말 감동했어. 역시 우리 자기가 최고야. 정말 나를 위해서 남편도 죽일 수 있어?"

"물론이지. 그러는 오빠는, 나를 위해서 왕세자빈을 죽일 수 있어? 만약 우리 관계를 왕세자빈이 훼방 놓는다면 말이야."

실비아는 짓궂은 눈으로 줄리앙을 올려다보았다.

줄리앙은 망설이지 않고 큰소리를 쳤다.

"물론이지. 나도 자기를 위해서는 뭐든 할 수 있어."

"진짜로?"

"응. 맹세해."

줄리앙이 맹세의 징표로 새끼손가락을 내밀었다.

실비아는 감격한 듯 줄리앙을 바라보다가 그를 확 밀어 눕혔다.

"어어?"

줄리앙이 멍해 있는 사이, 실비아가 그 위로 올라탔다.

"이리 누워 봐, 오빠. 내가 좋은 거 해 줄게."

실비아가 뺨을 붉히며 속삭였다.

"흐흐! 미치겠네."

줄리앙의 입이 헤벌쭉 벌어졌다.

Chapter 6

같은 시각, 지하 연무장.

"크으으윽!"

검자루를 움켜쥔 루잉의 손이 푸들푸들 떨렸다. 루잉의 분노는 산을 태울 듯 타올랐다. 바다를 다 증발시킬 것처럼 들끓었다.

실비아의 불륜은 그렇다고 치자!

줄리앙에게 뒤통수를 맞은 것도 넘어간다고 치자!

그건 어떻게든 참아 넘길 수 있다.

하지만 평생의 은인인 카일 백작의 죽음은 다른 이야기였다.

"으으으으!"

루잉은 숨이 콱 막혀 말을 할 수가 없었다. 정말이지 치가 떨리고 억장이 무너지는 일이었다. 루잉은 당장에라도 연무장을 박차고 나가 실비아와 줄리앙, 그리고 전대 백작 부인까지 모조리 도륙을 하고 싶었다.

하지만 차마 발이 떨어지지 않았다.

'과연 내게 그들을 죽일 자격이 있을까?'

루잉의 스승인 카일 백작은 부인을 용서했다. 부인의 외도 사실을 알고서도 그냥 덮어 둔 것이 그 증거였다. 남편인 카일이 부인을 용서했는데 루잉이 그 죄를 대신 물을 수는 없었다.

실비아의 경우도 마찬가지.

실비아는 카일 백작이 세상에 남긴 단 하나뿐인 핏줄이

었다.

'만약 내가 실비아의 목을 벤다면, 죽어서 무슨 낯으로 스승님을 뵌단 말인가!'

줄리앙도 처분이 쉽지 않았다. 마음 같아서는 그 가증스러운 놈을 때려죽이고 싶지만, 사자왕 메로베가 마음에 걸렸다. 병석에 누워 있는 메로베 왕은 루잉이 카일 다음으로 존경하는 분이었다. 그러니 메로베의 아들인 줄리앙을 함부로 죽일 수는 없었다.

'크윽! 스승님! 저는 어떻게 하면 좋겠습니까?'

스승의 초상화를 올려다보면서 루잉은 머리를 감싸 안았다.

초상화 속 카일 백작은 답이 없었다.

이상이 3일 전에 벌어진 일들이었다.

그 날 루잉은 결국 연무장에서 나오지 않고 하루를 꼬박 넘겼다. 루잉과 대련을 하겠다며 기다리던 줄리앙 왕세자는 결국 밤이 되어서 왕궁으로 돌아갔다.

실비아가 줄리앙을 배웅했다.

이튿날에도 루잉은 마음의 결정을 내리지 못했다.

'스승님을 죽게 만든 사람은 장모님이다. 스승님의 원수를 갚으려면 마땅히 장모님께 검을 겨눠야 해.'

스승의 원수를 갚지 않을 수는 없었다. 그건 하늘이 두 쪽 나더라도 꼭 해야 할 일이었다. 루잉은 수시로 검을 잡고 복수를 다짐했다.

'하지만 과연 스승님께서 복수를 원하실까?'

이 생각만 하면 검을 쥔 손에서 힘이 스르륵 빠졌다. 루잉은 수 분 간격으로 한 번씩 검을 잡았다가 다시 놓기를 반복했다.

그러다 결국 루잉은 검을 닦기 시작했다. 평소 루잉은 검을 닦으면서 마음 다스렸다. 정성 들여 검을 손질하다 보면 어느새 마음이 평온하게 가라앉곤 했다.

한데 오늘은 아니었다. 아무리 검을 닦아도 불륜 남녀의 뒤엉킨 장면이 잊히지가 않았다. 실비아가 내뱉은 말들이 루잉의 귓가에서 끊임없이 되살아났다.

'이건 지옥이다!'

루잉은 지옥 한복판에 있었다.

루잉의 지옥이 깨진 것은 부관 덕분이었다.

"백작님! 루잉 백작님! 큰일 났습니다."

루잉을 보좌하는 부관은 요란을 떨면서 실내로 들어왔다.

"무슨 일인가?"

루잉의 말투에서 한기가 냉랭하게 풍겼다.

평소 루잉은 검을 닦는 시간에 방해를 받는 것을 싫어했다. 부하들도 그 사실을 잘 알기에, 루잉이 검을 닦을 때는 주변에 얼씬거리지도 않았다.

부관이 황급히 용건을 꺼냈다.

“백작님, 큰일 났습니다. 지금 북방의 움직임이 심상치 않다고 합니다.”

“뭐?”

“솔샤르들이 부쿤 대산맥에 이미 진입을 했다는 전언입니다. 게다가 그 수가 상당히 많다고 합니다. 바야크 왕국에서 비상 통신망을 통해 급하게 연락을 전해 왔습니다.”

10년 전, 그 끔찍했던 전쟁 이후로 한동안 북방이 조용했었다. 그런데 북부의 솔샤르들이 10년 만에 다시 움직인다고 한다.

“어서 채비를 해라. 왕궁에 입궐해서 폐하를 뵈어야겠다.”

루잉이 검을 들고 일어섰다.

북부가 움직인다는 것은, 곧 전쟁이 일어날 것이란 소리였다. 그리고 그 전쟁에서 패하면 남부의 모든 인간들은 끝장이었다. 루잉은 어금니를 꽉 물고 방을 나섰다.

“넷!”

부관이 목을 90도로 굽혀 대답했다.

약 800년 전.

북부의 병력이 대륙 남부를 향해 해일처럼 밀려들었다.

악마적 무력을 갖춘 북부의 강병들은 불과 한 달 만에 대륙의 절반을 집어삼켰고, 넉 달이 채 되지 않아 온 세상을 점령했다.

당시 대륙을 다스리던 3개의 제국과 12개의 왕국은 북부에서 밀려온 대해일에 휘말려 처참히 뭉개졌다. 갈가리 찢겨 나갔다.

그렇게 세상은 강제로 하나가 되었다.

솔샤르!

이 엄청난 이름 아래 온 세상이 영원히 엎드려 굴복할 것 같았다.

하지만 솔샤르의 통치는 오래가지 않았다.

내부 분열 때문이었다.

솔샤르를 다스리는 9명의 군주들은 서로 반목하고 대립하며 내분에 빠졌다. 그사이 제국과 왕국의 후예들이 힘을 합쳐 반격을 시작했다. 특히 벨커스의 계승자라 불리는 은밀한 조직이 반격의 구심점 역할을 했다.

힘을 잃은 솔샤르는 다시 북부로 후퇴했고, 그때부터 부쿤 대산맥을 경계로 세상이 둘로 나뉘었다.

대륙의 4분의 3을 차지한 북부의 솔샤르!

대륙의 4분의 1에 해당하는 남부의 남부 연합!

두 세력의 대립은 장장 800년을 이어 왔다.

아니, 솔직히 말해서 대립이라고 부르긴 어려웠다. 지난 800년의 역사 안에는 솔샤르의 일방적인 공격과 남부 연합의 일방적인 방어만 있을 뿐이었다.

솔샤르의 아홉 군주가 힘을 모으면 북부의 강군이 남쪽으로 밀고 내려와 남부가 피바다가 되었다. 그러다 아홉 군주 사이에 균열이 생기면 다시 남부 연합이 되살아나서 솔샤르를 부쿤 대산맥 북쪽으로 밀어내었다.

지난 800년간 남부 연합은 부쿤 대산맥 북쪽으로 단 한 걸음도 올라가지 못했다. 10년 전, 서부 전선의 총사령관이었던 카일 백작이 루잉과 함께 솔샤르의 영토 깊숙이 침투했던 것이 거의 유일한 성과였다.

Chapter 7

저 무시무시한 솔샤르가 다시 준동을 시작했다.

바야크 왕국은 남부의 일곱 왕국에 이 급박한 소식을 전했다. 가몰 왕국에서도 즉시 비상 대책 회의가 열렸다.

"제가 늦었군요. 죄송합니다."

루잉은 빠른 걸음으로 회의장에 들어갔다.

타원의 탁자엔 4명이 앉아 있었다.

탁자 중앙.

금실로 수를 놓은 화려한 의복에 금색 관을 쓴 사람은 카롤 왕국의 왕세자인 줄리앙이었다. 루잉은 일부러 줄리앙을 외면했다. 앞에선 친구라고 부르면서 뒤로는 친구의 아내와 나뒹구는 저 가증스러운 놈의 얼굴을 보게 되면 마음을 다스리기 어려울 것 같았다.

줄리앙의 왼쪽엔 30 센티미터 높이의 뾰족한 삼각 모자를 쓴 노인이 자리했다. 허리가 꾸부정하고 주름이 자글자글한 노인이었다.

'노먼 공작.'

노먼은 카롤 왕국의 재상으로, 90이 넘은 고령에도 아직 현역에서 활동하는 뛰어난 수완가였다.

줄리앙의 오른편엔 보투르 후작이 보였다. 맵시 있게 콧수염을 기른 보투르는 루잉과 함께 카롤 왕국의 3대 검수로 손꼽히는 인물이었다.

보투르의 나이는 53세.

루잉보다 열두 살이 더 많았지만, 겉보기에는 30대 후반 같았다.

보투르의 옆자리는 주홍색 법의를 입은 여신관의 차지였

다. 이름은 알 수 없었다. 신관들은 오직 왕에게만 본인의 이름을 고했다.

"루잉 백작, 어서 오게."

노먼이 루잉에게 착석을 권했다.

루잉이 자리에 앉고 잠시 후, 데엥! 하고 종이 울렸다. 줄리앙을 비롯한 5명이 일제히 일어났다. 그들은 엄숙한 표정으로 앞쪽 기둥을 바라보았다.

기둥 안쪽에서 보라색 망토를 두른 노인이 힘겹게 걸어 나왔다. 머리에 화려한 왕관을 쓰고 손에 보홀을 든 노인의 정체는 사자왕 메로베였다.

"폐하를 뵙습니다!"

노먼 공작이 가장 먼저 무릎을 꿇었다.

줄리앙와 루잉, 보투르도 앞다투어 무릎을 꿇고 머리를 조아렸다.

오직 여신관만이 무릎을 꿇지 않았다. 대신 여신관은 허리를 깊이 숙여 왕을 맞이했다.

시동의 부축을 받아 왕좌에 착석한 메로베는 덜덜 떨리는 손을 들었다. 왕의 허락이 떨어지자 사람들이 일어나 다시 탁자에 둘러앉았다.

메로베는 계단 위의 왕좌에 앉아 사람들을 굽이보았다.

메로베 옆에 금빛 갑옷에 금빛 투구를 쓴 장신의 사내가 다가와 우뚝 섰다. 왕을 지키는 근위기사단장 기온이었다. 기온의 키는 2 미터에 달했고, 푹 눌러 쓴 투구는 얼굴의 절반을 가리고 있었다. 사람들은 기온을 '왕의 검' 이라고 불렀다.

메로베가 입을 열었다.

"그래…… 북부의 마물들이 다시 준동을 했다지?"

늙은 왕은 말 중간중간에 뜸을 들였다.

"그렇사옵니다, 폐하."

노먼이 살짝 고개를 숙여 대답했다.

"지금…… 전황은…… 어떤가?"

이번엔 줄리앙 왕세자가 대답했다.

"폐하, 상황이 다급한 것 같습니다. 바야크에서 급하게 병력을 요청했습니다. 솔샤르들이 장벽을 두드리기 전에 병력을 집결시켜야 한답니다."

바야크는 남부 연합의 최전방에서 북부의 솔샤르를 막아내는 방패 왕국이었다. 방패가 무너지면 그 뒤로는 걷잡을 수 없는 악몽이 벌어질 것이다.

메로베가 짓무른 눈으로 사람들을 둘러보았다.

"당연히…… 병력을 보내야지. 하면…… 누가 갈 것인가?"

노먼 공작이 보투르 후작에게 시선을 돌렸다.

노먼과 보투르는 정치적으로 서로 대척점에 서 있었다.

그러니 노먼 입장에서는 보투르가 북방으로 파병 나가는 것이 좋았다.

반면 줄리앙의 눈길은 루잉에게 꽂혔다.

"폐하. 소신 노먼의 생각으로는……."

노먼이 막 입을 열려고 할 때, 줄리앙이 선수를 쳤다.

"루잉 백작을 추천합니다."

줄리앙은 앞뒤 자르고 핵심만 먼저 말했다.

메로베의 시선이 줄리앙에게 멎었다.

줄리앙은 가슴을 펴고 당당하게 추천 이유를 밝혔다.

"폐하, 현재 전황이 아주 급박해 보입니다. 여기서 조금만 삐끗하면 엄청난 피해를 볼 수도 있습니다. 그렇다면 마땅히 최고의 패를 사용해서 급한 불을 꺼야겠지요."

줄리앙은 루잉을 '최고의 패'라고 추켜세웠다.

그 말이 기분 나빴는지 보투르 후작의 얼굴이 살짝 상기되었다.

줄리앙은 보투르를 향해 싱긋 웃었다.

"물론 제가 보투르 후작님을 무시하는 것은 아닙니다. 다만, 우리 카롤 왕국에서는 루잉 백작이 가장 경험이 많다는 뜻이지요. 어쨌거나 루잉 백작은 무려 25년 넘게 솔샤르와 싸워 왔으니까요."

모처럼 줄리앙이 옳은 말을 했다. 카롤 왕국에서 솔샤르에 대해 가장 많은 경험을 가진 사람은 루잉이었다.

줄리앙이 말을 이었다.

“게다가 루잉 백작은 바야크 군대에 끈끈한 인맥을 갖고 있습니다. 그는 지난 전쟁에서 바야크 사람들과 함께 장벽을 지키며 생사를 나누었거든요.”

줄리앙이 동의를 구하듯 루잉을 바라보았다.

루잉은 고개를 돌려 메로베 왕을 올려다보았다.

메로베가 루잉과 시선을 맞추었다.

“루잉…… 네가 가겠느냐?”

메로베가 가래 끓는 목소리로 물었다.

루잉은 짧게 고개를 끄덕였다.

“바야크 장벽은 카일 백작님께서 목숨을 걸고 지켜 오신 곳입니다. 폐하께서는 명령만 내리십시오. 제가 가서 지키겠습니다.”

루잉의 표정에 비장함이 어렸다.

메로베는 안쓰러운 눈으로 루잉을 바라보았다.

“루잉이여, 그대는…… 일곱 살에 전쟁터에 발을 들여 무려 25년을 싸웠거늘, 지금 또다시 그 지옥으로…… 가려는가?”

“가겠습니다.”

루잉의 대답은 한결같았다. 그는 위험한 곳을 자청하면

서도 단 한 점의 망설임도 없었다.

'하아! 이런 답답한 친구를 보았나. 아무리 충성심이 커도 그렇지!'

노먼 공작이 속으로 한숨을 내쉬었다.

줄리앙은 물끄러미 루잉을 바라보았다. 그의 표정이 알쏭달쏭하게 변했다.

'루잉아, 너는 어쩜 그렇게 멍청하냐. 그러니 내게 농락을 당하고 아내를 빼앗기지. 하아아! 그러나 네 충성심 하나는 정말 높이 살 수밖에 없구나! 어쩌면 나는 지금 최악의 짓을 벌이는 중일지도 몰라. 요부 실비아에게 홀려서 저런 충신을 죽음의 전쟁터로 내몰다니 말이야.'

그때 보투르 후작이 손을 번쩍 들었다.

"폐하, 저도 보내 주십시오. 루잉 백작만 홀로 전쟁터에 내보낼 수는 없습니다. 저도 가서 힘을 보태겠습니다."

'보투르 후작은 역시 교활해. 쯧쯧쯧!'

노먼이 속으로 보투르를 욕했다.

루잉 백작.

보투르 후작.

근위기사단장인 기온 백작.

이 세 사람은 카롤 왕국을 지탱하는 삼각기둥이었다. 이 기둥들 가운데 기온은 왕의 곁에서 한시도 떨어지지 않는 그림자였고, 루잉과 보투르는 각각 왕국의 수도와 국경을 책임질 의무를 지녔다. 만약 루잉이 바야크로 파병을 나간다면, 보투르는 국경 수비와 수도 방어를 동시에 챙겨야 했다. 그러니 보투르가 루잉과 함께 바야크로 파병을 나가는 것은 불가능했다.

보투르 후작은 이 사실을 잘 알면서도 파병을 자청했다. 노먼이 보투르를 욕한 것은 바로 이런 여우 짓 때문이었다.

Chapter 8

현명한 왕 메로베가 보투르의 얕은 속내를 모를 리 없었다. 하지만 메로베는 보투르를 꾸짖지 않고 그냥 넘어갔다.

"보루트 경의 충정은…… 잘 알겠네. 하지만 경까지 보낼 수는 없어."

메로베는 천천히 고개를 가로저었다.

"폐하!"

보투르는 억울하다는 표정을 지어 보였다.

그가 끝까지 이런 연기를 하는 이유는 메로베의 눈에 들기 위해서가 아니었다.

'이 정도로는 영민하신 폐하의 눈을 속일 수 없지. 하지

만 왕세자의 눈에 들 수는 있어.'

보투르가 노리는 대상은 바로 줄리앙 왕세자였다.

그 의도가 제대로 먹혔다.

줄리앙은 감동한 눈으로 보투르를 바라보았다.

'그래! 루잉은 사지로 보내도 돼. 루잉이 없어도 우리 왕국엔 보투르 후작이 있잖아? 그리고 나중에 내가 왕위에 오르면 기온 백작도 내 사람이 되겠지.'

줄리앙은 이렇게 생각했다.

그러자 한결 마음이 편했다.

메로베가 여신관에게 고개를 돌렸다.

"점괘를…… 뽑아 보라."

"폐하, 대상을 말해 주소서."

여신관은 별빛과 같은 눈으로 사자왕을 올려다보았다.

메로베는 턱 끝으로 북쪽 방향을 가리켰다.

"이번 일이…… 전쟁으로 이어지겠는가?"

북부의 움직임이 심상치 않은 것은 사실이나, 그렇다고 꼭 전쟁으로 이어지라는 법은 없었다. 메로베는 가능하면 전쟁이 없기를 바랐다.

"제가 한번 신의 뜻을 살펴보겠나이다."

여신관은 가느다란 대롱에서 밀알을 꺼내 원탁 위에 쫙 흩뿌려 놓았다. 여신관의 소매에서 불쑥 튀어나온 조그만

새 한 마리가 고개를 갸웃거리며 탁자 위를 걸었다.

여신관이 고대의 언어를 읊었다.

황금빛 볏을 가진 새는 밀알 사이를 걷다가 부리로 하나를 탁 물었다. 그러곤 여신관의 손바닥 위로 돌아왔다.

여신관은 새가 건네준 밀알을 눈 가까이 대고 표면의 무늬를 살폈다.

사람들은 긴장된 얼굴로 여신관의 말을 기다렸다.

여신관이 나직이 한숨을 쉬었다.

"하아아! 폐하, 안타깝게도 전쟁으로 이어지나이다. 많은 피가 흐를 것이옵니다."

"으윽!"

메로베가 주름진 손으로 이마를 짚었다.

"끙!"

노먼과 보투르도 인상을 찌푸렸다.

오직 루잉만 무표정했다.

줄리앙은 그런 루잉을 물끄러미 바라보았다.

메로베가 다시 물었다.

"하면…… 이번 전쟁에서 우리가 승리하겠는가?"

"한 번 더 신의 뜻을 살피겠나이다."

여신관은 탁자 위의 밀알을 쓸어서 버린 다음, 품에서 두 번째 대롱을 꺼냈다. 탁자 위에 새 밀알이 좌르르 흩어졌다.

여신관의 손바닥에서 폴짝 뛰어내린 새는 밀알 사이로 걸어 들어가 고개를 갸웃거렸다.

여신관이 고대의 언어를 읊어 신의 뜻을 헤아렸다.

새가 밀알 하나를 물고 여신관에게 돌아왔다. 이번에도 여신관은 밀알 표면의 무늬를 살펴 점괘를 읽었다.

여신관의 얼굴이 살짝 상기되었다. 여신관은 기쁜 듯이 대답했다.

"예, 폐하. 이길 것이옵니다. 우리가 이기옵니다."

"오오오! 그래?"

메로베의 얼굴이 한결 밝아졌다.

"휴우, 다행입니다."

노먼도 가슴을 쓸어내렸다.

반면 보투르의 표정은 그리 밝지 않았다. 전쟁에 승리하고 루잉이 큰 공을 세우면 그만큼 그의 입지가 좁아지기 때문이었다.

줄리앙의 얼굴도 복잡하게 변했다. 한편으로는 안도하는 듯 보이고, 다른 한편으로는 아쉬운 기색이 얼굴에 스쳐 지나갔다.

메로베가 한 번 더 신점을 요청했다.

"하면…… 아군이 받는 피해는 어떠하겠는가?"

"그 또한 살펴보겠나이다."

여신관은 밀알을 버리고 세 번째 대롱을 꺼냈다. 대롱에서 쏟아진 밀알이 원탁 위에 어지럽게 흩어졌다.

새가 포로롱 내려와 밀알 사이를 걸었다.

여신관이 흰자위를 드러내며 고대의 주문을 읊었다.

새가 밀알 하나를 골라 여신관의 손바닥 위로 올라왔다. 여신관은 밀알 표면의 무늬를 세심하게 들여다보았다.

"어떤가?"

메로베의 물음에 여신관은 쉽사리 대답하지 못했다. 이마를 찌푸리고 밀알을 한참 들여다보다가 울상을 지었다.

메로베가 발을 굴렀다.

"어허! 왜 머뭇거리는가? 아군의 피해가…… 그렇게 막심한 것인가? 과거의 전쟁보다도 더?"

과거의 전쟁은 그야말로 대재앙이었다. 30년 가까이 계속된 전쟁으로 인해 남부 연합은 송두리째 뒤흔들렸다. 메로베가 다스리는 카롤 왕국도 그 여파에서 벗어나지 못했다. 많은 병사들이 죽고 왕실 곳간이 텅텅 비었다.

만약 그 정도 피해가 다시 온다면?

그렇다면 이겨도 이긴 것이 아니다. 사람들의 안색이 하얗게 질렸다.

여신관이 고개를 흔들었다.

"폐하, 과거의 전쟁처럼 큰 피해가 오지는 않사옵니다.

다만 이번 전쟁으로 인해 아군의 깃발이 적에게 넘어간다는 점괘가 나왔사옵니다."

"아군의 깃발? 그게…… 무얼 뜻하는고?"

"그걸 알 수가 없사옵니다. 점괘가 모호한지라……."

여신관이 말끝을 흐렸다.

그때 줄리앙이 불쑥 끼어들었다.

Chapter 9

"폐하, 깃발이라 함은 성을 의미하는 것이겠지요. 제 생각에는 바야크 왕국의 성채 한두 개가 솔샤르에게 넘어가지 않나 싶습니다."

줄리앙은 이렇게 주장했다.

노먼 공작이 즉각 반론을 제기했다.

"물론 왕세자 전하의 의견에도 일리가 있습니다만, 소신의 생각은 조금 다릅니다. 이번 전쟁에서 승리한다는 점괘가 나왔으니 성을 잃지는 않을 것입니다."

"흥! 그렇다면 깃발이 넘어간다는 게 무슨 뜻이란 말입니까?"

줄리앙이 노먼을 향해 발끈 성을 내었다. 그는 왕 앞에서 무시를 당했다는 생각에 기분이 언짢았다.

노먼이 본인의 생각을 고했다.

"소신은 깃발이 지휘관을 의미한다고 생각합니다."

"지휘관?"

메로베가 노먼의 의견에 귀를 기울였다.

노먼은 고개를 힘차게 주억거렸다.

"그렇습니다. 폐하, 소신은 이번 전쟁에서 아군의 주요 지휘관을 잃지 않을까 걱정되옵니다."

노먼의 의견은 그럴듯했다.

여신관이 그 말에 동의했다.

"폐하, 재상의 말씀이 일리가 있사옵니다. 다만 그 지휘관이 꼭 우리 카롤 왕국 소속이라는 법은 없지 않겠습니까? 바야크 왕국의 지휘관을 뜻하는 것일 수도 있습니다."

"그런가? 그렇다면…… 부디 우리의 피해가 없기를 기도해야겠군."

메로베는 두 손을 모아 손끝에 키스를 하고는 천장을 향해 손을 살짝 벌렸다. 여신에게 기도를 올리는 동작이었다.

다들 왕의 행동을 따라 했다.

줄리앙은 부루퉁한 얼굴로 노먼을 노려본 다음 마지못해 여신에게 기도를 올렸다. 노먼과 보투르도 손끝에 키스를 하고는 천장을 향해 손을 살짝 벌렸다.

루잉도 기도에 동참했다. 다만 루잉의 기도 내용은 다른 사람들의 것과는 사뭇 달랐다. 루잉의 눈동자에 단호한 결심의 빛이 어려 있었다.

"그럼 오늘 회의는 이만 마침세. 내가…… 몸이 힘들구먼."

메로베가 보홀을 지팡이처럼 지탱해서 일어났다.

시동 2명이 재빨리 다가와 늙은 왕을 부축했다. 근위기사단장 기온이 왕의 뒤에 호위하듯 따라붙었다.

"폐하!"

사람들이 자리에서 일어나서 일제히 무릎을 꿇었다.

메로베는 천천히 걸어 회의장에서 물러났다.

왕이 대전을 떠난 뒤, 줄리앙이 루잉에게 다가와 어깨를 툭 쳤다.

"아군이 승리한다니 이제 안심이다. 그렇지, 루잉?"

일국의 왕세자가 신하에게 이렇게 친근하게 구는 것은 쉽지 않은 일이었다. 루잉도 줄리앙의 실체를 파악하기 전까지는 줄리앙의 털털한 행동을 좋아했다.

하지만 지금은 아니었다.

루잉은 상대의 목을 날려 버리려는 마음을 억지로 가라앉혔다.

"루잉, 왜 그래? 오늘따라 안색이 어둡네."

줄리앙이 루잉의 걱정을 해 주었다.

루잉은 짧게 대꾸했다.

"솔샤르와 다시 싸워야 하니까요."

이곳은 공적인 자리.

사석에서는 친구일지 몰라도 이런 공석에서 왕세자에게 말을 낮출 수는 없었다. 루잉은 분노를 억누르며 존칭을 사용했다.

"아아, 그러네."

그 끔찍한 마물들과 전쟁을 벌여야 한다면 누구라도 안색이 어두워질 것이다. 쥴리앙은 루잉의 말에 완전 납득했다.

루잉의 입가에 쓴웃음이 걸렸다.

카롤 왕국의 수도방위사령부에는 바야크 왕국과 직통으로 연결된 포탈(Portal: 문, 입구)이 설치되어 있었다. 솔샤르의 기습 공격에 대비한 포탈이었다.

카롤의 왕 메로베는 이번에 1개의 기사단과 1개의 군단을 파병하기로 결정했다.

이 가운데 일반 군단은 도보로 이동할 계획이었다. 30,000명이나 되는 대병력이 포탈로 이동하는 것은 불가능했다.

대신 기사단은 포탈을 사용하기로 했다. 도로에서 시간

을 허비하다가 바야크 저지선이 무너지기라도 하는 날에는 뒷감당이 어려웠다.

따갑게 햇살이 쏟아지는 오후.

"전구우—운, 정렬!"

레드 라이온의 부단장이 우렁차게 구령을 붙였다.

"정! 렬!"

처처척!

200명으로 이루어진 기사단은 한목소리로 복창했다. 각을 잡은 듯 열이 쫙 맞았다. 우측 열에 100명, 좌측 열에 100명. 기사단이 둘로 갈라졌다.

루잉은 기사들의 사열을 받으며 포탈로 향했다. 그가 걸음을 뗄 때마다 갑옷에서 철그럭 소리가 울렸다. 내리쬐는 오후 햇살이 은빛 갑옷의 뾰족한 돌기 부근에서 반사되어 눈부신 광채를 토했다. 갑옷의 양어깨에는 사자의 얼굴을 형상화한 보호용 폴드런(Fauldron: 상박갑)이 위용을 자랑했고, 가슴 정중앙에도 포효하는 사자의 얼굴이 양각되어 있었다.

루잉의 등 뒤로는 붉은 망토가 펄럭였다. 고급스러운 재질의 망토였다. 망토 한복판엔 레드 라이온 기사단을 상징하는 문양이 자리했다.

루잉의 투구도 은색으로 찬란히 빛났다. 얼굴 전체를 감싸고 눈만 드러내도록 만들어진 투구 앞쪽엔 메추리알 크기의 루비가 박혀서 반짝거렸다.

루잉은 투구를 옆구리에 끼고 걸었다.

루잉의 허리춤에는 세 자루의 검이 매달려 덜렁거렸다. 이 가운데 두 자루는 루잉의 검이었고, 나머지 하나는 카일 백작의 유품이었다.

방패는 들지 않았다. 루잉은 수비 없이 공격만 퍼붓는 스타일이었다.

루잉이 포탈 앞에 다가서자 줄리앙 왕세자가 마중을 나왔다.

"루잉 백작!"

"왕세자 전하를 뵙습니다."

루잉은 가슴에 주먹을 대고 머리를 푹 숙였다.

부하들이 보는 자리여서 이렇게 머리를 숙일 수밖에 없었다. 하지만 루잉의 속에서는 열불이 치밀었다. 루잉은 어금니를 꽉 물었다.

Chapter 10

줄리앙이 루잉을 일으켜 세웠다.

"루잉 백작! 그대는 우리 카롤 왕국의 기둥이오. 부디 이번 출정에서 큰 공을 세우고 무사히 돌아오기를 빌겠소."

공식적인 출정식인지라 줄리앙도 루잉에게 존칭을 써 주었다.

루잉이 사무적으로 그 말을 받았다.

"전하의 뜻에 어긋남이 없도록 최선을 다하겠나이다. 충!"

루잉의 말이 떨어지기 무섭게 200명의 기사들이 동시에 합창을 했다.

"추—웅!"

우렁찬 호령에 땅이 뒤흔들렸다. 기사들의 뜨거운 기백에 공기가 확 달아올랐다.

그 열기가 왕궁 수뇌부들에게까지 그대로 전달되었다. 줄리앙은 감격스러운 눈빛으로 기사들을 훑어본 다음, 기사 한 사람 한 사람에게 악수를 청했다. 왕세자의 이런 소박한 행동이 기사들에게 감동을 주었다.

"충—성!"

기사들의 사기가 한층 고조되었다.

노먼 공작은 포탈 앞 차광막 그늘에 서서 왕세자의 가식적인 행동을 바라보았다.

'허허허허!'

노먼의 얼굴에 쓴웃음이 떠올랐다가 빠르게 사라졌다.

노먼의 등 뒤에서 실비아가 한 걸음 걸어 나왔다.

루잉이 실비아 앞에서 걸음을 멈췄다.

사람들의 시선이 루잉 부부에게 쏠렸다.

"여보."

실비아는 걱정스러운 눈빛으로 루잉을 올려다보다가 품에서 작은 목걸이를 하나 꺼냈다.

"이건 제가 신전에 특별히 부탁해서 받은 목걸이에요. 여신의 수호성력이 깃들었다고 하더라고요."

"고맙소, 부인."

루잉은 목걸이를 받아 그 자리에서 착용했다.

실비아는 손수건을 꺼내 눈가를 톡톡 찍은 다음, 루잉에게 와락 안겨 흐느꼈다.

"여보, 부디 무사히 돌아오셔야 해요."

"걱정 마시오. 난 아무 일도 없을 거요."

루잉은 건틀릿(Gauntlet: 보호 장갑)을 낀 손으로 실비아의 머리를 툭툭 쓰다듬은 다음, 부인을 품에서 떨어뜨리곤 곧장 포탈로 향했다.

레드 라이온 기사들이 루잉의 뒤를 따라 척척 행진했다.

루잉이 다가오자 포탈을 운용하는 마법사들이 주변에 빙 둘러쌌다. 마법사들이 주문을 읊자 주변의 마나가 요동을 치면서 포탈로 흘러들어 갔다.

화악—!

코끼리의 상아로 만들어진 포탈 테두리에서 하얀빛이 방출되었다. 그다음 몇 초 뒤에는 포탈 입구에 변화가 생겼다. 뻥 뚫린 포탈 전면부가 푸른 광채로 가득 차더니, 그 광채가 서서히 회전을 시작했다.

드디어 포탈이 열렸다.

루잉은 아무런 망설임도 없이 푸른 광채 속으로 들어갔다.

레드 라이온 기사들도 신속하게 루잉의 뒤를 따랐다.

200명이나 되는 인력을 공간 이동시키는 것은 보통 일이 아니었다. 마법사들은 진땀을 흘리며 계속 주문을 읊고 마나를 공급했다. 포탈이 울렁울렁 빛을 방출하며 기사들을 집어삼켰다.

마침내 마지막 한 명의 기사까지 모두 포탈로 들어갔다.

"후우! 여신의 가호가 기사들과 함께하기를."

노먼 공작이 두 손을 모아 손끝에 키스를 했다. 그다음 하늘을 향해 손을 살짝 벌렸다.

"여신의 가호가 함께하기를!"

실비아도 함께 기도했다.

줄리앙은 포탈을 노려보며 지그시 입술을 깨물었다.

'과연 이게 잘한 짓일까? 루잉과 같은 충신을 잃는 것이 과연 우리 카롤 왕국에 얼마나 큰 타격이 될까?'

실비아와 바람을 피울 때는 루잉의 존재가 너무 부담스러웠다. 솔직히 줄리앙은 루잉에게 들킬까 봐 겁이 났었다. 가끔씩 줄리앙의 꿈에 루잉이 나타나기라도 할 때는 악몽도 그런 악몽이 없었다. 그래서 줄리앙은 친구이자 검술 스승인 루잉을 사지로 몰아넣었다. 한데 막상 전쟁터로 떠나는 루잉의 뒷모습을 보자 죄책감과 함께 불안한 기분이 들었다.

'에라, 모르겠다. 루잉이 없어도 보투르 후작과 기온 백작이 있으니까 괜찮겠지.'

줄리앙은 머리를 털어 불길한 기분을 지워 버렸다.

실비아가 줄리앙에게 남몰래 눈짓을 보냈다. 단지 눈짓만 보낸 것이 아니라 매혹적인 입술도 벙긋거렸다.

'오빠, 오늘 밤에 우리 만나.'

실비아는 소리 없이 입술만 벙긋거려 본인의 의사를 줄리앙에게 전달했다.

줄리앙도 화답을 했다.

'우훗! 알았어.'

'나, 그때 그 속옷을 입을게. 오빠가 좋아하는 거.'

'진짜? 으흐흐, 이거 죽겠네.'

둘은 열심히 의사를 주고받았다. 어느새 줄리앙의 바지가 불룩해졌다. 남편을 전쟁터로 떠나보낸 유부녀의 유혹에 마음이 설레었다는 증거였다. 줄리앙은 조금 전의 고민을 싹 잊어버렸다. 루잉에 대한 죄책감도 머릿속에서 지워버린 지 오래였다.

'어라? 이것들 봐라?'

여우처럼 눈치 빠른 보투르 후작이 그 짧은 순간을 놓치지 않았다.

'으흐흐! 둘이 그렇고 그런 사이란 말이지?'

보투르 후작의 머리가 신속하게 회전하기 시작했다. 그는 이 은밀한 비밀을 어떻게 이용해야 자신에게 유리할 것인지 고민했다.

사람들마다 각자 다른 생각을 했다. 오늘 이 자리에서 이번 전쟁을 걱정하는 사람은 아무도 없었다. '피해를 입기는 하되 결국 전쟁에서 승리할 것' 이라는 점괘 덕분이었다.

푸른 하늘에서 일직선으로 햇살이 쏟아졌다. 노먼 공작은 찌푸린 눈으로 태양을 올려다보았다. 절로 한숨이 나왔다.

'휴우, 폐하께서 승하하시면 나도 그만 재상의 자리에서 물러나야겠구먼.'

노먼은 갑자기 이런 생각을 했다. 노먼의 뇌리에 불현듯 죽은 카일 백작이 떠올랐다. 그와 카일은 사자왕 메로베의 오른팔과 왼팔이라 불렸다. 그와 카일이 힘을 합쳐 사자왕을 보필할 때가 카롤 왕국의 전성기였다.

그런데 5년 전 카일이 먼저 세상을 떠났다.

사자왕 메로베도 병색이 완연해서 곧 국상을 치를 분위기였다.

노먼은 줄리앙을 힐끗 곁눈질했다.

줄리앙은 태양처럼 밝게 빛나는 왕세자였다. 그는 늘 유쾌하고, 털털하며, 백성들에게 인기가 높았다.

하지만 노먼에게는 줄리앙의 빛보다는 그림자가 더 크게 다가왔다. 그가 아무리 애를 써도 저 젊고 쾌활한 왕세자와 함께하는 미래가 그려지지 않았다.

'그렇다면 이제 그만 정치에서 손을 떼야겠지'

그게 현명한 선택일 것이다.

노먼은 속으로 이렇게 되뇌었다.

제2화

혈투

Chapter 1

루잉이 발을 뗀 곳은 대륙 남서부 끝에 위치한 카롤 왕국의 수도였다. 그런데 그가 그 발걸음을 내디딘 곳은 대륙 중서부의 부우룬 산 밑이었다. 마법의 포탈이 루잉을 무려 12,000 킬로미터나 이동시켰다.

포탈에서 나오자마자 기온이 확 떨어진 것이 느껴졌다. 주변 풍경도 싹 바뀌었다. 당장 루잉의 눈에 들어온 것은 전면에 우뚝 솟은 어마어마한 크기의 산이었다. 산이 주는 위압감이 정말 대단했다. 오래전 루잉은 이곳 부우룬 산의 장벽을 지키며 솔샤르들과 치열한 전쟁을 벌였다. 당시 카일 백작이 서부 전선의 총사령관이었고, 루잉은 그 직속 부관이었다.

"10년 만인가?"

루잉은 부우룬 산의 웅대한 모습을 눈으로 더듬었다.

부우룬 산은 부쿤 대산맥의 지류에 속했다.

최고봉의 높이가 무려 해발 18,000 미터에 달하는 부쿤 대산맥은 북부의 솔샤르와 남부의 일곱 왕국을 둘로 쪼개며 대륙 동서로 길게 드러누워 있었다. 부쿤의 산세가 워낙 험하고 높아 하늘의 새들도 감히 날아 넘지 못했다.

바야크 왕국 북쪽 국경 지대에 위치한 부우룬 산도 부쿤 대산맥의 지류답게 산세가 거칠고 계곡이 깊었다.

부우룬의 산꼭대기엔 10 미터 높이의 철벽이 능선을 타고 쭉 늘어서 있었으며, 성벽 50 미터마다 감시탑이 하나씩 위치했다.

이 철벽과 감시탑들은 솔샤르의 침공을 막기 위해 세워진 것들이었다. 남부의 일곱 왕국 백성들은 이 철벽을 '바야크 저지선' 이라고 불렀다.

바야크 저지선은 단지 말로만 철벽이 아니었다. 실제로 주물 틀에 쇳물을 부어 쇠 벽돌을 찍어 낸 다음, 그 쇠 벽돌들을 층층이 쌓아 만든 쇠 장벽이었다. 벽이 온통 쇠로 만들어진 덕분에 햇빛이나 달빛에 반사가 잘 되었다. 그래서 멀리서도 번쩍거리는 장벽이 잘 보였고, 야밤에도 식별하기 쉬웠다.

루잉은 부우룬 능선을 타고 쭉 이어진 번쩍거리는 띠를 눈으로 확인했다.

"여어, 루잉 백작!"

누군가 루잉을 불렀다.

루잉이 고개를 돌렸다.

얇은 사슬로 만든 갑옷을 몸에 두르고, 그 위에 밤색 털옷을 걸친 털북숭이 사내가 눈에 들어왔다. 사내의 턱에서 자라난 곱슬곱슬한 수염은 수백 년을 자란 넝쿨처럼 아래로 흘러 내려와 배꼽까지 다다랐다. 사내의 키는 220 센티미터는 되어 보였고, 체격은 불곰을 보는 듯했다. 사내의 어깨엔 무시무시할 정도로 커다란 해머가 걸쳐져 있었다.

루잉은 상대를 알아보았다.

이 거구의 사내는 10년 만에 만난 전우, 림이었다.

"림 형님!"

루잉은 반갑게 다가섰다.

"루잉!"

림이 양팔을 활짝 벌려 루잉을 꽉 끌어안았다.

루잉도 키가 큰 편이었지만, 림 앞에서는 어린아이처럼 보였다. 거구의 림이 꽉 끌어안자 부모 품에 안긴 어린애 모양새가 되었다.

림에게서 시큼한 땀 냄새가 풍겼다.

그래도 좋았다. 루잉의 딱딱하던 표정이 모처럼 부드럽게 풀렸다.

“림 형님, 그동안 잘 지내셨습니까?”

“으허허! 나야 늘 그렇지. 낮에는 애들과 어울려서 뒹굴고, 밤이 되면 모닥불 앞에서 술을 퍼마시고. 이게 내 삶이야. 으허허허!”

림이 곰처럼 웃었다.

그때 옆에서 누가 투정을 부렸다.

“루잉 백작, 림 형님만 반갑고 나는 안중에도 없지?”

루잉이 고개를 홱 돌렸다.

그곳에 람이 서 있었다. 람은 루잉을 보며 빙그레 웃었다.

“람 형님!”

루잉은 람에게도 달려가 와락 포옹했다.

왜소한 체격의 람이 루잉의 품에 폭 들어왔다.

람은 턱수염이 듬성듬성 난 쥐상의 사내였다. 람이 쥐새끼처럼 윗입술을 씰룩거릴 때마다 그의 두툼한 입술 사이로 뾰족한 앞니가 드러났다 말았다를 반복했다.

람의 키는 158 센티미터.

람의 머리는 림의 허리에 겨우 닿을 정도였다. 그런데 놀랍게도 림과 람은 형제였다. 그것도 한날한시에 한배에서 태어난 쌍둥이였다.

이들 형제는 바야크 저지선을 책임지는 총지휘관이었는데, 이곳 바야크 왕국에서 림과 람 형제의 무력은 단연 최강이었다.

림과 람 형제와 차례로 포옹을 마친 뒤, 루잉은 전황에 대해 물었다.

"급하게 연락을 받고 달려오기는 했습니다만, 지금 전황이 어떻습니까? 솔샤르들이 어디까지 접근한 겁니까?"

람이 손가락으로 머리카락을 긁었다.

"그게, 파악이 좀 어려워. 장벽 너머로 정찰대를 보냈는데 몸뚱어리는 잃고 머리통만 돌아왔거든."

"이런! 놈들이 상당히 근접했나 보군요."

루잉이 입술을 질겅 씹었다.

이번엔 림이 대답했다.

"맞아. 놈들이 최소한 5 킬로미터 안까지 들어온 것 같아."

"5 킬로미터라고요? 그렇게 가까이 접근했습니까?"

"그래. 마치 모래시계를 10년 전으로 되돌린 느낌이야. 크흥!"

림이 10년 전을 언급했다. 10년 전, 루잉은 이들 형제와 어깨를 맞대고 솔샤르들을 물리쳤다. 그때는 카일 백작도 곁에 있었다.

'스승님!'

카일을 떠올리자 루잉의 얼굴이 침울해졌다.

람이 루잉의 마음을 헤아렸다.

"소식은 들었어. 카일 백작님께서 돌아가셨다며?"

"네. 5년 전에 눈을 감으셨지요."

대답을 하면서 루잉은 주먹을 꽉 움켜쥐었다.

카일은 병으로 죽은 것이 아니었다. 사랑하는 부인에게 배신을 당하고 고통에 몸부림치다가 죽었다. 그 생각을 떠올릴 때마다 루잉의 눈에 지옥이 펼쳐졌다.

으드드득!

루잉은 소리 없이 어금니를 깨물었다.

림이 한숨을 푹 내쉬었다.

"어허! 그분이 그렇게 돌아가시다니! 미안하다, 루잉 백작. 나와 내 동생은 여기를 지키느라 바빠서 장례식에 가보지도 못했어."

"그래. 미안하다, 루잉."

람도 사과를 했다.

루잉은 두 사람의 손을 꼭 맞잡았다.

"괜찮습니다. 두 분 형님의 임무는 이곳 저지선을 지키는 것 아닙니까? 돌아가신 스승님도 충분히 이해하실 겁니다."

루잉이 대화를 나누는 사이, 레드 라이온 기사단이 모두 포탈을 빠져나왔다. 기사들은 루잉의 뒤에 열을 맞춰 섰다.

림이 휘파람을 불었다.

"휘이익! 이거 레드 라이온을 몽땅 데려왔구나! 고맙다, 루잉 백작."

"고맙긴요. 마땅히 해야 할 일이죠. 바야크 저지선이 무너지면 우리 인간들은 끝입니다."

"그렇지."

"어떻게든 솔샤르들을 물리치고 저지선을 지켜내야지."

림과 람이 가슴을 탕탕 두드렸다.

Chapter 2

한 시간쯤 뒤.

후오옹—!

부우룬 산 밑의 포탈에서 다시 한 번 푸른 광채가 쏟아졌다. 포탈이 활짝 열리고 그 안에서 사람들이 튀어나왔다.

클레테스 성녀가 다스리는 홀리랜드(Holy Land: 신성한 땅)에서 보낸 병력이었다.

홀리랜드는 바야크 왕국과 카롤 왕국 사이에 위치한 신

국으로, 인구는 그리 많지 않지만 우수한 신관과 마법사를 많이 배출하는 것으로 유명했다.

"여어, 꼬챙이!"

덩치 큰 림이 홀리랜드의 지원 병력을 향해 성큼 다가섰다.

흰옷에 팔각 모자를 쓰고 보라색 띠를 어깨에 두른 비쩍 마른 노인이 림을 향해 활짝 웃었다.

"여어, 곰탱이!"

두 사람은 서로의 별명을 부르며 반갑게 다가서서 양쪽 뺨을 번갈아 부딪쳤다.

꼬챙이라는 별명을 가진 노인은 홀리랜드의 대주교 피올로였다. 홀리랜드는 총 8명의 대주교를 두었는데, 이 가운데 5명은 클로테스 성녀를 보필하는 역할이었다. 그리고 8명 가운데 나머지 셋이 외부의 침공에 맞서 싸우는 수호자였다.

피올로는 바로 이 3명의 수호자 가운데 하나.

림과 인사를 나눈 피올로가 이번엔 람과 양 뺨을 맞댔다.

마지막으로 루잉이 다가섰다.

"피올로 대주교님, 오랜만입니다."

피올로가 눈을 번쩍 떴다.

"아니, 이게 누군가? 혹시 루잉?"

"그렇습니다. 저 루잉입니다. 카일 백작님의 종자였던 소년이지요."

"허어어! 본인의 키보다 훨씬 더 큰 검을 휘두르며 전쟁터를 누비던 어린 소년이 이렇게 컸어? 어허허허!"

피올로는 루잉의 손을 꼭 잡고 울먹거렸다.

과거 30년 전쟁에서 루잉은 피올로의 도움을 많이 받았다. 수호자답지 않게 마음이 여린 피올로는 전쟁터에 뛰어든 어린 소년을 불쌍히 여겼다. 그래서 루잉에게 치료 포션(물약)도 나눠 주고 여러모로 신경을 써 주었다.

당시 루잉은 피올로 덕분에 목숨을 여러 번 건졌다.

대신 피올로도 루잉에게 목숨 빚을 한 번 졌다. 장벽을 넘어온 솔샤르 가운데 하나가 커다란 손으로 피올로의 머리통을 움켜쥐었을 때, 루잉이 목숨을 걸고 맞서 싸워 그 솔샤르들을 해치웠다. 만약 루잉이 아니었다면 피올로는 그때 죽었을 것이다.

반갑게 인사를 마치자 림이 안내를 했다.

"여기서 이럴 것이 아니라 어서 사령부로 들어가세. 지원 병력이 도착했으니 영역을 나눠 진영을 짜야지."

림이 안내한 사령부에는 커다란 입체 지형도가 놓여 있었다. 대형 탁자 위에 설치된 입체 지형도였는데, 어찌나 정교했던지 부우룬 산과 바야크 장벽을 정확하게 축소 모형으로 만들었을 뿐 아니라 계곡과 개울, 바위까지도 그대로 재현해 놓았다.

지형도의 장벽 남쪽에는 푸른 깃발이 일정한 간격으로 꽂혀 있었다. 이 푸른 깃발은 아군을 의미했다.

장벽 북쪽에는 붉은 깃발이 듬성듬성 자리했는데, 이들은 솔샤르 진영을 나타내었다.

피올로 대주교가 물었다.

"여기에 꽂힌 깃발의 정보는 얼마나 정확한가?"

림이 얼굴을 찌푸렸다.

"솔직히 말해서 별로 믿을 만하지 않아. 지금 우리는 놈들의 규모나 위치를 정확하게 파악하지 못했어. 정찰병을 보내 봤지만 모두 헛수고였거든. 다 죽었지."

"허! 정찰병이 모두 죽었다고? 그렇다면 솔샤르들이 조직적으로 움직인다는 뜻이구먼."

"그래. 지난 10년간 놈들이 이 정도로 조직적으로 움직인 적은 없었네. 아무래도 귀족 솔샤르가 접근하는 것 같아."

일반 솔샤르들도 상대하기 쉽지 않았다. 마물과 결합한 솔샤르들은 그야말로 악몽이나 다름없었다.

하지만 귀족 솔샤르에 비하면 일반 솔샤르는 아무것도 아니었다. 귀족 솔샤르의 힘과 권능은 끔찍 그 자체!

마나의 벽을 돌파한 초인을 제외하면 감히 귀족 솔샤르를 상대할 자가 없었다.

"끄응! 귀족이 움직였단 말이지? 이거 쉽지 않겠는걸."

피올로가 앓는 소리를 냈다.

림이 고개를 가로저었다.

"이봐, 꼬챙이. 귀족은 맛보기에 불과해. 고작 귀족 솔샤르 한두 놈이 접근한다고 해서 내가 비상 연락을 했겠는가?"

"그렇다면 혹시!"

피올로의 안색이 하얗게 질렸다.

림이 무겁게 고개를 끄덕였다.

"자네 짐작이 맞아. 아무래도 군주가 남하하는 것 같네."

"군주! 크으윽!"

피올로의 잇새로 신음이 터졌다.

군주!

모든 솔샤르들의 정점에 서 있는 절대자!

북부를 다스리는 그 아홉 군주 가운데 하나가 남하를 한 것이라면 이건 보통 사건이 아니었다. 피올로는 두 손을 모으고 손끝에 키스를 한 다음, 하늘을 향해 손을 살짝 벌렸다.

"여신이시여, 저희 인간족을 보호하소서."

기도를 하는 피올로의 목소리가 바르르 떨렸다.

사람들이 떠드는 동안 루잉은 입체 지형도를 뚫어져라 관찰했다. 특히 장벽 너머의 지형을 머릿속에 단단히 새겨 넣었다.

루잉의 귀에는 림과 피올로의 대화가 들어오지 않았다. 그는 지금 신의 뜻을 묻는 중이었다.

스승인 카일 백작의 복수를 할 것인가?

그렇다면 스승의 부인을 죽여야 한다.

신의를 배신한 실비아와 줄리앙을 죽일 것인가?

그렇다면 스승의 딸과 왕국의 왕세자를 죽여야 한다.

복수를 단념하려고 마음을 먹으니 스승의 영혼이 저승에서 통곡을 하는 것 같았다. 그렇다고 복수를 감행하자니 이번엔 스승이 말리는 것 같았다.

실비아와 줄리앙을 그냥 용서하려고 마음먹으니 온 세상이 지옥이었다. 그렇다고 두 불륜 남녀를 쳐 죽이자니 스승님께 죄를 짓는 듯했다. 루잉은 스승이 남긴 하나뿐인 혈육 실비아를 죽일 자신이 없었다. 그렇다고 그냥 내버려 둘 수도 없었다.

이것도 저것도 선택을 할 수 없어 가슴이 터질 것만 같았다. 원래 루잉은 이렇게 우유부단한 사람이 아니었다. 모든 결정을 단칼에 내리는 성격이었다.

하지만 이번 선택은 너무나 어려웠다.

그래서 신의 뜻을 물었다.

'나, 이번에 장벽을 넘어가리.'

루잉은 입체 지형도에 표현된 장벽 너머를 응시했다. 10년 전 스승인 카일 백작과 함께 장벽 너머로 진군했듯이, 이번에 단독으로 장벽을 넘어 솔샤르의 대지, 즉 악마의 땅에 들어갈 생각이었다. 과거에 북상했던 것보다 더 깊숙이! 마물들이 우글거리는 적진 한복판 그 지옥의 정점에 파고들어 신의 뜻을 물어볼 요량이었다.

'인간이 들어갈 수 없는 악마의 땅에서 기적적으로 살아 돌아온다면?'

그렇다면 신의 뜻은 '벌' 이다. 루잉은 생환과 동시에 실비아와 줄리앙의 목을 베고, 장모마저 죽여서 스승의 무덤에 바칠 생각이었다.

'물론 장모님의 숨겨 둔 애인도 당연히 찾아내서 명줄을 끊어 놓아야겠지. 그래야 스승님께서 편히 눈을 감으실 테니까.'

하지만 만약 살아서 돌아오지 못한다면?

홀로 악마의 땅 깊숙이 쳐들어갔다가 그대로 마물들에게 붙잡혀 잡아먹힌다면?

그렇다면 신의 뜻은 '용서'이리라.

'나는 죽고, 장모님과 실비아, 줄리앙은 무탈하게 세상을 살아가겠지. 이 추악한 비밀은 영원히 덮여 버리고 말 거야.'

루잉 입장에서 이런 결과는 뭔가 억울했다. 하지만 그래도 이것이 신의 뜻이라면 그냥 받아들이기로 마음먹었다.

'신이 용서를 원한다면 나는 기꺼이 목숨을 내어놓아야지.'

삶과 죽음을 신에게 맡기기로 결심하면서 루잉은 목걸이를 꽉 움켜잡았다. 바야크 왕국에 파병을 나오기 직전, 실비아가 그에게 건네준 목걸이였다. 이 목걸이에는 몸을 보호하고 상처를 치료하는 수호성력이 담겨 있다고 했다. 실비아가 한 말이었다.

루잉은 그 말을 믿지 않았다.

요 며칠, 루잉은 실비아를 자세히 관찰했다. 굳이 그녀에게 사람을 붙일 필요는 없었다. 루잉의 확장된 감각이 실비아의 행동 하나하나를 낱낱이 살폈다. 실비아가 나누는 대화, 실비아가 만나는 사람, 실비아가 읽는 문서가 모두 루잉에게 파악되었다.

목걸이의 정체도 그 때문에 알았다.

물론 이 목걸이에 저주가 걸려 있다거나 독이 발라져 있는 것은 아니었다. 다만 이 목걸이에 담긴 기운이 신체의 보호와 치료를 돕는 '수호성력'이 아니라는 점이 문제였다.

이 목걸이에 담긴 기운은 '분노성력'

사람의 감정을 극한으로 몰고 가서 분노를 폭발시키고, 그 분노를 자양분 삼아 몸의 모든 기운을 격발시키는 성력이 이 목걸이 안에 넘쳐 났다.

'크크큭! 전쟁터에서 이걸 쓰고 죽으란 말이지? 폭발된 분노를 솔샤르들에게 퍼붓고는 장렬하게 산화하란 거지? 크크크큭!'

10년간 살을 맞대고 살아온 부인이 어떻게 남편에게 이럴 수 있단 말인가!

루잉은 치가 떨리고 살심이 폭발해서 미칠 것 같았다. 카일 백작에게 입은 은혜만 아니었더라면, 그리고 실비아가 카일 스승의 외동딸만 아니었더라면 당장 되돌아가서 실비아의 목을 잘랐을 것이다.

'크큭! 크크크크큭!'

사람들이 입체 지형도를 보면서 전략을 의논하는 동안, 루잉은 광기 어린 웃음을 속으로 삭였다. 루잉의 눈가가 피처럼 붉게 달아올랐다.

Chapter 3

루잉이 바야크 장벽에 파병을 나온 지 보름이 지났다.

지난 2주간 바야크 성벽은 조용했다. 솔샤르들은 장벽 가까이 접근하지 않았다. 하지만 장벽을 지키는 병사들의 긴장감은 점점 더 고조되었다.

무언가 불길한 기운이 주변을 조금씩 잠식해 들어오는 기분이었다. 사람들 모두 비슷한 기분을 느꼈다. 그 때문인지 병사들의 신경이 갈수록 예민해졌다. 우뚝 솟은 부우룬 산봉우리에도 사람들 마음처럼 불길한 먹구름이 끼었다.

바야크 저지선은 부우룬 능선을 타고 동서로 길게 늘어서 있었다. 그 거리만 따져도 족히 수천 킬로미터가 넘었다.

바야크 왕국은 지방의 병력까지 샅샅이 모집해서 긴 장벽을 전체를 다 방어했다. 방벽 어느 한 곳만 뚫려도 왕국이 위험하기 때문이었다. 죽기 싫으면 전체를 다 막을 수밖에 없었다.

그러는 사이 남부 연합의 지원병들이 바야크에 속속 입국했다. 그들이 방어에 힘을 보태자 사정이 조금 나아졌다.

대부분의 지역엔 일반 병사와 기사들을 투입했지만, 부

우룬 능선만큼은 경우가 달랐다. 지금 북부의 솔샤르들이 부우룬 산으로 집결하고 있는 중이었다. 이 위험한 곳을 일반 병사에게 맡겨 놓을 수는 없었다.

"우리가 능선 중앙을 맡지."

림과 람 형제는 적의 집중 공격이 예상되는 능선 중앙 부위를 자청해서 맡았다. 이들 형제는 마나의 벽 첫 번째 단계를 돌파한 초인들이라 솔샤르 귀족을 상대로도 어느 정도 방어가 가능했다.

피올로 대주교는 서쪽 능선을 할당받았다. 대주교를 섬기는 주교와 성기사들이 서쪽 장벽에 진을 치고 방어막을 구축했다. 신관들은 장벽에 축복의 은사를 내려 방어의 힘을 증폭시켰다.

루잉은 나머지 빈자리를 가리켰다.

"그럼 제가 여기를 수비하면 되겠네요."

루잉이 맡은 곳은 부우룬 산의 동쪽 능선.

이곳 장벽은 깊은 계곡을 따라 구불구불 이어진 형태였다. 루잉은 200명의 레드 라이온 기사들을 장벽에 일정한 간격으로 배치해 놓았다. 그다음 본인은 북쪽을 향해 툭 튀어나온 돌출부에 자리를 잡았다.

이 돌출부는 전쟁이 시작되면 적이 가장 먼저 공격할 위치였다.

병력 배치가 완료되고 16일째 되는 날.

부우룬 산에 안개가 자욱하게 끼었다. 레드 라이온의 부단장이 방어 체제를 점검하며 기사들을 독려했다.

“모두 정신 똑바로 차려라. 어째 오늘 분위기가 심상치 않다.”

“넵!”

기사들이 가슴에 주먹을 대고 대답했다.

한낮에 수그러들었던 안개는 밤이 되면서 다시 짙게 차올랐다. 하늘에 먹장구름이 끼면서 달빛을 가렸다.

루잉은 막사에서 어린 양을 잡았다. 발을 묶은 양을 탁자에 올려놓고, 예리한 칼로 가죽을 벗기고 배를 갈랐다. 내장은 따로 빼서 한쪽에 모아 두었다.

승리를 기원하는 제사에 쓸 양이라 정성껏 손질을 해야만 했다.

하지만 루잉은 제물 준비에 정신을 집중하기 힘들었다. 불쑥불쑥 치솟는 지독한 분노가 루잉의 정신을 피폐하게 만들었다.

그래서인지 양의 시체에서는 유독 많은 피가 흘렀다. 시뻘건 핏물이 탁자를 타고 넘쳐 양동이를 가득 채웠다.

사령관 막사에 피 냄새가 가득 찼다. 그 비릿한 내음이 안개를 타고 주변에 퍼졌다.

그때 일이 터졌다.

콰—앙!

지축이 뒤흔들리고, 거대한 폭음이 울렸다. 림 형제가 지키는 능선 중앙으로부터 들린 폭음이었다.

"솔샤르의 공격이다!"

"전쟁이 시작되었다!"

경비병이 악을 썼다.

뎅뎅뎅뎅뎅!

망루의 종은 터질 듯이 울려 댔다. 숙소에서 2교대로 취침 중이던 병사와 기사들이 모두 중무장을 하고 장벽으로 올라왔다.

콰아—앙!

곧이어 더 큰 굉음이 울렸다. 땅이 뒤흔들리고, 병사들이 몸을 움찔 떨었다. 전쟁의 공포가 삽시간에 군 전체를 장악했다.

이번 폭음도 중앙 능선으로부터 들렸다.

루잉은 부단장과 부관을 함께 불렀다.

"백작님, 부르셨습니까?"

"명령을 내려 주십시오."

두 사람은 루잉의 막사에 들어와 절도 있게 고개를 숙였다.

루잉은 부단장에게 다짜고짜 지휘봉을 내밀었다.

부단장이 눈을 동그랗게 떴다.

"루잉 백작님!"

"이제부터는 부단장이 이곳 지휘를 맡게."

"안 됩니다. 백작님께서 지휘를 해 주셔야 저희 레드 라이온이 제대로 실력을 발휘할 수 있습니다. 명을 거두어 주십시오."

부단장이 루잉 앞에 무릎을 꿇었다.

루잉은 흔들리지 않았다.

"내가 지휘봉을 넘기는 이유는 지금 중앙 능선이 심상치 않기 때문이야. 아무래도 나는 저곳에 가 봐야겠어. 그러니 내가 돌아올 동안 부단장이 지휘를 맡게. 이건 명령이야."

이렇게까지 말하니 지휘봉을 거부할 수가 없었다.

"그럼 백작님께서 복귀하실 때까지 임시로 제가 맡겠습니다."

부단장은 두 손을 머리 위로 들어 지휘봉을 인계받았다.

루잉이 당부를 했다.

"전황이 유리하게 돌아가도 절대 공격 태세로 전환하지 말게. 무조건 방어만 해. 우리가 늘 훈련하던 그 방어 전법대로 몸을 웅크리고 장벽을 지키게. 그게 부단장의 임무야."

"알겠습니다. 백작님께서 돌아오실 때까지 무조건 방어만 하겠습니다."

"그럼 이곳을 부탁하네."

루잉은 부단장의 어깨를 툭툭 두드린 다음, 검 세 자루를 허리에 차고 몸을 날렸다.

Chapter 4

루잉은 장벽 위를 타고 나는 듯이 달려갔다. 바람이 루잉의 몸을 휙휙 스쳐 지나갔다. 그가 발을 한 번 박찰 때마다 땅이 쭉쭉 뒤로 밀렸다. 루잉의 움직임은 먹이를 향해 내리꽂히는 수리부엉이보다 더 빨랐다.

루잉이 도착했을 때, 중앙 능선은 전투가 한창 진행 중이었다.

안개 속에서 무언가가 날아와 성벽을 때렸다.

콰아앙!

지축을 울리는 굉음과 함께 성벽이 무너질 듯 흔들렸다. 쇠로 만든 벽돌이 움푹 깨지고 일그러졌다.

"막앗! 성벽이 무너지지 않게 벽을 쌓아라."

림이 악을 썼다.

병사들이 모래주머니를 짊어지고 성벽 위로 올라와 조금 전 폭격 당한 부분에 내리 던졌다. 성벽 앞에 모래주머니가 잔뜩 쌓여 보호막 역할을 해 주었다.

어둠 속에서 다시 쇄액— 소리가 들렸다. 곧이어 콰아앙! 성벽이 폭격당했다. 조금 전 얻어맞은 곳, 바로 옆자리였다.

폭격의 여파로 성벽이 뒤흔들렸다.

"으아악!"

모래주머니를 던지던 병사 몇 명이 성벽 밖으로 추락했다.

또다시 쇄액— 소리가 들렸다. 이번 폭격은 성벽 옆면이 아니라 위쪽을 그대로 강타했다. 쇠 벽돌이 우르르 일그러지고, 병사들이 비명을 질렀다.

루잉은 어두컴컴한 적진을 노려보았다.

한 달 전의 루잉이라면 저 짙은 어둠 속을 제대로 꿰뚫어 보지 못했을 것이다. 하지만 마나의 벽 두 번째 단계를 돌파한 지금은 안개 속의 적들이 훤히 보였다.

솔샤르의 겉모습은 인간과 다를 바가 없었다.

아니, 그들은 인간이었다. 강해지기 위해서 영혼을 팔고 그 대가로 마물과 결합한 인간!

4 킬로미터 전방.

우거진 나무 사이로 10명의 솔샤르들이 후퇴하는 모습이 보였다. 그리고 다른 10명의 솔샤르가 교대로 나섰다.

앞으로 달려 나온 10명의 솔샤르들은 풀숲에 드러누워 다리를 V자로 벌렸다. 10명이 횡으로 붙어서 나란히.

10명 모두 맨발이었다.

그 발이 흉측한 변화를 시작했다.

뿌득! 뿌득! 뿌드득!

뼈를 서로 맞대고 부비는 듯한 끔찍한 소리와 함께 솔샤르들의 다리가 기괴하게 변했다. 풀밭에 나란히 누운 10명의 솔샤르, 그들의 다리가 부풀어 오르고 서로 맞붙어 하나로 연결되더니 이내 하나의 거대한 막대기가 되었다.

나무 뒤에서 다시 10명의 솔샤르가 달려 나왔다. 그들이 동료들이 만들어 낸 거대한 막대기 위에 올라타 그대로 드러누웠다.

이들 솔샤르의 다리도 변형을 시작했다.

뿌득! 뿌드득! 뿌드드득!

이윽고 새로운 막대기가 생겨났다.

거무튀튀한 색깔에 길이 20 미터가 넘는 2개의 막대기는 서로 수직으로 교차하면서 커다란 십자를 만들었다.

이 십자 막대가 뒤로 둥글게 휘어지면서 대형석궁, 즉 벌리스터가 되었다.

특이한 형태의 벌리스터는 스캔을 하듯이 방향을 조정하다가 고개를 약간 들고 성벽 너머를 겨눴다. 거무튀튀한 벌리스터 중심부에 뿌드드득 화살이 자라났다.

화살대의 굵기는 지름 1.5 미터가 넘는다. 길이는 무려 30 미터에 달했다. 화살촉 정중앙엔 마물의 아가리가 자리했는데, 그 아가리가 탐욕스럽게 쩍 벌어지면서 수백 개의 촘촘한 이빨이 드러났다.

솔샤르 20명이 하나가 되어 만들어 낸 거대한 벌리스터는 부러질 듯 둥글게 휘어졌다가 타앙! 화살을 날렸다.

마물의 아가리가 달린 거대한 화살이 무섭게 회전하면서 성벽을 향해 날아왔다. 주변 공기가 뱅글뱅글 회전하는 화살에 휘말려서 쐐애액 소리를 내었다. 그 거대한 화살이 곡선을 그리며 허공을 가로질렀다.

눈 깜짝할 사이에 4 킬로미터를 날아온 화살은 성벽 위에 그대로 작렬했다.

"우아아악!"

병사 수십 명의 몸이 허공으로 붕 떠올랐다. 끔찍한 비명이 사방에서 동시에 들렸다.

쇠 벽돌을 으깨며 단숨에 1 미터 깊이로 파고든 화살은 성벽 위에 우뚝 꽂힌 채 변형을 시작했다. 꾸득, 꾸득 하는 소리와 함께 화살촉에 달린 마물의 아가리가 쇠 벽돌을 먹어치우기 시작했다. 마치 기다란 벌레가 치즈를 먹으면서 안으로 파고드는 것처럼, 거대한 화살은 바야크 장벽을 위에서부터 먹어치우며 내부로 파고들었다.

"안 돼!"

림이 몸을 날렸다.

2 미터가 넘는 거구의 림이 허공에 몸을 띄우자 바람이 후웅 불었다. 림은 양팔을 머리 위로 힘껏 들었다가 온몸의 체중을 실어 내리꽂히면서 그대로 후려쳤다. 림의 해머가 거대한 화살을 일직선으로 내리찍었다.

림의 해머에서 푸른빛이 팍 터졌다.

림은 마나의 벽 1단계를 돌파한 초인!

그가 뿜어낸 무시무시한 기운이 기둥처럼 굵은 화살을 그대로 부러뜨렸다.

성벽에 박힌 화살이 끔찍한 괴성을 질렀다.

화살의 파편이 사방으로 비산하면서 병사들의 목에 꽂히고 기사들의 방패를 때렸다.

해머로 후려친 힘이 어찌나 강했던지, 바야크 장벽에 깔린 쇠 벽돌들이 파도타기를 하듯 출렁거렸다. 그 충격파가 동심원을 그리며 퍼져 나갔다.

꿈틀거리던 마물 화살이 이내 축 늘어졌다.

4 킬로미터 밖에서 또 화살이 날아왔다. 이번 화살은 성

벽 위가 아니라 성벽 옆면을 직선으로 때리며 안으로 파고들었다.

이번엔 람이 나섰다. 거침없이 성벽 밖으로 몸을 날린 람은 깎아지른 성벽을 두 발로 밟고 달려 내려가 거대한 마물 화살에 올라탔다.

조그만 체형의 람이 올라타자 마물 화살의 크기가 상대적으로 더 커 보였다. 람은 꾸득꾸득 성벽을 먹어치우는 마물 화살을 향해 그대로 손을 내리꽂았다.

람의 손끝에서 쏘아진 뾰족한 다이아몬드가 두 갈래로 휙 갈라지면서 마물 화살을 칭칭 휘감았다. 다이아몬드에는 가느다란 실이 매달려 있었다.

"으랏차!"

람은 그물을 잡아당기는 듯한 동작으로 손을 잡아챘다. 그러자 다이아몬드와 연결된 실이 푸른빛을 내뿜으며 마물 화살 내부로 파고들었다.

람도 마나의 벽을 돌파한 초인이다. 그가 쏘아 낸 두 가닥의 실은 눈 깜짝할 사이에 마물 화살을 수십 토막 내 버렸다.

쐐애액—

마물 화살이 또 날아왔다. 거대한 화살은 쇠 벽돌로 만들어진 성벽을 후려쳐 일부분을 무너뜨렸다.

람이 성벽 옆면을 밟으며 달려갔다. 그의 발바닥은 접착제라도 바른 듯 성벽에 착 달라붙었다. 그의 손가락 위에선 2개의 다이아몬드가 빙글빙글 회전했다.

동생이 마물 화살을 처리하는 동안 림도 발바닥에 땀이 나게 움직였다. 곡선을 그리며 날아온 또 하나의 마물 화살이 장벽 위에 떨어졌다. 림은 두 손을 어깨 뒤로 젖혀 해머를 꽉 움켜쥐고는 육중한 체구를 날려 그대로 해머를 내리꽂았다.

둔중한 굉음과 함께 마물 화살이 산산이 박살 났다.

하지만 날아오는 마물 화살의 수는 갈수록 늘어났다. 림과 람 형제가 필사적으로 화살을 부쉈지만, 단 두 사람이 막기에는 역부족이었다.

성벽에 꽂힌 마물 화살 하나가 빠르게 쇠 벽돌을 갉아먹었다. 성벽 중간까지 먹어치운 마물 화살이 부르르 몸을 떨더니 그대로 폭발했다. 마물 화살의 껍질에 금이 쩍쩍 가더니, 이내 그 틈새로부터 눈부신 광채가 뿜어졌다.

"모두 피해!"

"안 돼!"

림과 람이 동시에 악을 썼다.

Chapter 5

쿠아아앙!

성벽 깊이 박힌 마물 화살이 그대로 폭발했다.

쇠로 만든 성벽은 튼튼하기로는 남부 최강이었다. 표면에 아무리 큰 충격이 가해져도 성벽이 통째로 무너지지는 않았다.

하지만 성벽 안까지 깊숙이 파고들어 폭발하는 것까지 버티지는 못했다. 성벽 일부분이 완전히 허물어지고, 구멍이 뻥 뚫렸다.

"우와! 어서 저곳에 모래주머니를 쌓아라."

"솔샤르들이 파고들지 못하게 막아야 한다. 다들 서둘러!"

림과 람이 미친 듯이 소리를 질렀다.

기사와 병사들은 모래주머니를 날라 임시로 성벽을 메웠다.

하지만 이것은 근본적인 처방은 되지 못했다. 저 멀리 4 킬로미터 밖에서 날아오는 거대 화살을 막지 못한다면 결국 성벽이 무너지고 구멍이 뚫릴 수밖에 없었다.

다들 그걸 알면서도 딱히 손을 쓰지 못했다. 아무리 실력이 뛰어난 궁수라도 4 킬로미터 밖의 적을 저격하는 것은 불가능했다.

방법은 오직 하나!

림이 입술을 꽉 깨물었다.

"열기구를 띄워라!"

림의 인내심도 이제 한계에 달했다. 그는 그동안 개발해온 신기술을 사용하지 않고서는 이 위기를 벗어날 수 없다고 판단했다.

람이 말렸다.

"안 돼, 형. 아직 열기구를 띄울 때가 아니야."

열기구가 제대로 활약을 하려면 적들이 1 킬로미터 이내까지 접근해야 한다. 지금 열기구를 띄우는 것은 성급한 판단이다.

하지만 림은 듣지 않았다.

"그럼 언제 띄우나? 성벽이 다 무너진 뒤에? 그때는 열기구도 소용없어."

림의 말도 옳았다.

저 지긋지긋한 벌리스터를 해결하지 않으면 결국 성벽이 완전히 무너질 터, 람은 앞니로 입술을 꽉 깨물었다.

림이 우렁차게 소리쳤다.

"어서 열기구를 띄워라."

"넷!"

병사들이 성벽 아래로 우르르 달려 내려갔다.

잠시 후, 붉은 풍선이 바야크 장벽 뒤에서 불쑥불쑥 솟구쳤다. 지름 10 미터에 달하는 열기구가 무려 30개나 되었다.

각각의 열기구마다 마법사 4명과 궁수 12명이 한 조를 이뤄 탑승했다.

불의 마법사가 손바닥에서 뜨거운 열을 내뿜었다. 그 열기가 위로 솟구치면서 붉은 열기구가 둥실 떠올랐다.

열기구들은 바야크 성벽 위 50 미터 높이까지 치솟았다.

림이 비장하게 외쳤다.

"줄을 끊어라!"

"림 님!"

병사들이 행동을 망설였다.

열기구 운용법 제1번:

성벽에 줄을 매단 열기구를 띄워 성벽 가까이 접근하는 솔샤르들에게 50 미터 위에서 폭격을 퍼붓는다.

림과 람 형제는 부하들에게 이 1번 전술을 집중 훈련시켰다. 원래 계획대로라면 이 1번 운용법을 사용하는 것이

옮았다.

열기구 운용법 제2번:
열기구의 줄을 끊어 적진으로 날려 보낸다.

이 두 번째 전술을 사용하면 원거리 적에 대한 공격이 가능했다. 하지만 열기구에 탑승한 사람들은 그대로 끝이다.

병사들이 줄을 끊지 못하는 것은 그 때문이었다.
림이 버럭 소리를 질렀다.
"이놈들! 내 명령을 어길 셈이냐? 바람 방향이 바뀌기 전에 어서 줄을 끊어!"
비정하게 명을 내리는 림의 눈에서 피눈물이 흘렀다. 곰 같은 외모와 달리 림은 정이 많은 사람이었다. 그는 부하들을 목숨처럼 아끼고 사랑했다.
그런데 그 소중한 병사들을 희생시켜야 한다. 저 마물들의 진영으로 열기구를 날려 보내야 한다. 그 열기구에 탑승한 사람들이 죽을 것을 알면서도 말이다. 림의 손이 부들부들 떨렸다.
마침내 병사들이 도끼를 들었다.
타앙!

줄이 끊기고 열기구 30개가 하늘로 날아올랐다. 바람을 타고 북쪽으로 비행한 열기구들은 솔샤르 진영 바로 위까지 날아갔다.

열기구에 탑승한 마법사와 궁수들은 이미 죽음을 각오했다.

"좀 더 고도를 낮추자. 그래야 저 마물 벌리스터를 단숨에 부술 수 있어."

마법사 한 명이 고도를 낮출 것을 제안했다.

"알았어."

열을 지피던 마법사가 온도를 낮추자 열기구가 스르륵 하강했다.

30개의 열기구가 접근하는 동안 솔샤르들은 제대로 대응하지 못했다. 열기구를 난생처음 보는 터라 어떻게 해야 할지 판단할 수가 없었다.

그사이 머리 위로 접근한 열기구에서 시퍼런 낙뢰가 떨어졌다. 번쩍! 빛이 터지더니, 이윽고 굉음과 함께 수십 줄기의 벼락이 지상으로 내리꽂혔다. 낙뢰들은 십자 형태의 벌리스터를 그대로 직격했다. 일부 벼락은 숲으로 떨어져 대기 중이던 솔샤르들을 때렸다.

"ლ∂ღ!"

"ლ∂ღ! ლ∂ღ!"

벌리스터를 구성하는 20명의 솔샤르들이 고통스러운 신음을 흘렸다. 마물이 흩어지면서 벌리스터가 와해되었다.

불의 마법사도 공격에 가세했다. 열기구로부터 시뻘건 화염이 떨어져 숲에 불이 붙었다. 불씨는 바람을 타고 무섭게 번져 나갔다.

궁수들도 열기구 밖으로 몸을 내밀고 화살을 쏘았다.

머리 바로 위에서 수직으로 쏘는 화살이었다. 수평으로 쏠 때보다 훨씬 더 빠른 속도로 날아가 솔샤르의 머리통을 꿰뚫었다.

"აბგეზ, ლმღჩყტ! ლმღჩყტ!"

솔샤르들이 악을 썼다.

벌리스터를 구성하는 솔샤르들이 사방으로 흩어졌다. 대신 다른 무리의 솔샤르들이 숲에서 뛰쳐나와 열기구를 향해 손을 뻗었다.

이번 솔샤르들은 벌리스터형 솔샤르와는 특징이 달랐다. 하늘로 내뻗은 그들의 두 손이 뿌드득! 뿌드드득! 듣기 고약한 소음을 내면서 쭈욱 늘어났다. 동아줄을 몇 겹으로 꼬아서 만든 것처럼 굵고 기다랗게 변한 마물의 손은 마치 채찍과 같은 모습을 갖추었다.

그것도 채찍 한 가닥이 아니라 무려 10갈래로 갈라졌다. 솔샤르 1명당 10개의 채찍!

말미잘처럼 꿈틀거리는 10개의 채찍을 멀리서 바라보면 마치 바닷속 문어나 오징어가 먹이를 잡기 위해 활동하는 듯했다.

Chapter 6

"저것들은 또 뭐야?"

"어서 뿌리쳐!"

마법사들이 채찍, 혹은 마물의 다리를 향해 불을 뿜었다. 궁수들은 활 대신 검을 들고 열기구를 휘감은 마물의 다리를 내리찍었다.

마물의 다리는 불에도 타지 않고, 검도 통하지 않았다. 오히려 마물의 다리 하나마다 수백 개, 수천 개의 아가리가 나타나 열기구를 물어뜯었다. 이 아가리들의 모습은 마치 문어 다리에 달린 빨판처럼 보였다.

약간 시간이 흐르자 30개의 열기구가 모두 마물의 다리에 휘감겼다.

"ლმღჩყბ!"

"ლმყბ! ლმყბ!"

솔샤르들이 괴성을 질렀다. 그들이 힘을 주자 열기구가

기우뚱 기울었다. 솔샤르들은 엄청난 괴력을 발휘해서 열기구를 지상으로 끌어 내렸다.

“우아앗!”

“추락한닷!”

마법사들이 비명을 질렀다.

궁수들은 열기구 안에서 우당탕 나뒹굴었다.

추락하는 와중에도 마법사들은 정신을 바짝 차렸다. 이대로 포로로 잡히면 솔샤르들에게 잡아먹힐 것이 뻔했다.

“존엄한 인간이 저런 마물들에게 잡아먹힐 수는 없지.”

마법사 한 명이 추락하는 열기구를 박차고 허공에 몸을 띄웠다. 그 상태에서 마법사는 열여섯 줄기의 벼락을 만들어 솔샤르들을 내리찍었다.

이 마법사의 실력으로 한 번에 열여섯 줄기의 벼락을 생성하는 것은 미친 짓이었다. 공격을 마침과 동시에 마법사의 마나가 폭주하면서 온몸이 터져 버렸다.

푸확!

허공에 피 비가 내렸다.

“우리도 가자!”

동료 마법사들이 장렬히 전사한 마법사의 뒤를 따랐다. 추락하는 열기구에서 뛰쳐나온 마법사들은 차례로 마나를 폭주시키며 자신이 보유한 최후, 최강의 마법을 퍼부었다.

그리고 마지막까지 열기구에 남은 불의 마법사는 온몸을 불덩어리로 만든 다음, 열기구와 함께 그대로 자폭했다.

추락 중이던 열기구가 더 빨리 떨어지면서 지면을 들이받았다.

콰아앙!

거창한 폭음과 함께 열기구의 파편이 사방으로 튀어 솔샤르 무리를 휩쓸었다.

화르륵! 화륵! 화르륵!

바야크 성벽 북쪽 4 킬로미터 지점에서 화염이 높이 치솟았다. 그 화염의 숫자가 거의 30개나 되었다. 컴컴하던 숲 주변이 갑자기 환하게 밝아졌다.

열기구 부대의 희생 덕분에 벌리스터의 공격이 멈췄다.

"미안하다! 크허헝! 너희를 사지로 내몰아서 미안해! 크허어엉!"

성벽 위의 림은 새끼 잃은 어미 곰처럼 울었다.

결론부터 말하자면, 림의 선택은 잘못되었다. 30개의 열기구를 한 번에 출격시킬 것이 아니라, 2개 조로 나누어 보냈어야 했다. 혹은 20개를 먼저 보내고, 10개의 열기구는 남겨 두는 편이 좋았다.

30분쯤 시간이 흐른 뒤, 공기 가르는 소리와 함께 마물 화살이 다시 날아들었다.

쿠와앙!

굉음과 함께 내리꽂힌 마물 화살은 쇠로 만든 벽돌들을 씹어 삼키며 안쪽 깊숙이 파고들었다.

“이런 빌어먹을! 아직도 벌리스터가 남았더냐?”

림이 어금니를 꽉 물었다. 그의 육중한 체구가 하늘로 부웅 떠올랐다가 그대로 내리꽂혔다. 번쩍! 빛이 터지고, 림의 해머가 마물 화살을 때려 부쉈다. 성벽 위의 벽돌이 그 여파에 휘말려 출렁출렁 춤을 추었다.

그사이 두 번째 마물 화살이 날아와 성벽에 틀어박혔다.

이번엔 람이 출격할 차례다.

부웅!

람의 작은 체구가 성벽 밖으로 떠올랐다. 그 상태에서 람은 수직으로 뚝 떨어지는 성벽을 발로 박차며 무섭게 내달렸다.

람의 손목에서 퓻퓻! 실이 쏘아졌다. 실 끝에 매달린 2개의 다이아몬드가 독 오른 쌍두사 대가리처럼 독살스럽게 날아갔다.

람은 이 실로 마물 화살을 휘감아 잘라 버릴 계획이었다.

그때 세 번째 마물 화살이 날아왔다. 이번 화살은 계획이라도 한 듯이 람을 겨냥했다. 람이 달려오는 바로 그 위치를 노려서 콰앙!

"이런 썅!"

람의 입에서 욕이 터졌다. 람은 허공에서 빙글 몸을 돌려 강한 회전력을 일으켰다. 그 상태에서 회전력을 발판 삼아 추락하는 몸을 허공으로 부웅 띄웠다. 마치 요요가 빙글빙글 돌면서 상승하는 것과 같은 원리였다.

사람이 아무런 발판도 없이 중력을 거스르고 하늘로 다시 올라가는 모습이 실로 놀라워서 눈으로 보고도 믿기지 않을 정도였다.

람이 아슬아슬하게 몸을 띄운 직후, 거대한 마물 화살이 람이 머물던 곳을 그대로 가격했다.

쿠우웅!

성벽이 크게 울었다. 쇠 벽돌이 우수수 튀어 올라 허공에 부유 중이던 람의 다리를 때렸다. 워낙 빠르게 벌어진 일이라 람도 피하지 못했다.

"크앗!"

람의 복숭아뼈가 단숨에 으스러졌다.

그사이 성벽에 박힌 두 대의 마물 화살은 치즈를 갉아먹는 벌레처럼 빠르게 성벽 안으로 파고들었다.

"아, 안 돼!"

람이 서둘러 손을 뻗었다. 한 손으로 성벽 벽돌 틈새를 잡고 다른 손을 쭉 뻗었는데, 그 손끝에서 출발한 뾰족한 다이아몬드 2개가 쌍두사처럼 서로 교차하며 허공을 갈랐다.

다이아몬드 2개가 마물 화살을 칭칭 휘감은 직후, 다이아몬드에 매달린 실이 푸른빛을 내뿜었다. 실은 마물 화살 안으로 그대로 파고들며 수십 토막을 내었다.

재빨리 화살 하나를 처리한 람이 다시 손을 뻗었다.

하지만 이미 늦었다. 성벽 깊숙이 박힌 마물 화살이 폭발 조짐을 보였다. 단단한 껍질에 금이 쩍쩍 가고, 그 틈새에서 환한 빛이 스며 나왔다.

"이, 이런! 망할!"

람이 다람쥐처럼 빠르게 성벽을 기어올랐다.

람의 등 뒤에서 공기가 부와악—! 부풀어 오르는 것이 느껴졌다. 이어서 람의 등골을 타고 후끈한 열기가 밀려들었다.

"우아아악!"

람은 악을 쓰며 성벽 위로 몸을 날렸다. 그다음 성벽 안쪽에 숨어 몸을 동그랗게 웅크렸다.

직후, 눈부신 광채가 사방으로 뻗었다. 마물 화살이 강렬한 폭발을 일으킨 것이다.

단단하던 성벽이 밑바닥부터 와르르 허물어졌다. 바야크 장벽에 폭 10 미터가 넘는 큰 구멍이 뚫렸다.

Chapter 7

“저 벌리스터를 없애지 않고서는 해결이 안 돼!”

루잉이 속삭이듯 말했다.

조그만 목소리였지만 사람들의 귀에 쏙 파고들었다.

“어엉? 루잉 백작”

림이 손등으로 눈을 비볐다.

루잉은 림을 돌아보지 않았다. 그저 묵묵히 제 할 일만 했다. 죽은 병사의 옷을 부욱 찢은 루잉이 그 천으로 자신의 손에 동여매었다.

검을 쥔 상태에서 오른손 전체를 천으로 칭칭 묶고는 이빨로 천 끝을 물어 매듭을 꽉 지었다.

건틀릿은 이미 벗어 던진 지 오래였다. 쇠로 만든 장갑 따위는 검과 하나가 되는 데 방해가 될 뿐이었다.

루잉은 오른손에 이어서 왼손에도 검 하나를 들었다.

왼손의 검은 천으로 묶지 않았다. 총 세 자루의 검 가운데 둘을 손에 들었으니 이제 루잉의 허리춤엔 검 한 자루가 남았다.

“루잉 백작, 여긴 언제 왔어? 동부 능선은 어떻게 하고?”

림이 루잉에게 다가왔다.

루잉은 무심한 눈으로 림을 보았다.

"루잉!"

림이 흠칫했다.

지금 루잉의 눈은 림이 보아 온 그 어떤 눈보다 더 무서웠다. 비록 강렬한 안광을 내뿜는 것은 아니지만 루잉의 눈은 깊은 심연의 밑바닥을 보는 것처럼 끝이 없이 침잠되어 있었다.

"림 형님, 잘 사세요."

루잉의 입에서 밑도 끝도 없이 말이 나왔다.

"뭐라고?"

림이 뭐라고 대꾸를 하기도 전에 루잉이 몸을 날렸다. 루잉은 10 미터 높이의 성벽에서 그대로 점프해서 안개 속으로 뛰어들었다.

"와악! 루잉!"

림이 깜짝 놀라 성벽에 달라붙었다.

폭발에서 겨우 탈출한 람도 화들짝 놀라 루잉을 불렀다.

"루잉! 루잉! 가지 마! 위험해!"

림과 람 형제가 악을 쓰며 루잉을 불렀다.

루잉의 귀에는 그들의 목소리가 들리지 않았다. 마치 꿈을 꾸는 것처럼 세상의 모든 소리가 차단되었다. 바람 부는 소리도, 풀벌레 소리도, 병사들의 고함도, 모두 사라졌다.

청각만 차단된 것이 아니었다. 루잉의 시각도 제 기능을 멈췄다. 루잉의 눈에는 아무것도 들어오지 않았다. 휙휙 지나가는 주변 풍경도, 짙게 낀 안개도, 아름드리나무도 보이지 않았다. 루잉의 눈에 비친 세상은 온통 백색이었다.

루잉이 바야크 장벽을 넘어 북부의 땅을 밟는 것은 무려 10년 만의 일이다. 악마의 대지에 다시 들어왔건만 루잉은 전혀 공포를 느끼지 않았다. 오히려 한 줄기 희열을 느꼈다.

이것은 해방감!

바야크 장벽은 루잉에게 있어서 하나의 금기였다.

이 선을 넘어선 안 된다는 절대 금기!

그 금기를 깨뜨리자 무한한 해방감이 루잉에게 밀려들었다. 동시에 루잉의 내면 깊숙한 곳에 갇혀 있던 무언가가 꿈틀거렸다.

"루잉이 어떤 녀석이냐고? 글쎄? 한마디로 말해서 검의 천재! 그 아이는 정말 미친 속도로 검을 배워 나가지. 나는 장차 녀석이 어디까지 뻗어 나갈지 상상이 가지 않아. 천하의 카일이 이런 말을 할 만큼 그 녀석은 검의 천재야. 하지만 내가 그 아이에게 놀란 진짜 이유는 따로 있어. 바로 그 아이의 내면에 도사리고 있는 그 과감한 폭력성! 인간의 한계를 뛰어넘어 보는 이로 하여금 무한한 공포를 자아내게 만드는 그 압도적인 박력! 그게 바로 루잉의 본성이야. 두고 보라고. 인간들이 솔샤르를 두려워하는 것처럼, 솔샤르들도 루잉을 두려워하게 될 게야. 허허허허허!"

20년쯤 전, 그러니까 루잉이 카일 백작의 종자 노릇을 하던 시절, 카일은 술에 잔뜩 취해 이런 말을 했었다.

루잉의 뇌리에 문득 그때가 떠올랐다.

괴물!

폭력성!

한 걸음 한 걸음 달려 나갈수록 루잉의 눈빛은 점점 더 무겁게 가라앉았다. 그 무심함 속에 무시무시한 광기가 도사렸다.

루잉의 머릿속에 화려하게 장식된 침대가 떠올랐다. 그 침대 위에서 미끈한 여체가 퍼덕거렸다.

"아잉, 간지럽단 말이야. 그렇게 핥지 마요."

여인이 몸을 비틀었다. 옥으로 빚은 듯 아름다운 여인의 정체는 바로 실비아 드뷔시, 즉 루잉의 아내였다.

"으흐흐, 내숭을 떨기는. 여기가 자기의 성감대잖아. 크크.”

금발의 미남자가 실비아의 가슴에서 얼굴을 떼고 고개를 들었다. 루잉의 제자이자 카롤 왕국의 왕세자인 줄리앙이었다.

줄리앙이 실비아의 오뚝한 유실을 손바닥으로 빙글빙글 문질렀다. 실비아가 까르르 웃음을 터뜨린다.

“꺄악! 하지 마! 간지러워 미치겠어.”

실비아의 그 퍼덕거리는 싱싱한 목소리가 줄리앙을 자극했다. 그리고 이들의 패륜 행각을 지켜보는 루잉을 자극했다.

“크크크큭!”

루잉은 푸들푸들 웃었다.

“크흐, 미치겠다고? 그래! 나도 미치겠다.”

루잉의 꽉 다물린 잇새에서 들끓는 괴물의 소리가 새어 나왔다.

Chapter 8

파앙—!

루잉은 4 킬로미터를 단숨에 돌파했다.

안개 낀 숲 속.

열기구의 파편이 사방에 흩어져 있고, 군데군데에서 수십 개의 화염이 타올랐다. 루잉은 그 적진 한복판으로 날아들었다.

루잉의 눈앞에 폭 20 미터, 높이 20 미터의 거대한 생체 벌리스터가 보였다. 십자 형태의 이 벌리스터 위에는 마물 화살이 장전되어 있었다. 활시위는 끊어질 듯 강하게 당겨진 상태였다.

루잉은 벌리스터 옆을 스치듯이 지나가면서 오른손을 사선으로 쳐올렸다.

루잉의 친구 림의 해머는 마나를 잔뜩 머금었을 때 푸른 빛을 흘렸다. 람의 실도 마나를 잔뜩 주입하면 영롱한 푸른색을 띠었다.

반면 루잉의 검은 아무런 빛도 방출하지 않았다. 오히려 주변의 빛을 검의 내부로 끌어들였다. 덕분에 흑색의 오로라가 루잉의 검 주변에 어리는 듯한 광경이 펼쳐졌다.

그 흑색의 오로라가 벌리스터의 줄을 스치고 지나갔다.

직경 1 미터나 되는 거대한 줄이 그대로 잘리며 타아앙! 튕겼다. 시위를 잔뜩 당긴 상태에서 줄이 끊어지자 거대한 벌리스터가 굉음을 내며 옆으로 나뒹굴었다. 마물 화살은 이상한 방향으로 쏘아져 나가 50 미터 밖 땅바닥에 꽂혔다.

“აბგეზ, ლმღჩყტ! ლმღჩყტ!”

숲에서 고함이 들렸다.

그에 반응이라도 하듯 안개 낀 숲 곳곳에서 솔샤르들이 쑥쑥 튀어나왔다. 반들반들한 민머리에 나풀거리는 의복을 입은 자들이었다.

할짝

루잉은 혀로 입술을 축였다.

입 안에 침이 고였다. 루잉이 화들짝 놀랐다.

‘내가 왜 입맛을 다시지?’

문득 이런 의문이 들었으나, 그 생각은 길게 이어지지 않았다. 솔샤르들이 루잉을 향해 다짜고짜 손을 뻗었기 때문이다.

그 각각의 손들이 뿌드득! 뿌드득! 변형을 하면서 10개의 다리로 변신했다. 다리 하나마다 뾰족한 이빨을 갖춘 아가리들이 수백 개씩 붙어 있었다. 지금 루잉을 에워싼 솔샤르가 무려 100명이 넘는 상황이었다. 다시 말해서 마물의 다리는 무려 1,000개가 넘었다. 루잉의 모든 시야가 마물의 다리로만 가득 찼다. 그 마물에게 가려서 다른 것은 눈에 들어오지 않았다.

루잉은 품에서 천을 하나 꺼내 자신의 두 눈을 가렸다.

시각은 방해만 될 뿐.

루잉은 오로지 감각만 가지고 싸울 생각이었다.

징그럽게 꿈틀거리는 마물의 다리 1,000개가 루잉을 향해 해일처럼 밀려들었다.

루잉은 전방을 향해 두 팔을 쫙 벌렸다.

"와라!"

차갑게 식어 있던 루잉의 심장이 폭주하는 군마의 그것처럼 세찬 펌프질을 해 댔다.

이것은 소리 없는 아우성.

들리지 않는 절규.

지금 루잉의 귀에는 아무런 소리도 들어오지 않았다. 그 무음의 세계에서 루잉은 크나큰 희열을 느꼈다.

억압! 억압! 억압!

루잉의 세상엔 온통 금지된 것 천지였다. 검을 휘두를 때도 법칙이 있고, 타인을 대할 때는 법규가 있으며, 신과 소통하려면 신관의 도움을 받고 정해진 절차를 따라야만 했다. 사람과 사람 사이에는 계급이 있어 높으신 윗전을 대할 때는 늘 머리를 숙여야 했다.

루잉에게는 이 모든 것이 억압이었다.

지금 루잉은 그 모든 억압을 내려놓았다. 심지어 루잉은 지금 자신이 무엇을 하는 중인지도 잊어버렸다.

1,000개가 넘는 마물의 다리가 꾸불텅꾸불텅 주변 모든 공간을 장악하며 루잉에게 날아왔다. 루잉은 왼손에 든 검을 위로 쳐올려 다리 4개를 베었다. 동시에 오른손을 수평으로 빠르게 휘둘러 마물의 다리 6개를 끊었다. 그다음 연속 동작으로 왼손을 휙 잡아당겼다.

하늘로 향했던 루잉의 왼손이 사선으로 비스듬하게 좌악!

공간이 비스듬하게 잘렸다.

그 공간 안에 머물던 솔샤르들의 몸뚱어리가 오른쪽 어깨부터 왼쪽 허리까지 반듯하게 잘렸다.

루잉이 스쳐 지나간 뒤, 솔샤르들의 상체가 비스듬한 사선 단면을 따라 주르륵 흘러내렸다. 루잉의 검에 베인 부위는 거울 표면처럼 매끈했다. 뼈도, 살도, 근육도, 루잉의 검 앞에선 똑같은 취급을 받았다.

뼈에 걸려 검이 막히는 일 따윈 없었다. 루잉의 검은 물결이 밀려가는 것처럼 쉬지 않고 굽이쳐 나갔다.

질풍은 눈앞의 모든 것을 일직선으로 부수며 전진한다.

반면 파도는 굽이굽이 장애물을 회돌이 치며 나간다.

루잉은 질풍이 아니라 파도였다. 상대가 오른쪽으로 파고들면 오른쪽을 내주면서 옆으로 밀렸다. 하지만 그렇게 밀리는 와중에도 상대의 목을 사뿐하게 베어 버리고 빙글빙글 회전하면서 앞으로 전진했다. 격류가 바위 틈새로 지나가면서 소용돌이치는 것처럼, 루잉의 몸은 빙그르르 돌기도 하고, 때로는 일직선으로 전진하면서 솔샤르들을 베어 넘겼다. 그러다 가끔씩은 회전 방향도 바꾸었다.

루잉의 검에선 아무런 빛도 터지지 않아 화려함이라고는 찾아볼 수 없었다. 보통 마나의 벽을 돌파한 초인들은 다양한 색깔의 빛을 내뿜어서 자신의 존재감을 드러내곤 하는데, 지금 루잉의 검은 너무나 단순하고 소박했다.

하지만 그 소박한 검 끝에 걸리는 모든 대상물은 반듯하게 두 쪽이 났다. 금속보다 더 단단한 마물의 아가리가 매끈하게 잘렸다. 고래 심줄보다 더 질긴 벌리스터의 줄이 그대로 둘로 갈렸다.

루잉이 솔샤르들을 베어 넘기며 숲으로 파고들었을 때, 솔샤르 한 부대가 괴성과 함께 달려들었다. 18명으로 이루어진 솔샤르들은 루잉의 측면을 노렸다.

루잉은 선두에서 달려드는 솔샤르의 목을 내리쳐 자른 다음, 뚝 떨어지는 상대의 머리통을 발등으로 차올렸다.

망자의 머리통이 공처럼 빙글빙글 돌면서 위로 솟구쳤다. 그 머리통에서 뿜어지는 핏물이 뒤따르던 솔샤르들의 시야를 가렸다.

루잉의 검이 핏물 사이를 뚫고 쭉 뻗어 솔샤르 한 명의 왼쪽 눈알을 도려냈다.

"컥!"

눈알과 함께 뇌까지 그대로 뚫린 솔샤르가 제자리에 풀썩 주저앉았다.

루잉은 무너지는 적의 어깨를 밟고 뛰어올라 다른 솔샤르의 손에서 쏟아지는 10개의 마물 다리를 세로로 베었다.

일반 검으로는 흠집 하나 낼 수 없는 마물 다리들이 루잉의 검에 손쉽게 두 쪽이 났다.

루잉은 아래서 위로 크게 검을 휘둘러 상대를 벤 다음, 그 힘을 이용해서 뒤로 한 바퀴 텀블링했다.

루잉의 뒤를 노리던 솔샤르는 상대의 몸이 갑자기 훅 치솟았다가 등 뒤로 뚝 떨어지자 자지러지게 놀랐다.

루잉의 검이 그 솔샤르의 사타구니부터 시작해서 머리끝까지 그대로 갈랐다. 솔샤르의 몸이 둘로 쪼개지면서 핏물이 촤악! 쏟아졌다.

루잉은 더럽다고 피하지 않았다. 피를 뒤집어쓰고 앞으로 전진하면서 오른손을 옆으로 그었다. 손에 묶은 검이 지상에서 50 센티미터 공간을 횡으로 잘랐다.

루잉의 앞으로 달려들던 솔샤르 2명의 다리가 무릎에서 잘렸다. 솔샤르들은 달려들던 관성을 이기지 못하고 그대로 고꾸라졌다.

루잉은 왼손에 든 검을 푹푹 찍어 쓰러진 솔샤르의 심장을 쑤셔 주었다.

텀블링을 마친 루잉이 다시 일어서서 검을 휘둘렀다.

덩치가 큰 솔샤르가 양팔을 벌리고 루잉을 덮쳤다. 온몸이 단단한 껍질로 뒤덮인 솔샤르였다. 그의 두 손은 뾰족한 집게처럼 변해 있었고, 키는 거의 3 미터에 달했다. 멀리서 그 모습을 보면 마치 거인이 울퉁불퉁하고 단단한 킹크랩(King Crab: 왕게) 껍질을 뒤집어쓴 듯했다.

Chapter 9

루잉이 처음 맞닥뜨렸던 벌리스터형 마물이 노덴스!

두 번째로 겪은 다리 10개의 마물이 데카포스!

그리고 지금 나타난 이 방어형 마물은 포르키스다.

이 가운데 노덴스는 루잉도 쉽게 겪어 보지 못했던 마물이었다. 반면 데카포스나 포르키스는 그 전에 충분히 싸워 봐서 익숙했다.

'녀석의 약점은 머리.'

포르키스의 껍질은 마나의 벽을 돌파한 초인들도 쉽게

뚫지 못할 만큼 단단했다. 대신 머리가 녀석의 약점이었다.

예전의 루잉이라면 높이 도약해서 상대의 약점을 노렸을 것이다. 하지만 지금 루잉은 상대의 머리를 공격하지 않았다. 대신 몸을 앞으로 던져 상대의 배를 푹 찔렀다. 흑색 기운을 휘감은 루잉의 검이 상대의 단단한 껍질을 뚫고 안으로 파고들었다.

"ᲐᲠᲒᲘᲡ!"

포르키스가 입을 쩍 벌렸다.

부왁—!

루잉은 상대의 몸에 박아 넣은 검을 수평으로 잡아 뽑았다.

포르키스의 허리 절반이 썽둥 잘렸다. 부상을 입은 포르키스가 옆으로 쓰러져 헐떡였다. 루잉은 왼손에 든 검을 폭 내리찍어 상대의 목에 동전만 한 크기의 구멍을 내주었다.

퓨퓨퓻!

그때 나무 위에서 화살이 날아왔다.

이건 일반 화살이 아니었다. 화살촉에 아가리가 달린 마물 화살이었다. 다만 그 크기가 벌리스터의 화살처럼 거대하지는 않았다. 화살대의 길이는 손으로 두 뼘이 약간 넘었고, 굵기는 펜대의 절반 정도였다. 요 조그만 마물 화살은 눈이라도 달린 것처럼 허공에서 방향을 틀더니 집요하게 루잉을 노렸다.

루잉은 뒤로 풀쩍 풀쩍 물러났다가, 총 열여섯 방향에서 날아오는 16개의 화살을 하나의 궤적에 담았다. 루잉이 만들어 낸 검의 궤적 안에 16개의 마물 화살이 모두 들어왔다. 16개의 화살이 루잉의 검질 한 방에 두 동강 났다.

화살을 단숨에 떨군 뒤, 루잉은 앞구르기로 전진하면서 적의 위치를 파악했다.

물론 눈으로 본 것은 아니었다. 루잉은 시각 대신 감각을 사용했다. 나무 위에 매복 중이던 솔샤르 궁수 4명이 루잉의 감각에 잡혔다. 이들 4명의 양손은 조그만 석궁의 형태를 하고 있었다. 그 변형된 손에서 마물 화살이 날아온 것이다.

'쌍발궁수 덴스!'

저들의 정체는 덴스였다. 양손에서 마물 화살을 쏘는 솔샤르의 한 종류.

'덴스는 몸이 빠르고 기척을 숨기는 재능이 있어서 대적하기 어렵지.'

루잉은 오른손에 묶은 검을 수평으로 휘둘러서 덴스가 숨어 있는 나무를 베었다.

아름드리나무가 요란하게 쓰러졌다. 나무 위에 매복 중이던 덴스들이 풀쩍 뛰어 다른 나무로 넘어갔다.

루잉은 바로 따라붙어 그 나무도 베었다.

그 와중에 옆에서 달려드는 포르키스를 둘이나 더 해치웠다.

나무 위의 덴스들이 다시 풀쩍 뛰어 옆 나무로 갈아탔다. 그러면서도 그들은 루잉에게 화살을 날리는 것을 잊지 않았다.

조그만 마물 화살들은 직선과 곡선을 교차해서 그리며 루잉에게 날아왔다.

루잉은 한 동작으로 화살 24개를 잘라 버린 뒤, 다시 나무를 베었다. 그러면서 점점 더 적진 깊숙이 파고들었다.

루잉은 덴스를 직접 노리지 않았다. 그저 덴스들을 추격하는 척하면서 사방에서 튀어나오는 솔샤르들을 하나씩 제거해 나갔다.

솔샤르들은 루잉에게 손끝 하나 대지 못했다. 그저 루잉이 베면 베였고, 죽이면 죽었다. 그들은 죽고 또 죽으면서도 끝없이 달려들었다. 숫자로 밀어붙여서 루잉을 쓰러뜨릴 계획인 듯했다.

하지만 루잉에게는 통하지 않았다. 루잉은 지치지도 않았다. 간결하게 최단 경로로 검을 휘두르는 그의 동작 하나하나가 쉼 없이 되풀이되었다. 그때마다 솔샤르들은 맥없이 죽어 갔다.

마침내 솔샤르들이 전술을 바꿨다.

“ϑɟ⁶ɔϙϗϙϨɸ—!”

숲 저 멀리서 고함이 울렸다.

루잉에게 달려들던 솔샤르들이 후퇴를 시작했다. 그들은 진형을 무너뜨리면서 마구잡이로 도망치는 대신, 조직적으로 물러나면서 루잉을 후방으로 유인했다.

‘훗! 유인 작전을 펼치겠다?’

루잉은 망설임 없이 적의 뒤를 쫓았다. 놈들이 함정을 파고 유인한다면 기꺼이 그 함정에 들어가 한바탕 놀아 줄 생각이었다.

루잉의 코끝에 피비린내가 훅 끼쳤다. 갑자기 입술이 근질거리고 목이 탔다. 루잉은 온몸이 후끈 달아오르는 것을 느꼈다. 그의 정신은 이미 새하얀 무의식의 세계에 들어가 있었다.

양손에 검을 들고 온몸에 피 칠갑을 한 채 적들을 추격하는 루잉의 모습이 그로테스크한 악마의 대지 북부와 잘 어울렸다.

“루잉! 루잉!”

“루잉 백작! 어디 있는 거야?”

2개의 횃불이 어둠을 뚫고 어른거렸다. 림과 람 형제는 목숨을 걸고 바야크 장벽을 넘었다. 홀로 적진에 뛰어든 루잉을 구출하기 위해서였다.

하지만 그들 형제가 발견한 것은 파편이 되어 흩어져 있는 열기구의 모습과, 무수히 죽어 나간 솔샤르의 시체들뿐이었다. 숲 어느 곳에서도 루잉의 모습은 보이지 않았다. 솔샤르 선발대도 볼 수 없었다.

"루이—잉!"

림이 입가에 손을 모으고 우렁차게 소리쳤다.

멀리서 메아리가 되돌아왔다. 기대했던 응답은 들리지 않았다. 아무리 주변을 둘러보아도 루잉의 흔적은 찾기 어려웠다.

"루잉 백작!"

이번엔 람이 소리를 질렀다.

숲은 여전히 묵묵부답이었다.

"루잉!"

"제발 대답 좀 해라!"

림과 람이 안타깝게 발을 굴렀다.

동료를 구출하지 못한 것이 안타깝기는 하지만, 그렇다고 수색을 지속하기도 어려웠다.

이곳은 악마의 땅 북부! 빨리 장벽으로 되돌아가지 않으면 어떤 일이 벌어질지 몰랐다. 림 형제가 이 숲을 뚫고 부우룬 산 북부로 수색 범위를 넓히는 것은 더더욱 불가능했다.

사실 림과 람은 할 만큼 했다. 철의 장벽을 넘어 북부 4킬로미터 지점까지 수색을 한 것만으로도 두 사람의 용기를 칭찬해 줘야 마땅했다.

열기구 파편에서 시작된 불길도 사그라져 이제 사방엔 짙은 어둠이 깔렸다. 악마의 땅 북부가 주는 중압감이 림 형제를 무겁게 짓눌렀다.

어둠 속에서 안개가 사각사각 깔렸다. 불길한 기운이 림 형제를 휘감았다.

결국 림은 수색 중지를 결정했다.

"젠장! 돌아가자. 퉤!"

림의 목구멍에서 쓴 가래가 튀어나왔다.

'수색 중지!'

'루잉은 포기한다.'

이런 말을 직접 내뱉지는 않았지만, 림의 선택은 분명했다.

어쩔 수 없는 결정이었다. 그들에게는 루잉의 구출보다 바야크의 장벽을 지키는 일이 훨씬 더 중요했다. 장벽의 지휘관인 림과 람이 여기서 도박을 하듯 목숨을 버릴 수는 없었다.

"젠장! 크흐흑!"

람이 소매로 눈가를 훔쳤다.

루잉을 잃은 것은 이번 전투의 가장 큰 피해였다.

Chapter 10

림과 람이 수색을 포기하고 장벽으로 복귀할 즈음, 루잉은 부우룬 산을 거의 다 내려와 평지로 접어들었다.

루잉을 함정으로 유인하려는 솔샤르들의 계책은 실패했다. 루잉은 솔샤르들의 예상보다 훨씬 더 빠르게 달려들어 후퇴하는 적들을 도륙했다.

루잉의 양팔이 춤을 추듯 허공을 휘저었다. 검 끝에서 흑색의 기운이 줄기줄기 뻗쳐 적의 목을 베고 배를 갈랐다.

질서정연하게 후퇴하던 솔샤르들도 어느 순간부터 진형이 무너졌다. 그렇게 뿔뿔이 흩어진 솔샤르들은 모두 루잉의 검에 목숨을 잃었다.

양손에 흑색 검을 들고 —원래는 흑색이 아니지만 솔샤르들의 눈에는 검은색으로 보였다— 천으로 두 눈을 가린 채 서걱서걱 목숨을 앗아 가는 루잉의 모습은 마치 죽음의 신이 강림한 듯했다. 루잉은 부상을 당한 솔샤르도 놓치지 않고 모두 죽였다.

그 지독함에 솔샤르들이 진저리를 쳤다.

솔샤르 선발대가 절반 이상 도륙을 당하자 결국 지휘관이 뿔피리를 불었다. 인간의 귀로는 들을 수 없는 고음이 짧게 세 번 울렸다.

그때부터 솔샤르들은 앞뒤 가리지 않고 도주했다.

부우룬 산 북쪽 갈대밭에 수백 개의 선이 그어졌다. 솔샤르들이 갈대를 쓰러뜨리며 도망치는 모습을 하늘에서 내려다보면 마치 대지에 선이 쭉쭉 그어지는 것 같았다.

그 뒤를 쫓아 루잉이 무섭게 달려들었다. 루잉은 땅을 밟고 달리지 않았다. 메뚜기처럼 훽훽 몸을 날려 머리 위에서 적들의 목을 찍었다.

하늘에서 뚝 떨어진 검의 기운이 도망 중이던 솔샤르의 목덜미로 파고들어 목젖 앞쪽으로 튀어나왔다. 목을 관통당한 솔샤르가 피거품을 토하며 고꾸라졌다.

루잉은 쓰러지는 자의 어깨를 발로 박차 다시 점프했다. 그렇게 펄쩍펄쩍 뛰면서 평원을 가로지르자 강이 나타났다.

첨벙첨벙.

도망치던 솔샤르들이 앞다투어 강으로 뛰어들었다. 사자를 피해 도망치는 임팔라 무리가 무작정 강으로 뛰어드는 것과 다를 바가 없었다. 사방으로 물보라가 튀었다.

솔샤르들은 열 가닥의 마물 다리를 휘둘러 강바닥을 후려치고 그 반동으로 강을 건넜다. 데카포스들이었다.

몇몇 솔샤르들은 강바닥에 잠수해서 몸을 피했다. 주로 포르키스들이 잠수를 선택했다.

루잉이 그 뒤를 바짝 따라잡았다. 루잉은 강물 위를 저공비행하며 도주하는 솔샤르들을 향해 검을 수평으로 휘둘렀다.

흑색의 기운이 납작한 원반처럼 퍼졌다. 솔샤르들의 목 여러 개가 동시에 잘려 강물에 떨어졌다. 피 냄새를 맡은 악어 떼가 우르르 몰려들었다. 강물이 순식간에 시뻘겋게 물들었다.

루잉은 수평으로 휘둘렀던 검을 다시 수직으로 고쳐 잡았다.

투확! 투확! 투확!

루잉의 검에서 뿜어진 흑색의 기운은 강 밑바닥까지 일직선으로 파고들었다. 강 속 깊숙이 잠수 중이던 포르키스들의 두개골이 그대로 꿰뚫렸다.

루잉은 그야말로 죽음의 신, 혹은 재앙의 신 같았다.

겁에 질린 솔샤르들은 루잉을 피해 강물을 거슬러 올라갔다.

루잉이 그 뒤를 쫓았다.

루잉은 집요했다.

수천이 넘는 솔샤르들이 루잉에게 붙잡혀 목숨을 잃었다. 강 전체가 핏물로 물들었다. 루잉의 도륙은 동이 트고 해가 하늘 꼭대기에 다다를 때까지 계속되었다.

그 즈음 새로운 솔샤르 무리가 등장했다. 그들은 강가 절벽 위에서 매복을 하고 있다가 기습적으로 창을 던져 루잉을 저격했다.

2 미터가 넘는 길이에 대나무처럼 마디가 있는 장창은 루잉을 향해 일직선으로 날아오다가 허공에서 갑자기 방향을 틀어 루잉의 머리 위로 솟구쳤다.

이건 루잉이 10년 전에도 겪어 보았던 공격이었다.

'레르!'

레르는 투창과 방패를 동시에 사용하는데, 포르키스나 데카포스보다 상대하기 까다로운 마물이었다. 루잉은 반사적으로 왼손을 들어 검을 풍차처럼 돌렸다.

바우웅!

루잉의 머리 위로 흑색의 검막이 한 겹 생겨났다.

하늘 높이 솟구쳤던 투창들이 허공에서 쩍 갈라지더니, 그 뾰족한 파편들이 루잉의 머리를 그대로 덮쳤다.

과거 루잉은 이 폭발 공격에 부상을 입었다.

하지만 지금은 달랐다. 레르가 던진 투창들은 루잉의 흑색 검막을 뚫지 못하고 모두 튕겨 나갔다. 그사이 루잉이 오른손에 든 검으로 강 표면을 후려쳤다. 물보라가 크게 일었다. 루잉은 그 반동으로 몸을 날려 절벽 쪽으로 접근하더니, 허공에서 방향을 틀어 솔샤르 무리 위로 뛰어들었다.

“!”

솔샤르들이 기겁을 했다.

루잉도 흠칫 놀랐다.

이번 솔샤르들은 지금까지 루잉이 보아 온 인간형 솔샤르들이 아니었다. 사람의 몸에 늑대의 얼굴을 가진 수인족, 즉 네우로이(Neuri)들이었다.

수인족은 원래 대륙 이곳저곳에 흩어져서 살아온 이종족이었다. 그런데 인간의 등쌀에 못 이겨 머나먼 북해로 쫓겨 갔고, 그들 가운데 일부가 마물과 결합하여 솔샤르가 되었다.

지금까지 루잉은 수인족 솔샤르와 직접 부딪친 적이 없었다. 하지만 이들의 악명만큼은 귀에 못이 박히도록 들었다. 수인족 솔샤르들은 인간형 솔샤르보다 훨씬 더 난폭하고, 잔인하며, 집요했다.

그들은 죽음을 두려워하지 않고 맹목적인 공격을 퍼붓는

것으로 유명했다.

그리고 이 모든 수인족 솔샤르들의 정점에 서 있는 자가 바로 북부의 아홉 군주 가운데 한 명인 토레 아르네였다.

'토레의 수족들!'

루잉이 입술을 비틀었다.

'어차피 나는 여기에 죽으러 왔다. 이왕 죽을 거, 짐승들의 피나 흠뻑 마시다가 죽으련다.'

루잉은 절벽에 착지하는 것과 동시에 용수철처럼 몸을 날렸다.

수인족 솔샤르들이 벼락처럼 좌우로 흩어졌다. 그들은 인간형 솔샤르보다 10배 이상 속도가 빨랐다.

루잉의 감각에 적들의 몸이 쭈욱 늘어나는 모습이 잡혔다. 속도가 너무나 빨라 몸이 늘어나는 것처럼 착각한 것이다.

만약 루잉이 마나의 벽 2단계를 돌파하지 못했다면 이들의 빠른 속도를 따라잡지 못해 꽤나 고전을 했을 것이다.

하지만 지금 루잉은 과거의 루잉이 아니었다. 루잉이 검의 빈 허공을 갈랐다. 그 허공에 수인족 솔샤르가 불쑥 뛰어들어 목이 베였다.

루잉이 엉뚱한 곳에 헛발질을 했는데, 우연찮게도 그곳에 적이 뛰어들어 머리를 갖다 바친 꼴이 되었다.

적들이 흠칫 놀랐다.

루잉이 다시 검을 휘둘렀다. 이번에도 빈 허공을 향해 검끝이 날아갔다.

한데 놀랍게도 그 검 끝이 적의 목젖을 정확하게 꿰뚫고 돌아왔다. 목에 구멍이 뚫린 상대는 피거품을 게워 내며 고꾸라졌다.

우연이 두 번 겹치면 더 이상 우연이 아니다.

팔뚝에 붉은 띠를 찬 솔샤르가 창을 번쩍 들었다.

"약!"

루잉의 주변을 빙글빙글 돌던 늑대인간들이 풀쩍 물러나서 거리를 벌렸다.

루잉은 감각으로 상대를 살폈다.

늑대인간의 체형은 확실히 인간보다 우월했다. 놈들은 다리가 길고 상체가 잘 발달했으며, 키는 2 미터에 가까웠다.

녀석들의 오른팔은 검게 변색되어 있었는데, 그 끝이 길쭉하게 늘어나 투창의 형태를 갖추었다. 녀석들의 왼팔도 역시 검은색이었으며, 평평하고 갸름한 타원형 방패로 변화된 상태였다.

그 방패 중간에 독특한 문양이 낙인처럼 찍혀 있었다. 토레 가문을 상징하는 문양이었다.

루잉은 슬그머니 미소를 지었다.

이유는 모르겠지만 그는 이 전투가 즐거웠다.

'신선하기 때문일까? 아니면 익숙해서일까?'

루잉이 수인족 솔샤르와 싸워 본 것은 이번이 처음이었다.

하지만 한 손에 마물 투창을 들고 다른 손에 타원형 방패를 든 마물과는 10년 전에도 여러 번 대적해 보았다.

'전부 레르야. 이 늑대인간들은 모두 레르와 결합을 했어.'

늑대인간들은 원래 인간보다 민첩하고 힘이 셌다. 또한 레르라는 마물도 쌍발궁수 덴스보다 몸이 빠르고 전투력이 뛰어났다.

'그러니 늑대인간과 레르의 조합은 얼마나 뛰어날까?'

루잉은 혀로 입술을 싹 핥았다.

늑대인간들이 눈을 찌푸렸다. 그들의 표정은 마치 "약한 인간 주제에 감히 어디서 여유를 부리는 거냐?"라고 따져 묻는 듯했다.

그 순간 루잉의 몸이 앞으로 쏘아졌다. 아무런 준비 자세나 기척도 없이, 그럼에도 불구하고 눈에 보이지 않는 속도로 파앙!

그 벼락 치는 듯한 공격에 늑대인간들이 화들짝 놀랐다.

그리고 그들이 놀라서 입을 쩍 벌린 사이에 늑대 머리 3개가 허공으로 핑그르르 떠올랐다.

눈 깜짝할 사이에 적군 셋의 머리를 벤 루잉은 검에 묻은 핏물을 털어 내면서 히죽 웃었다.

제3화

이변

Chapter 1

“ɘǯ⁶ꞇǫᵿǫƨȸ. ȸ! ȸ! ȸ!”

“ȸ! ȸ!”

늑대인간들의 화가 폭발했다. 그들은 방패로 몸을 가리고 창을 뿌렸다. 검은색 투창 9개가 사방에서 루잉을 향해 날아왔다.

루잉은 적들이 던진 창이 몸 근처 2 미터 안으로 다가올 때까지 아무런 방어도 하지 않았다.

그러다 루잉을 향해 일직선으로 날아오던 창들이 갑자기 방향을 휙 틀었다. 9개 가운데 다섯은 허공으로 불쑥 솟구쳤다. 나머지 넷은 아래로 뚝 떨어졌다.

직후, 9개의 투창이 동시에 폭발하면서 투창 하나당 수십 개의 갈래로 갈라졌다. 그 예리한 파편들이 일제히 루잉의 몸에 내리꽂혔다. 루잉의 머리 위에도, 다리 아래쪽에도, 몸 옆도, 모두 파편 천지였다. 루잉은 사방 어느 곳으로도 움직일 수 없었다.

그 위험한 순간 루잉의 몸이 쭉 늘어났다.

사실 루잉의 몸은 적의 투창이 폭발하는 그 순간에 이미 자리를 떴다. 그런데 그의 이동 속도가 너무나 빨라서 아직까지 루잉이 원래 자리에 머무르는 것처럼 착시 현상이 벌어졌다.

늑대인간들이 투창을 던지고 다시 자세를 바로잡는 동안, 폭발적으로 자리를 박차고 뛰쳐나온 루잉은 양손에 든 검을 X자로 교차하며 휘둘렀다.

검에 어린 흑색 기운이 쭈와왁 늘어나며 늑대인간의 머리통 4개를 동시에 베었다. 루잉이 스쳐 지나온 자리엔 핏물이 쫙 번졌다. 늑대인간의 길쭉한 머리통 4개는 핑그르르 회전하면서 허공으로 떠올랐다가 땅바닥에 처박혔다.

그렇게 앞으로 달려 나갔던 루잉이 발을 크게 구르며 뒤로 백텀블링을 했다.

나머지 늑대인간들은 그때까지도 멍하게 주변만 두리번거렸다. 루잉의 궤적을 놓쳤기 때문이다.

허공으로 떠오른 루잉의 몸이 늑대인간들의 등 뒤로 뚝 떨어져 내렸다.

짜악!

루잉의 첫 번째 표적은 머리부터 사타구니까지 세로로 잘려서 죽었다.

루잉의 두 번째 표적은 목 오른쪽의 경동맥이 잘려 피를 분수처럼 뿜었다. 세 번째 표적은 목 왼쪽 경동맥이 잘려 펄쩍펄쩍 뛰었다.

좌우의 적들을 베어 버린 루잉은 피분수를 뚫고 달려 나가 나머지 늑대인간 2명의 심장을 2개의 검으로 동시에 찔렀다.

늑대인간들은 두 눈을 부릅뜨고 죽었다.

"별거 아니네."

루잉이 검을 떨쳐 피를 털어 냈다.

저 앞 숲 속에서 또 한 무리의 늑대인간들이 달려오는 모습이 보였다. 두 발로 달려오던 적들은 상황이 급박해지자 네 발로 뛰었다.

"그래. 그렇게 계속 와야지. 으흐흐!"

루잉은 두 자루의 검을 몸 뒤로 길게 늘어뜨리며 마주 달려 나갔다.

정오의 태양이 피바다 위에서 뜨겁게 타올랐다.

루잉은 쉬지 않고 검을 휘둘렀다. 단 1초도, 아니, 단 0.1초도 검을 쉬게 한 적이 없었다.

수인족은 늑대인간만 있는 것이 아니었다. 루잉이 숲으로 뛰어들었을 때, 거대한 덩치에 불곰의 머리를 가진 수인족이 옆에서 튀어나왔다. 녀석은 괴성과 함께 루잉을 위에서 내리찍었다. 녀석의 커다란 손바닥이 푸른 불꽃에 휩싸여 활활 타올랐다.

루잉은 오른손으로 8자를 그렸다.

루잉의 검이 만들어 낸 바람이 상대의 푸른 불꽃을 날려 버렸다.

하지만 푸른 불꽃은 흩어지기 무섭게 다시 모여들어 루잉을 공격했다.

녀석의 정체는 에기르!

저 험악한 마물의 바다에서 녀석은 꺼지지 않는 푸른 불꽃으로 무장을 한 채 유유히 헤엄쳤었다. 그러다 수인족과 결합을 하고 이 세상에 나왔다.

루잉은 세 번 연속 스텝을 밟아 불꽃을 회피한 다음, 비스듬하게 파고들어 검을 위로 쳐올렸다. 루잉의 검에 어린 흑색 기운이 에기르의 푸른 불꽃을 둘로 가르며 파고들어 불곰의 오른쪽 눈을 찍었다.

"ȣoƨф!"

상대가 고통에 몸부림쳤다.

루잉은 허공에서 몸을 360도 돌려 핑그르르 회전을 하더니, 그 부력을 이용해서 허공을 수평으로 이동했다.

그 현란한 몸놀림에 적이 어리둥절한 사이, 루잉의 검이 다시 안으로 파고들어 수인족의 왼쪽 눈알마저 갈라 버렸다.

"ȣф! ȣфoƨ!"

장님이 된 수인족이 양팔을 미친 듯이 휘둘렀다.

루잉은 검을 사뿐하게 놀려 상대의 배를 갈랐다.

녀석의 불룩한 배가 팍 터지면서 내장이 와르르 쏟아졌다. 당황한 수인족이 어떻게든 쏟아지는 내장을 쓸어 담으려고 손을 아래로 내렸다.

루잉은 검은 기다렸다는 듯이 그때를 노려 상대의 목을 베었다.

굵은 목의 절반이 푸확 잘리며 핏물이 쏟아졌다. 녀석의 거대한 체구가 그대로 앞으로 고꾸라져 무릎을 꿇었다. 지축이 둔중하게 흔들렸다.

루잉은 새로운 상대를 찾아 자리를 떴다.

강가 절벽 위에서 시작된 혈투는 강을 따라 상류로 거슬러 올라가며 계속되었다. 수인족 솔샤르들은 메뚜기 떼처럼 무수히 뛰쳐나와 루잉을 압박했다.

루잉은 상대를 베어 넘기며 계속 전진했다.

어느새 해가 저물어 밤이 되었다. 전투는 밤에도 그치지 않았다.

12시간 연속해서 검을 휘두르자 루잉의 팔뚝이 저리고 발이 후들거렸다. 전투가 18시간 이상 계속되자 팔다리에 감각이 사라졌다.

루잉은 세상 모든 것을 잊었다. 심지어 자기 자신도 버렸다. 루잉의 머릿속은 온통 백지나 다름없었다. 그는 지금 이 상황이 10년 전 북부를 탈출하던 와중인지, 아니면 북부로 다시 진격해 들어온 것인지도 구분하지 못했다. 그저 적이 나타나면 습관적으로 베었고, 적이 없으면 적을 찾아 망령처럼 숲 속을 배회했다.

그 무심하고도 지독한 모습에 수인족 솔샤르들도 기가 질렸다.

루잉은 잠도 자지 않았다. 생리 현상이야 말할 것도 없었다. 이토록 오래 싸우면 기운이 고갈될 법도 하건만, 루잉은 끈질기게 버텨 냈다. 루잉이 지치지 않는 것은 어쩌면 실비아가 선물(?)한 목걸이 때문일지도 몰랐다. 분노성력이 담겨 있는 그 저주의 목걸이가 루잉의 몸속 모든 기운을 악착같이 쥐어짜서 끌어내는 것 같았다.

루잉은 허기를 느끼지도 않았다.

배를 곯으면 가장 큰 문제가 싸울 힘이 떨어지는 것이었다.

한데 루잉은 본능적으로 에너지를 채웠다. 때때로 루잉의 입가가 핏물로 번들거렸다. 무언가가 목구멍 속으로 넘어가는 것 같기도 했다.

그게 무엇인지 굳이 알고 싶지는 않았다. 루잉은 지금 본인의 악마 같은 모습을 마주 대할 자신이 없었다. 그래서 점점 더 깊은 무의식의 세계로 침잠되었다.

짙은 심연과도 같은 루잉의 무의식이 깨어진 것은 강력한 적의 등장 때문이었다.

[인간! 그만해라!]

루잉의 뇌 속으로 고함이 울렸다.

루잉이 고개를 돌렸을 때, 상대는 100 미터 밖에 있었다. 그리고 루잉이 몸까지 돌렸을 때, 상대는 이미 루잉의 코앞까지 다가왔다.

시커멓게 번들거리는 털!

그 안에서 노랗게 빛나는 두 눈!

두개골 위쪽에서 시작해서 양 갈래로 갈려 둥글게 휘어진 뿔!

숫양의 뿔에 흑표범의 얼굴, 사람의 몸뚱어리를 합친 기괴한 수인족이 질풍처럼 달려와 루잉을 후려쳤다.

"어?"

루잉은 상대의 공격을 제대로 감지하지도 못했다. 그저 상대의 손이 쭉 늘어난다고 느꼈을 뿐이다. 그 순간 강한 일격이 루잉의 왼쪽 어깨를 강타했다.

공격을 당하기 전, 루잉은 왼손의 검을 휘둘러 몸 왼쪽을 방어했다. 그것만으로도 부족해서 몸을 일부러 허공으로 띄워 가볍게 만들었다.

잠시 후.

투앙―

엄청난 충격과 함께 루잉의 몸뚱어리가 낙엽처럼 옆으로 나뒹굴었다. 루잉의 왼손 손바닥은 살갗이 벗겨져 피범벅이 되었고, 검은 그대로 두 동강 났다. 루잉은 무려 10 미터를 날아가 거칠게 땅에 처박혔다.

그대로 신속하게 대응을 한 덕분에 뼈가 으스러지지는 않았다.

뿔 달린 흑표범이 와락 달려들었다.

[일어나!]

녀석은 놀랍게도 인간의 언어를 할 줄 알았다. 성대 구조상 목으로 인간의 말을 하기는 힘들지만, 대신 녀석은 루잉의 뇌에 직접 의사를 전달했다.

루잉이 뒤로 백텀블링을 하며 자세를 잡았다.

Chapter 2

뿔 달린 흑표범이 앞으로 나서자 다른 수인족 솔샤르들은 30 미터 밖으로 물러났다.

강이 내려다보이는 언덕 위에 수인족들이 둥근 원을 만들었다. 루잉은 반경 30 미터 크기의 원 안에서 뿔 달린 흑표범과 맞서 싸웠다.

후왕—

주변 공기가 부글부글 끓어올랐다. 흑표범이 먼저 손을 썼다. 이번 공격은 루잉의 오른쪽을 노리고 파고들었다.

루잉은 모든 감각을 적에게 집중했다.

잔뜩 고조된 그의 감각이 적의 공세를 읽어 내었다. 마물과 결합한 녀석의 오른팔이 쩌억 분열되더니, 그 끝에서 24개의 창이 동시에 형성되었다.

투창 공격이 주특기인 마물은 레르다.

하지만 레르는 한 번에 하나의 투창만 만들어 낸다. 그런데 저 뿔 달린 흑표범은 손을 한 번 휘둘러서 무려 24개의 투창을 동시에 뽑아내었다. 게다가 그 창대 하나하나가 레르의 무기보다 수십 배, 아니 수백 배나 더 강렬한 기세를 머금고 있었다.

'막레르!'

레르의 진화형 마물, 막레르!

마물들이 서식하는 악마의 바다는 몇 개의 층으로 구분되는데, 이 가운데 레르는 '연해', 즉 얕은 바다에 서식하는 마물이었다. 반면 레르의 진화형인 막레르는 연해를 떠나 그보다 더 깊은 '해구'에 서식한다고 알려져 있다.

다시 말해서 이 뿔 달린 흑표범은 일반 솔샤르가 아니었다.

솔샤르를 뛰어넘는 솔샤르!

즉 귀족 솔샤르였다.

막레르는 귀족들 중에서도 제법 강한 편이어서, 과거 카일 백작도 단독으로는 녀석을 감당하지 못했다. 루잉과 카일 백작이 함께 힘을 합쳐야 겨우 상대가 가능했다.

게다가 상대는 인간형 막레르가 아니었다. 인간보다 신체 조건이 우월한 수인족, 그것도 흑표범과 결합한 막레르였다.

'크큿! 이런 상대라면 한번 목숨을 걸고 싸워 볼 만하지.'

문득 이런 생각이 들었다. 루잉은 오른쪽으로 들이닥치는 적의 공격을 무시했다. 대신 곧장 상대의 품으로 파고들었다.

루잉의 검이 쭈욱 늘어났다.

[미친놈!]

상대가 피식 웃었다.

방어 없이 공격만 한다고?

같이 죽자고 덤벼드는 독기가 일반 솔샤르에게는 통할지 모른다. 하지만 귀족 솔샤르를 상대로는 어림도 없다. 뿔 달린 흑표범은 루잉의 어리석음을 비웃으며 왼손에 형성된 투창을 끝까지 휘둘렀다. 동시에 오른손을 잡아당겨 자신의 가슴을 보호했다.

흑표범의 오른손 손바닥은 눈 깜짝할 사이에 크게 늘어나 방패로 변했는데, 일반 레르의 방패와 달리 둥그런 방패 모서리에 뾰족한 뿔들이 40 센티미터 길이로 돋아나 빙글빙글 회전했다. 그 뿔에서 시퍼런 전하가 방전을 시작했다.

쩌저저정!

루잉은 전하로 가득 찬 방패를 검으로 찔렀다. 그러자 루잉의 검을 타고 시퍼런 낙뢰가 거슬러 올라왔다.

"크욱!"

루잉의 어깨까지 시커멓게 타들어 갔다.

그래도 루잉은 멈추지 않고 온몸을 던져 상대를 밀어붙였다.

"이이익!"

루잉이 이빨을 악물었다.

그 즈음 흑표범의 왼손에서 시작된 24줄기의 투창은 그대로 폭발하면서 루잉의 오른쪽 상반신을 휩쓸었다.

녀석의 공격은 레르의 공격과는 수준이 달랐다. 손끝에서 창이 방출되는 것과 동시에 곧바로 폭발이 일어났고, 그 폭발에 휘말려 루잉의 갑옷 오른쪽 부위가 통째로 날아갔다. 이어서 수천 개의 파편이 루잉의 몸을 강타했다.

저 파편들이 틀어박히면 루잉의 온몸이 걸레 조각이 될 상황.

그래도 루잉은 피하지 않았다. 대신 좀 더 저돌적으로 상대의 품으로 파고들었다.

"우아아아악!"

루잉이 악을 썼다.

흑표범의 방패에 가로막혔던 루잉의 검이 한층 더 진한 흑색으로 물들었다. 그 검이 상대의 단단한 방패를 뚫고 안으로 쑥 틀어박혔다.

[이런 미친!]

흑표범이 깜짝 놀라 몸을 뒤로 피했다.

그 바람에 녀석의 투창 공격은 루잉의 몸을 제대로 때리지 못하고 루잉의 뒤쪽을 아슬아슬하게 스쳐 지나갔다.

루잉의 검이 집요하게 파고들어 녀석의 손바닥을 깊게 베었다.

뿔 달린 흑표범이 얼굴을 찡그리며 뒤로 물러섰다.

물론 루잉도 무사하지 못했다. 그의 왼손은 어깨까지 감전되어 시커멓게 타들어 갔고, 오른쪽 상반신은 폭발의 여파에 휘말려 피투성이였다.

[제법이다. 인간 주제에 나를 물러서게 만들고.]

뿔 달린 흑표범이 으르렁거렸다.

진득한 살기로 물든 으르렁거림이 루잉의 뇌를 진탕시켰다.

루잉은 대꾸하지 않았다.

어깨를 빙글 돌려 뼈의 상태를 확인하고, 우두둑! 우두둑! 목을 좌우로 꺾어 긴장을 풀었다. 뿔 달린 흑표범도 주먹을 쥐락펴락 했다.

그렇게 약간의 휴식기를 가지던 한순간, 루잉의 몸이 환상처럼 쭉 늘어났다.

길쭉하게 변한 루잉의 몸이 흑표범의 왼쪽 허리로 파고들었다. 벼락이 치듯 번쩍!

솔샤르도 쫓지 못할 만큼 빠른 동작이었건만, 뿔 달린 흑표범에게는 통하지 않았다. 녀석은 방패를 번쩍 들었다가 허공을 내리찍었다. 그 빈 허공에 루잉의 머리가 불쑥 들어왔다.

시퍼런 전기를 머금은 흑표범의 방패가 루잉의 머리통을 부숴 버리려는 찰나, 루잉의 손가락이 가볍게 까딱거렸다.

그러자 조금 전에 부러졌던 루잉의 검날이 땅바닥에서 둥실 떠올라 흑표범의 오른쪽 아킬레스건으로 날아들었다.

벼락보다 더 빠르게 빠아—앙!

[크왓!]

흑표범이 펄쩍 뛰어올랐다.

루잉은 미친 듯한 속도로 몸을 날렸다. 상대가 휘두른 방패가 루잉의 뒤통수를 아슬아슬하게 스치며 맨바닥을 내리찍었다. 그사이 루잉의 부러진 검날은 흑표범의 아킬레스건을 끊고 지나갔다.

[크우우!]

뿔 달린 흑표범이 어금니를 꽉 깨문 순간, 루잉의 몸이 180도로 거꾸로 뒤집혔다. 머리를 아래에 두고, 두 다리를 하늘로 향해 몸을 뒤집은 루잉은 그 상태에서 오른손에 묶은 검을 수평으로 휘둘렀다.

의외의 각도에서 의외의 속도로 날아온 공격이었다. 뿔 달린 흑표범이 뒤늦게 방어를 했지만, 한발 늦었다. 루잉의 검은 상대의 가슴을 길게 베며 지나갔다.

뿔 달린 흑표범의 가슴에서 핏물이 푸확 뿜어졌다.

[크아!]

녀석이 다시 비틀거렸다.

루잉은 허공에 띄운 발을 서로 교차해서 꼬아 팽이처럼 핑그르르 돌더니, 그 부력을 이용해서 옆으로 수평 이동했다.

뿔 달린 흑표범이 루잉의 움직임을 놓쳤다.

루잉의 허리춤에서 검 한 자루가 덜렁 떨어졌다.

이 검은 카일 백작의 유품이자 루잉이 가장 아끼는 검이다. 그 검이 바닥에 떨어져 꽂히는가 싶더니, 루잉의 손짓에 따라 땅에 낮게 깔려 날아갔다.

쑤와아악!

바람이 검날에 갈렸다.

Chapter 3

[크와왁!]

뿔 달린 흑표범이 또다시 비명을 질렀다. 녀석의 아킬레스건이 또 하나 잘렸다. 두 다리의 아킬레스건을 모두 잃자 흑표범이 자리에 주저앉았다.

루잉은 몸을 바로 세우는 것과 동시에 왼손을 휘둘렀다. 그의 손에 들린 반 토막 난 검이 상대의 얼굴을 노렸다.

[크왓!]

뿔 달린 흑표범은 젖 먹던 힘을 다해 상체를 뒤로 눕혔다.

루잉의 검이 상대의 이마에서부터 오른쪽 뺨까지 그대로 가르며 지나갔다. 흑표범의 얼굴에서 핏물이 진하게 튀었다.

"아쉽네. 검이 반 토막 나지만 않았어도 그 상판대기를 쪼개 주는 건데."

루잉은 가볍게 혀를 찼다.

[으으으읏! 이노옴!]

뿔 달린 흑표범은 미친 듯이 분노했다.

루잉이 저벅저벅 다가와 흑표범의 머리를 붙잡았다.

루잉의 오른손이 벼락처럼 움직였다.

뿔 달린 흑표범이 기를 쓰고 고개를 틀었다. 루잉의 검이 상대의 오른쪽 눈알 바로 옆을 스치고 지나갔다.

"가만 있어 봐. 그 노란 눈깔부터 도려내 줄게."

루잉은 조곤조곤 말했다.

[크왁! 이런 미친 새끼!]

흑표범이 진저리를 쳤다.

루잉은 상대의 머리를 다시 붙잡고 오른손을 휘둘렀다. 동시에 오른손 손가락을 까딱거려 바닥에 떨어진 검을 날렸다.

흑표범이 고개를 뒤로 젖혀 루잉의 1차 공격을 피했다. 그러나 바닥에 낮게 깔려서 날아온 두 번째 검까지 피하지는 못했다. 카일 백작이 남긴 유품이 흑표범의 왼쪽 눈알을 터뜨리며 파고들었다.

[크아악!]

흑표범이 크게 울부짖었다.

"자, 이제 오른쪽 눈알 차례다."

루잉이 다시 상대의 머리통을 붙잡았다.

흑표범의 몸에 소름이 쫙 돋았다. 털이란 털들은 모두 곤두섰다. 그는 지금까지 이런 미친 인간을 겪어 본 적이 없었다.

루잉의 검이 흑표범의 눈알을 노리고 시퍼렇게 다가왔다.

[으아아악!]

흑표범은 목이 터져라 비명을 질렀다.

루잉의 검이 상대의 눈알을 마저 도려내려고 할 때, 갑자기 섬뜩한 기운이 느껴졌다.

언덕을 끼고 유유히 흐르는 강!

그 강 건너편에 우뚝 솟은 뾰족한 암벽들!

그 가운데 가장 높은 암벽 꼭대기!

루잉의 감각은 빠르게 수색 범위를 좁혀 나갔다.

섬뜩한 기운이 느껴진 곳은 루잉이 서 있는 언덕에서 무려 15 킬로미터나 떨어진 저 먼 암벽 꼭대기였다.

눈으로는 잘 보이지도 않는 저 먼 암벽 위에 풍채가 좋은 사내가 우뚝 서 있는 모습이 루잉의 감각에 잡혔다.

태양처럼 붉은 갑옷을 입고, 황금빛 갈기를 허리까지 길게 늘어뜨린 수인족 사내!

사내의 몸은 건장하기 이를 데 없었으며, 머리는 사자였다. 귀 옆과 이마 중앙에 꾸불꾸불한 뿔 3개를 가진 수사자!

그 수사자가 15 킬로미터 떨어진 암벽 위에 홀로 서서 루잉을 굽어보고 있었다.

“허억!”

루잉은 갑자기 숨이 막혔다. 저 수사자를 감각에 담는 것만으로도 숨이 쉬어지지 않고 손이 부들부들 떨렸다. 상대가 뿜어내는 위압감은 그만큼 압도적이었다.

루잉은 정신이 붕괴되는 듯한 느낌을 받았다. 저 어마어마한 존재가 누구인지 도무지 짐작이 가지 않았다.

루잉은 이대로 모든 것을 포기하고 싶었다. 그는 감히 저 수사자를 상대할 자신이 없었다.

그때 실비아가 떠올랐다.

실비아와 알몸으로 뒤엉킨 줄리앙이 루잉의 뇌리에 들어왔다.

'이 또한 신의 뜻이겠지. 저런 엄청난 괴물의 손에 죽는 것도 나쁘지 않아.'

이렇게 마음을 먹자 꽉 막혔던 숨통이 다시 트였다. 루잉은 잠시 멈췄던 손을 다시 움직였다. 루잉의 검이 뿔 달린 흑표범의 눈알을 향해 빠르게 뻗어 갔다.

[고얀 놈!]

루잉의 뇌리에 벼락이 쳤다. 뇌를 통째로 뒤흔드는 이 웅대한 포효에 비하면 흑표범의 목소리는 고양이 소리나 다름없었다. 단지 음성 하나만으로도 루잉의 다리가 후들후들 떨렸다. 루잉은 이것이 누구의 음성인지 알 것 같았다.

'암벽 위에서 나를 굽어보고 있는 저 사자인간이다!'

15 킬로미터 밖의 저 존재가 아니고서는 루잉에게 이런 충격을 줄 상대가 없었다. 루잉은 이를 악물고 검을 일직선으로 뻗었다.

그 순간 루잉의 감각에 수사자의 행동이 잡혔다.

3개의 뿔을 가진 수사자는 15 킬로미터 밖에서 루잉을 향해 가볍게 손을 휘둘렀다.

바웅!

상대의 손끝에 어린 붉은 광채가 루잉을 향해 직선으로 쏘아졌다.

한데 중간 과정은 없었다.

수사자의 손끝을 떠난 붉은 광채는 1 미터가량 날아오다 갑자기 사라졌다. 그러곤 그렇게 사라졌던 붉은 광채가 무려 15 킬로미터의 공간을 그대로 뛰어넘어 루잉의 등 뒤 50 센티미터 지점에 불쑥 나타났다.

루잉은 놀라운 감각으로 이 모든 장면을 읽어 내었다.

"크흡!"

검을 휘두르다 말고 루잉이 바닥에 나뒹굴었다.

붉은 광채는 루잉의 등판을 스쳐 지나 언덕 위 고목에 작렬했다. 둘레가 6 미터나 되는 커다란 고목이 붉은 광채에 맞자마자 곧바로 재가 되었다.

"이럴 수가!"

루잉이 이빨을 꽉 깨물었다. 붉은 광채에 스친 등판이 타들어 가는 듯이 고통스러웠다. 은빛 갑옷은 녹아 없어진 지 오래였고, 그 안쪽 살갗은 화염에 지진 듯 지글지글 익었다.

[토레 님!]

뿔 달린 흑표범이 그대로 자리에 엎드려 땅바닥에 이마를 찧었다.

[토레 님!]

주변을 빙 둘러싼 수인족들도 일제히 무릎을 꿇고 강 건너편을 향해 머리를 조아렸다.

루잉의 눈썹이 꿈틀 곤두섰다.

“토레? 북부의 군주 토레?”

정식 이름은 토레 아르네 솔샤르!

북부를 지배하는 아홉 군주 가운데 하나!

모든 수인족 솔샤르들의 우상이자 지배자!

루잉은 25년 넘게 전장을 누비며 무수히 많은 솔샤르들과 싸워 왔다. 그 가운데는 귀족 솔샤르들도 제법 되었다.

하지만 군주와 맞닥뜨린 것은 이번이 처음이었다.

루잉은 눈에 두른 천을 신경질적으로 풀었다. 감각이 아니라 진짜 눈으로 상대를 보고 싶었기 때문이다. 북부를 다스린다는 군주가 대체 어떤 모습인지 궁금했다. 루잉의 눈이 먼 곳에 초점을 맞추었다. 저 멀리 암벽 위에 어른거리는 그림자가 보였다.

아무리 눈에 힘을 줘도 그 이상은 보이지 않았다.

대신 루잉의 감각에는 상대가 또렷이 잡혔다.

머리에 돋은 구불구불한 세 갈래 뿔은 각각 50 센티미터가 넘는다. 황금빛 갈기는 허리까지 길게 늘어져 출렁거린다. 보는 것만으로도 기가 질리는 위압감이다.

"으으읏!"

루잉의 몸이 가늘게 떨렸다.

토레가 고리 눈으로 루잉을 굽어보았다.

루잉은 그 앞에 무릎을 꿇고 길게 목을 빼고 싶었다. 부쿤 대산맥보다 더 위압감이 넘치는 저 괴물과 맞서 싸우느니, 그냥 목을 내주고 편안한 안식을 얻는 편이 더 나을 것 같았다.

실제로 루잉의 무릎이 살짝 수그러들었다.

Chapter 4

루잉이 무릎을 꿇고 모든 것을 포기하려고 할 때였다.

후웅!

루잉의 목걸이가 보라색 광채를 토했다. 목걸이에 담긴 분노성력이 폭발하면서 루잉의 두 눈이 진한 자줏빛으로 물들었다.

'루잉 이노옴! 네놈은 스승의 원수도 갚지 않고 죽을 셈이냐? 네 장모가 내연남과 밀통하여 내게 극약을 먹여 죽

였다. 이 피 끓는 원한을 네가 풀어 줘야지!'

스승의 분노한 음성이 루잉의 뇌리를 강타했다.

'크윽! 스승님!'

루잉의 주먹에 불끈 힘이 들어갔다.

스승 카일에 이어 줄리앙 왕세자가 루잉의 머릿속에 등장했다.

'크크크, 루잉이 멍청하기는 하지. 제자와 부인이 이렇고 이런 사이라는 것도 모르고 오로지 검술 수련에만 매달리다니, 정말 천하의 바보야.'

줄리앙은 대놓고 루잉을 비웃었다.

'줄! 리! 앙!'

루잉은 상대의 이름을 한 자 한 자 끊어서 불렀다.

'깔깔깔깔! 루잉이 남자답다고요? 그 비천한 사람이 어디가 남자다워요? 천한 출신 주제에 이만큼 출세했으면 된 거 아닌가요? 깔깔깔!'

실비아가 줄리앙의 팔짱을 끼고 루잉을 조롱했다.

투둑!

루잉의 머릿속 어느 한 곳이 끊겨 나갔다.

"크악! 다 죽여 버린다!"

루잉은 강 건너편을 향해 무릎을 꿇다가 말고 폭발적으로 튀어 나갔다. 루잉의 손끝이 까딱 움직이자 카일의 검이 벼락처럼 저공비행을 해서 흑표범의 정수리를 찔렀다.

[이노옴!]

강 건너에서 무시무시한 기세가 일어났다. 우뚝 솟은 암벽 뒤에서 태양이 떠오른 듯 시뻘건 홍염이 수백 미터 상공까지 치솟았다. 붉은 광채가 폭발적으로 일어나 루잉에게 쏘아졌다.

바웅! 바웅!

두 가닥의 붉은 광채는 15 킬로미터라는 공간을 뛰어넘어 단숨에 루잉의 몸통을 후려쳤다.

루잉은 기다렸다는 듯이 몸을 틀어 상대의 공격을 피했다.

루잉이 쏘아 보낸 검이 뿔 달린 흑표범의 정수리를 관통했다. 푸욱! 소리와 함께 검날이 두개골 속으로 깊숙이 파고들었다. 검신을 타고 핏물이 주르륵 흘러내렸다.

[끄어억!]

뿔 달린 흑표범은 가래 끓는 소리를 내면서 머리를 땅에 처박았다.

그사이 강 건너에서 날아온 붉은 광채 두 가닥은 루잉의 상반신을 휩쓸고 지나갔다. 루잉이 미리 예측을 하고 몸을 뒤틀지 않았다면 상반신 전체가 흔적도 없이 타 버렸을 것이다. 토레의 공격은 그만큼 무서웠다.

다행히 루잉은 붉은 광채가 날아오기 전에 미리 몸을 뒤틀었고, 그 덕분에 상대의 공격을 위로 흘려보낼 수 있었다.

물론 루잉도 무사하지는 못했다. 살짝 스친 것만으로도 루잉의 왼쪽 팔뚝 전체가 재로 바스러졌다. 루잉은 이를 악물고 몸을 뒹굴었다.

그 즉시 두 번째 붉은 광채가 날아와 루잉이 머물던 자리를 강타했다. 루잉은 온몸을 던져 앞구르기를 했다. 붉은 광채가 살짝 스치면서 루잉의 오른쪽 발목 아래가 재로 변했다.

루잉은 왼팔과 오른발을 잃은 상태에서 몸을 굴려 적진 사이로 파고들었다.

“[illegible]”

“[illegible]! [illegible]—[illegible]!”

수인족 솔샤르들이 깜짝 놀라 흩어졌다.

루잉은 산개하는 적들에게 바싹 따라붙었다. 검광이 번쩍 뿜어졌다. 늑대인간 둘의 목이 뎅겅 잘렸다. 루잉은 한쪽으로 쏠리는 신체를 바로잡으며 손가락을 다시 까딱거렸다.

흑표범의 머리통에 박혀 있던 카일의 검이 루잉의 의지에 반응했다.

쓔와—앙!

벼락처럼 허공을 가로지른 카일의 검은 수인족 솔샤르 4

명을 차례로 관통한 다음, 루잉의 오른손에 들어왔다.

루잉은 그 검을 8자로 휘둘러 주변의 적 셋을 추가로 베었다.

루잉이 수인족 사이에 뛰어들어 날뛰기 시작하자 더 이상 붉은 광채가 날아오지 않았다.

'과연!'

루잉의 짐작대로였다. 루잉은 '이렇게 적들에게 바싹 달라붙어 난전을 벌이면 토레가 쉽게 공격하지 못할 거다.' 라고 생각했다. 이 난전의 와중에 토레가 붉은 광채를 날렸다가는 루잉뿐 아니라 부하들까지 떼죽음을 당할 테니까 말이다.

[크르르르! 요 쥐새끼 같은 놈!]

저 멀리서 토레가 낮은 울음을 울었다.

홍염이 더 크게 솟구쳤다. 군주의 분노가 무섭게 일어나 루잉을 압박했다.

하지만 루잉의 행동을 멈추게 하지는 못했다. 두 눈이 자줏빛으로 물든 루잉은 이전보다도 더 폭발적으로 움직이며 수인족들을 도륙했다. 분노성력의 폭발적인 힘 덕분이었다.

마침내 토레가 직접 나섰다.

루잉의 감각에 저 멀리서 토레가 움직이는 것이 잡혔다.

토레는 암벽을 박차고 뛰어올라 다음 암벽에 올라섰다. 그 다음 두 번 더 도약해서 강가에 도달했다.

강을 건너는 데는 고작 몇 초도 걸리지 않았다. 토레는 강 수면을 발로 차며 단숨에 뛰어올라 루잉이 있는 언덕에 도착했다.

그사이 루잉은 수인족 솔샤르들의 목을 베고 숲으로 뛰어들었다.

[어딜 도망치려고?]

루잉의 등 뒤에서 우렁찬 고함이 터졌다. 토레의 음성엔 사람의 심장을 찌부러뜨리는 강한 힘이 넘쳐흘렀다.

루잉은 뒤도 돌아보지 않고 숲으로 뛰어들어 검을 휘둘렀다.

숲으로 도망쳤던 수인족들이 루잉의 검에 걸려 비명을 질렀다.

토레가 손을 휘저었다.

바웅!

토레의 손끝에서 시작된 붉은 광채가 허공을 뛰어넘어 곡선을 그리더니, 그대로 루잉의 코앞에 나타났다.

"크흡!"

루잉은 온몸을 뒤로 젖혀 상대의 공격을 피했다. 붉은 광채가 스쳐 지나가면서 루잉의 얼굴이 화르륵 타 버렸다.

루잉은 초인적인 인내심으로 고통을 참아 내고는, 오른손에 든 검으로 지면을 때려 반발력을 일으켰다. 그다음 허공에 수평으로 몸을 띄운 다음 반발력을 이용해서 왼쪽으로 급격히 방향을 꺾었다.

루잉의 몸뚱어리가 처박히듯이 왼쪽 수풀로 들어갔다.

토레가 날듯이 그 뒤를 쫓았다.

루잉은 풀숲에 들어옴과 동시에 다시 허공에서 180도 몸을 틀었다. 토레가 루잉를 쫓아 풀숲에 막 들어왔을 때, 루잉은 거꾸로 다시 풀숲에서 나가던 중이었다.

둘이 갑자기 맞닥뜨렸다.

루잉의 검이 기다렸다는 듯이 날아가 토레의 복부에 꽂혔다.

토레는 진짜로 깜짝 놀랐다. 그는 루잉이 도망칠 것이라고 예상했지, 이렇게 갑작스럽게 반격을 할 줄은 몰랐다.

하지만 토레는 놀란 와중에도 침착하게 손을 휘저어 루잉의 공격을 막았다. 토레의 양손이 허공에 둥그런 원을 그렸다. 붉은 광채가 그 원을 타고 빙글빙글 돌더니, 원 안에서 흘러나오는 가공할 압력으로 루잉의 검을 부러뜨렸다.

단지 검뿐만 아니라 루잉의 오른손까지 바스러뜨렸다.

Chapter 5

"크왓!"

이제 루잉은 양팔을 모두 잃었다.

루잉은 그래도 포기하지 않고 온몸으로 토레에게 부딪쳐 갔다. 놀랍게도 루잉은 입에 부러진 검날을 물고 있었다.

[정말 지독한 놈이구나!]

토레의 입에서 감탄이 흘러나왔다. 토레는 지금까지 이토록 지독한 상대를 만나 본 적이 없었다.

쓰왁—

루잉의 입에서 쏘아진 부러진 검날이 벼락처럼 날아와 토레의 목을 노렸다.

바우웅!

토레는 손을 휘저어 루잉의 공격을 튕겨 내었다. 루잉의 검날이 산산이 부서져 사방으로 흩어졌다. 루잉의 입이 그 파편에 찔려 피범벅이 되었다.

그 와중에 토레의 손바닥에도 슬쩍 피가 맺혔다.

[거참! 내 피를 본 것은 오랜만이로군.]

토레가 자신의 손바닥을 내려다보면서 어이없다는 듯이 중얼거렸다.

그사이 루잉은 허공에서 직각으로 몸을 틀어 토레의 왼

쪽으로 빠져나갔다.

[그냥 가지는 못한다.]

토레가 루잉을 향해 손을 뻗었다.

바웅!

붉은 광채가 일어나 루잉의 왼쪽 허벅지를 뚫었다.

"큽!"

루잉은 이를 악물고 계속 몸을 날렸다. 짙게 우거진 수풀을 온몸으로 가르며 몸을 날리다가 갑자기 오른쪽으로 방향을 틀었다.

루잉의 감각에 2명의 솔샤르가 잡혔다. 오른쪽 수풀 속 나무 위에 숨어 있는 솔샤르들이었다. 루잉은 이 2명의 솔샤르와 함께 죽기로 마음먹었다.

어차피 루잉은 양팔을 잃은 상황이었다. 다리도 하나가 날아갔다. 이런 상태에서 오래 버틸 수는 없었다. 루잉은 이 지긋지긋한 삶을 여기서 마무리 짓기로 결심했다.

'이왕이면 그럴듯한 상대를 죽음의 동반자로 데려가면 좋겠는데.'

그래서 결정한 것이 오른쪽 나무 위에 숨어 있는 솔샤르들이었다.

나무 위의 두 솔샤르 가운데 한 명은 사자인간이었다.

토레와 비슷하게 생긴 사자인간! 대신 녀석은 나이가 어려 갈기도 거의 없었고, 아직 머리에 뿔도 나지 않았다.

한편 사자 소년 옆의 솔샤르는 인간이었다. 체형으로 보건대 이제 열셋, 혹은 열네 살 정도로 보이는 어린 소년!

하지만 얼굴에 가면을 써서 정확한 연배는 짐작하기 어려웠다.

'지위가 높은 녀석들이다!'

이들 두 소년의 복장은 굉장히 화려했다. 루잉의 얼굴이 갑자기 밝아졌다.

이런 고위층을 지옥에 데려간다면 죽어도 덜 억울할 것 같았다. 루잉은 곧장 나무 위로 날아가 턱 끝으로 검을 뿌렸다.

루잉은 이미 양팔이 박살 난 터였다. 그래서 손으로 검을 휘두를 수는 없었다. 하지만 마나의 벽을 2단계나 돌파한 덕분에 의지만으로도 검을 움직이는 것이 가능했다.

루잉의 의지가 카일의 검에 전달되었다. 저 멀리 바닥에 나뒹굴던 검이 벼락처럼 날아와 사자 소년의 복부를 그대로 관통했다.

[꺼억!]

사자 소년이 뻥 뚫린 배를 움켜잡았다. 녀석이 루잉을 향해 뭐라고 악을 썼다.

루잉은 신경 쓰지 않았다.

사자 소년은 힘없이 나무에서 추락했다.

[이노옴! 안 된다!]

루잉의 등 뒤에서 다급한 음성이 터졌다. 느긋하게 추격 중이던 토레가 갑자기 미친 듯이 달려들었다.

루잉의 짐작이 적중했다. 이 소년들은 지위가 무척 높다. 특히 사자 소년은 토레와 상당히 닮은 모습이었다. 어쩌면 저 소년은 북부의 아홉 군주 가운데 한 명인 토레의 직계 혈족일지도 몰랐다.

"죽어랏!"

루잉은 공중에서 카일의 검을 한 바퀴 선회시킨 다음, 땅에 추락한 사자 소년을 향해 그대로 내리찍었다.

그러자 인간 소년이 루잉을 향해 달려들었다.

[안 돼! 내 친구를 죽이지 마!]

얼굴에 은빛 가면을 쓴 소년은 루잉의 뇌에 직접 의사를 전달하면서 루잉의 팔에 매달렸다.

그 말을 들어줄 루잉이 아니었다. 루잉은 좀 더 빠르게 검을 움직였다. 카일의 검이 땅에 쓰러진 사자 소년을 향해 벼락처럼 날아갔다.

루잉의 공격은 거기서 그치지 않았다. 그는 사자 소년과 가면 소년을 함께 지옥으로 데려갈 요량이었다. 루잉은 가면 소년에게 달려들면서 입을 쩍 벌렸다.

[아악!]

가면 소년이 자지러지게 놀랐다.

루잉의 이빨이 소년의 여린 목덜미에 닿았다.

양팔이 없고 검도 없으니 이빨로 물어뜯을 수밖에.

콰득!

루잉의 억센 이빨은 소년의 목에 깊숙이 파고들었다. 입 속으로 꾸역꾸역 핏물이 밀려왔다. 소년의 여린 몸이 푸들푸들 경련했다.

왈칵, 왈칵

루잉은 흡혈귀처럼 상대의 피를 빨았다.

루잉의 등 뒤에서 성난 사자의 포효가 터졌다.

[이런 미친 노옴!]

눈 깜짝할 사이에 루잉을 따라잡은 토레는 그대로 몸을 날려 루잉의 등판을 후려쳤다. 한편으로는 붉은 광채를 쏘아 카일의 검을 공중에서 저격했다.

카일의 검이 박살 나면서 그 파편이 사자 소년의 얼굴과 가슴에 꽂혔다. 사자 소년이 비명을 지르며 몸을 웅크렸다.

같은 시각, 루잉의 등판도 박살 났다. 토레의 일격에 맞아 늑골이 부서지고 심장까지 충격을 받았다. 그 와중에도 루잉은 계속 피를 들이켰다.

[이노옴!]

토레의 억센 손아귀가 루잉의 뒷머리를 꽉 붙잡았다. 루잉은 머리가 통째로 뽑히는 듯한 고통을 느꼈다. 그러면서 동시에 한 줄기 의문이 떠올랐다.

'저 사자 소년은 토레의 직계 혈족이 분명해. 그런데 토레는 왜 직계 혈족에게 먼저 달려가지 않고 이 가면 소년에게 왔지?'

어쩌면 이 가면 소년이 토레의 직계 혈족보다 더 중요한 인물일지도 모른다는 생각이 들었다. 이미 루잉의 생명은 꺼져 가는 상황이었다. 이제는 분노성력도 바닥이 났다. 그 증거로 루잉의 목걸이는 빛을 잃었다.

루잉은 빠르게 판단했다.

'사자 소년? 가면 소년? 둘 중 누구를 저승길 길동무로 삼지?'

루잉은 둘 중 더 중요한 놈을 지옥으로 데려가고 싶었다. 원래는 둘 다 해치우는 것이 루잉의 목표였지만, 토레에게 머리통을 붙잡힌 이상 욕심을 부릴 수는 없었다.

Chapter 6

'둘 중 누구?'

토레와 꼭 닮은 사자 소년?

은빛 가면을 쓴 인간 소년?

마침내 루잉이 그중 한 명을 선택했다.

너무나 짧은 시간 안에 판단한 것이라 두 소년 가운데 누가 더 무게감이 있는 존재인지는 자세히 따져볼 수 없었다. 하지만 루잉은 자신의 감을 믿었다.

루잉의 가슴 한복판에서 새하얀 씨앗이 돋아났다.

눈부시게 빛나는 이 씨앗은 순식간에 길쭉하게 자라나 한 자루의 검이 되었다. 그 검이 폭발적으로 뻗어 나가 가면 소년의 심장을 관통했다.

빠각!

소년의 심장에서 호두 껍데기 깨지는 소리가 울렸다.

이 하얀 빛의 정체는 '마음의 검!'

'마음의 검'은 마나의 벽 3단계에 올라서고 나서야 비로소 감을 잡을 수 있는 전설적인 경지였다. 이제 갓 마나의 벽 2단계에 올라선 루잉으로서는 도저히 꿈도 꿀 수 없는 대상이었다.

남부 연합을 통틀어서 마나의 벽 3단계에 도달한 사람은 단 2명뿐!

사실 이 2명의 극강한 초인들만이 북부의 군주와 맞서 싸울 수 있었다. 지금까지 남부 연합이 무너지지 않고 버틴

것도 바로 이 2명 덕분이었다.

한데 루잉이 그 지고한 경지에 올라섰다.

루잉이 마나의 벽 2단계를 돌파한 것이 불과 한 달 전이다.

그런데 놀랍게도 루잉은 30일 만에 또다시 한 계단 도약했다. 역사상 이처럼 빠르게 발전한 검수는 아무도 없었다.

이런 빠른 성장이 가능했던 이유?

지독하게 되풀이된 전투 덕분이었다. 바야크 장벽을 넘어 북부에 발을 디딘 이후로 루잉은 단 한 차례도 쉬지 않고 사투를 벌였다. 의식과 무의식의 경계를 넘나들며 싸우고 또 싸웠다.

그러면서 실력이 쭉쭉 늘었다. 검술이 발전하고 또 발전했다.

그러다 토레와 맞부딪치면서 루잉은 큰 깨달음을 얻었다. 토레는 북부를 지배하는 아홉 군주 가운데 한 명이었다. 그 까마득한 벽을 상대로 루잉은 최선을 다해 싸웠고, 마침내 상대의 손에 상처를 입히는 데 성공했다.

그 경험!

그 자신감!

이런 것들이 어우러져 루잉의 경지를 한 단계 높여 놓았다.

죽음의 직전, 루잉은 꿈에서도 그리던 마나의 벽 3단계에 발을 디뎠다.

하지만 이미 체력은 고갈된 상황이었다. 양팔과 다리를 잃어 제대로 싸울 수도 없었다. 이 상태에서 토레에게 마지막 공격을 퍼부은들 효과가 있을 리 없었다.

그래서 루잉은 토레 대신 다른 대상을 선택했다.

루잉의 가슴에서 시작된 '마음의 검'이 가면 소년의 심장을 부쉈다.

마음의 검이라 눈에 보이지도 않았다. 하얀빛도 오직 루잉의 눈에만 보였다. 다른 이들의 눈에는 아무것도 보이지 않았다. 그저 가면 소년이 갑자기 경련을 하며 피를 토하는 장면만 보았을 뿐이다.

[이놈이 무슨 짓을?]

토레가 황급히 손아귀에 힘을 주었다.

빠각!

루잉의 두개골이 단숨에 으스러졌다. 토레의 억센 손가락 사이로 허옇게 뇌수가 튀었다. 안개처럼 피보라가 팍 일었다.

루잉의 가슴에서 시작된 마음의 검은 그때까지도 가면 소년의 심장에 박혀 있었다. 이 마음의 검을 통해 루잉의 가슴과 가면 소년의 가슴이 하나로 연결되었다.

그사이 루잉의 뇌가 완전히 으깨졌다.

'스승님! 이게 신의 뜻인가 봅니다. 스승님의 복수를 직접 해드리지 못해서 죄송합니다.'

머리통이 박살 나기 전, 루잉은 스승 카일을 떠올렸다.

카일의 복수는 이제 물거품이 되었다. 실비아와 줄리앙, 두 배덕한 연놈들에게 복수를 할 수도 없었다.

하지만 이것이 신의 뜻이라면 따를 수밖에 없었다. 루잉은 모든 미련을 버렸다. 집착도 내려놓았다. 복수도 포기했다.

그것을 끝으로 루잉의 의식이 팍 꺼져 버렸다.

세상은 암흑으로 물들었다.

숲에 침묵이 내려앉았다.

"하라간 님! 하라간 님! 정신이 드십니까?"

사물이 뿌옇게 흐려 보였다.

루잉은 바르르 떨리는 눈꺼풀을 억지로 열었다.

침대 위에 드리운 얇은 커튼이 눈에 들어왔다. 천장에 매달려 흔들거리는 화려한 샹들리에가 뒤이어 보였다.

"하라간 님! 하라간 님!"

"저희 목소리가 들리십니까?"

옆에서 귀찮게 구는 목소리들이 들렸다. 톤이 높고 간드러진 목소리였다. 하지만 여자의 음성은 분명 아니었다.

'뭐야? 귀찮게.'

루잉은 눈을 찌푸렸다.

"하라간 님! 하라간 님!"

"들리시면 말씀을 해 보십시오."

대머리에 얼굴이 허여멀건 자들이 루잉에게 귀찮게 매달렸다.

'이것들은 뭐야? 나를 왜 하라간이라고 부르지?'

루잉이 눈을 찌푸렸다.

"하라간 님! 하라간 님!"

"하라간 님! 정신을 차리셔야 합니다."

대머리들이 시끄럽게 떠들어 댔다.

루잉이 가만히 생각해 보니, 참 희한했다.

'뭔가 이상해. 이들의 목소리는 알아듣겠어. 한데 입술 모양이 영 어색해.'

상대의 말과 입술 모양이 영 연결이 되지 않았다. 루잉은 눈을 찌푸리며 그 이유를 고민했다. 그러다 무슨 생각이 들었는지 귀를 닫고 대머리들의 입술만 빤히 바라보았다.

"გეაბზ ლ! გეაბზ ლ!"

"გეაბზ ლ!"

루잉의 눈동자가 화들짝 커졌다.

대머리들의 입술이 만들어 내는 모양은 인간의 언어가 아니었다.

바로 솔샤르들의 언어였다.

"뭐, 뭐야?"

루잉은 상체를 일으켰다.

그러다 더 크게 놀랐다.

눈앞에 보이는 하얗고 미끈한 손!

'그렇지! 내 진짜 팔뚝은 토레에게 잘렸지. 그건 그렇다고 치자. 하지만 훈련으로 담금질한 내 억센 팔뚝을 대체한 이 가냘픈 손은 뭐냐?'

루잉은 황당한 눈으로 자신의 손을 내려다보았다.

"하라간 님이 일어나셨다!"

"오오오! 신이시여, 하라간 님이 완쾌하셨도다!"

대머리들은 서로를 끌어안고 펄쩍펄쩍 뛰었다. 그러다 감정에 겨웠는지 엉엉 울었다.

"으흐흑! 이제 우린 살았어."

"하라간 님이 완쾌하셨으니 우린 이제 갈가리 찢겨 죽지 않아도 돼! 흐엉엉!"

루잉의 귀에는 대머리들의 대화가 잘도 들렸다.

입술 모양만 보면 분명 인간의 언어가 아니었다. 그런데 너무나 익숙하게 저 대머리들의 대화를 알아들을 수 있었다.

'이게 대체 무슨 일이야?'

루잉은 어리둥절한 마음으로 자신의 뺨을 꼬집었다.

아니, 꼬집지 못했다. 얼굴 위에 딱딱하게 덮인 가면 때문에 도저히 뺨을 꼬집을 수가 없었다. 아무런 장식도 없는 밋밋한 가면!

Chapter 7

"거울!"

루잉은 손가락으로 거울을 가리켰다.

루잉의 입에서 알 수 없는 언어가 튀어나오자 대머리들이 고개를 갸웃거렸다.

"გეაბზ ლ?"

대머리들의 입술이 묘하게 율동했다.

루잉이 버럭 언성을 높였다.

"거울 가져와!"

"네, 네!"

"하라간 님, 제발 진정하십시오. 아직 몸이 다 낫지 않으셨습니다. 고정하셔야 합니다."

대머리들은 이런 말을 하면서 거울을 대령했다.

루잉은 거울을 빼앗아서 자신의 얼굴을 비춰보았다.

은색 가면!

가느다란 목선!

마른 듯하면서도 미끈한 상체!

갸름하게 빠진 두 팔!

뽀얀 피부!

루잉은 거울에 비친 소년이 누구인지 파악했다.

'내 손으로 죽인 그 가면 소년이다! 마음의 검으로 심장을 꿰뚫어 버린 그 소년!'

의식은 분명 루잉의 것이었다. 그런데 몸뚱어리가 바뀌었다. 루잉의 영혼이 가면 소년의 몸속에 들어와 버렸다.

'내가 죽지 않았구나!'

토레의 손에 머리가 박살 난 루잉이 되살아났다. 그것도 루잉이 죽인 바로 그 가면 소년의 몸을 빌려 부활했다.

세상에 이변도 이런 이변이 없었다.

갑자기 루잉의 머리가 깨질 듯이 아팠다.

콰콰쾅!

뇌에 천둥이 치고 해일이 일었다. 이제까지 경험하지 못했던 새로운 기억, 새로운 감정들이 루잉의 영혼을 향해 물밀 듯이 밀어닥쳤다. 루잉의 영혼은 단단한 벽을 치고 스스로를 지키려고 애썼다. 하지만 폭풍처럼 밀려드는 그 기억과 감정은 어느새 루잉의 영혼을 잠식해 들어왔다. 그것들이 루잉의 영혼과 하나로 뒤섞였다.

"으으윽!"

루잉은 쓰러지듯 다시 침대에 드러누웠다.

"아악! 하라간 님!"

"이걸 어째! 하라간 님께서 다시 쓰러지셨다!"

대머리들이 루잉의 머리맡에서 호들갑을 떨었다.

루잉은 두 눈을 꽉 감았다.

세상이 다시 암흑에 잠겼다.

루잉은 깊은 잠에 빠졌다.

꿈에 실비아가 나왔다.

정숙하고 아름다운 아내 실비아.

꿈속의 실비아는 부정을 저지른 더러운 여자가 아니었다. 그녀는 너무나 사랑스럽고 절개를 지키는 이상적인 여인이었다. 그녀를 만난 것은 루잉의 인생에서 가장 큰 행운이었다.

"여보!"

실비아가 루잉을 향해 활짝 웃었다.

루잉도 아내를 향해 싱긋 미소를 지었다.

"여보!"

꿈속의 아내가 루잉을 향해 두 팔을 활짝 벌렸다.

루잉은 성큼 다가가 아내를 안으려고 했다.

그런데 누군가 한발 앞서 그의 아내를 안았다. 실비아도 낯선 남자를 남편이라고 착각한 듯했다. 그녀의 미끈한 팔뚝이 낯선 남자의 등을 껴안았다.

루잉은 '안 돼!' 라고 소리치려 했다.

하지만 목소리가 나오지 않았다.

아내와 포옹을 하고 있는 상대는 분명 낯선 남자였다. 하나 어딘지 모르게 뒷모습이 눈에 익었다.

'저리 비켜, 이 자식아! 그녀를 놔주라고! 실비아! 안 돼! 실비아!'

루잉은 발작하듯 손을 뻗었다.

아무리 뻗어도 손이 닿지 않았다. 아내도, 낯선 남자도 루잉이 다가서는 만큼 멀어졌다. 실비아가 활짝 웃었다. 정숙한 아내가 외간 남자의 품에 안겨 깔깔거리는 모습을 보자 루잉의 눈에서 불똥이 튀었다.

'아아아! 안 돼애애—!'

루잉은 머리카락을 쥐어뜯으며 괴로워했다.

'악몽을 꾸었구나.'

루잉이 잠에서 깨었을 때 주변은 고요했다.

루잉은 가만히 손을 들어 눈앞에 비춰 보았다.

미끈하고 아름다운 소년의 손!

루잉은 다시 눈을 감았다.

'꿈이 아니었어. 내 영혼이 그 가면 소년의 몸속에 들어온 거야. 어떻게 이럴 수가 있지?'

루잉은 현실을 부정하고 싶었다. 그는 되살아난 것이 전혀 기쁘지가 않았다. 그저 모든 것이 혼란스럽기만 했다.

그렇다고 이 이변을 마냥 외면만 할 수도 없었다. 루잉의 영혼이 가면 소년의 몸에 들어온 것은 엄연한 사실이었다.

루잉이 다시 눈을 떴다.

손을 살피고 발을 살폈다.

2개의 손.

10개의 손가락.

곧게 잘 뻗은 두 다리.

"하아, 미치겠네."

몇 번을 확인해도 결과는 동일했다. 루잉은 분명 가면 소년이 되었다. 본래의 몸뚱어리는 갈가리 찢겼고, 영혼만 새 그릇에 옮겨 왔다. 그런데 그 영혼은 과거의 루잉과는 살짝 달라져 있었다.

"하아아! 미치겠네."

루잉은 답답한 마음에 주먹으로 가슴을 쳤다.

"크윽!"

살짝 쳤을 뿐인데 왼쪽 가슴이 칼로 저미는 듯 아팠다. 아래를 내려다보니 가슴에 칭칭 감긴 붕대가 보였다. 붕대 한복판은 시뻘건 핏물이 배여 있었다.

'내가 입힌 상처로구나! 내가 마음의 검으로 이 소년의 심장을 부쉈지.'

얼마 전, 마음의 검을 사용하던 장면이 떠올랐다. 루잉은 찌릿찌릿한 심장을 손으로 쓰다듬다가 침대에서 일어났다.

주변 사물이 그제야 루잉의 눈에 들어왔다.

제4화
군나르 아르네 솔샤르

Chapter 1

이곳은 원목으로 꾸며진 방이었다.

'그런데 이걸 방이라고 부를 수 있을까?'

이건 방이라고 하기엔 너무나도 광활했다. 과거 루잉이 검술 수련을 하던 연무장보다도 이 방이 더 큰 것 같았다. 줄리앙 왕세자의 방도 이보다는 훨씬 작았다.

이 넓은 방 중앙에 으리으리한 침대가 떡하니 놓여 있었다. 오래된 은행나무를 깎아 온갖 모양을 새겨 넣은 다음, 그 위에 정성스럽게 옻칠을 한 침대는 한눈에 보기에도 범상치 않았다. 크기도 엄청나서 성인 20명이 나란히 누워도 될 것 같았다. 침대 위에 드리워진 얇은 커튼이 바람에 살랑살랑 흔들렸다.

루잉은 고개를 오른쪽으로 돌렸다.

그쪽 벽에 부착된 원목 선반 위에는 책들이 빼곡했다.

반대쪽 벽에도 선반이 부착되어 있었는데, 그 위엔 금과 보석으로 장식된 열두 자루의 검과 일곱 종류의 창이 진열되었다.

방바닥엔 하얀 백곰의 가죽을 통째로 벗겨서 만든 카펫이 깔렸다. 카펫의 한 모서리에 포효하는 백곰의 머리가 생생하게 박제되어 있어 인상적이었다.

카펫 옆에는 2개의 청동 향로가 나란히 자리했다. 이 가운데 왼쪽 향로에서는 은은한 향이, 오른쪽 향로에서는 상쾌한 향이 피어올랐다. 두 향이 뒤섞이면서 방 안 분위기를 쾌적하게 만들었다.

방 천장엔 녹색 크리스털로 장식된 화려한 샹들리에가 자리했다.

"엄청나구나!"

루잉은 감탄을 하며 뒤를 돌아보았다.

그곳엔 벽돌로 만든 벽난로가 보였다. 난로 앞에 장작이 쌓여 있었고, 불을 지필 때 사용하는 집게도 있었다. 난로 옆에는 푹신한 흔들의자 2개가 곁들여졌다.

루잉은 다시 고개를 돌려 앞을 살폈다.

방의 전면엔 통유리 세 장을 붙여서 만든 넓은 창문이 자리했다.

방이 이렇게 크고 화려하다 보니 상대적으로 몸이 왜소해 보이는 것 같았다. 루잉은 자신의 몸을 내려다보았다.

키는 160 센티미터 정도.

몸은 말랐고, 머리카락은 청회색에 가까워서 다소 푸석푸석해 보였다.

눈동자는 푸른색.

피부는 뽀얗고 미끈했다.

입고 있는 의상은 상하의가 통으로 붙어 있는 편한 복장이었고 감촉이 매끄러웠다.

루잉은 맨발로 천천히 걸어 창가로 다가섰다.

'새벽인가? 아니면 황혼?'

커튼 사이로 햇빛이 들어왔다. 루잉은 커튼 틈새로 밖을 내다보았다.

저 멀리 산등성이에 해가 걸린 모습이 보였다. 주변 구름이 주홍빛으로 물들어 아름답게 반짝였다. 해가 걸린 곳이 동쪽인지 서쪽인지 구분할 수 없었다. 따라서 지금이 새벽인지, 아니면 황혼 무렵인지도 구별이 가지 않았다.

루잉은 두꺼운 암막 커튼을 활짝 열고는 시선을 아래로 던졌다.

루잉의 눈에 어마어마한 광경이 들어왔다.

시원하게 탁 트인 전망!

까마득한 저 아래서 우르르 움직이는 사람들!

그 앞에 줄지어 늘어선 뾰족뾰족한 건물 지붕들!

그 지붕들 너머에 위치한 거대한 시가지!

그리고 그 시가지에서 시작해서 루잉이 서 있는 곳까지 일직선으로 뻥 뚫린 큰길!

큰길 좌우에는 수십 미터 높이의 거대한 석상들이 늘어서 있었다. 큰길뿐 아니라, 시가지 곳곳에 다양한 형태의 석상들이 보였다.

시가지의 규모도 엄청났다. 도시가 저 멀리 수평선까지 이어져서 루잉의 모든 시야를 다 장악했다. 도대체 이곳에 얼마나 많은 인구가 살고 있는지 짐작도 가지 않았다. 루잉이 머물던 카롤 왕국의 수도는 여기에 비하면 시골 동네에 불과했다.

"대체 여기가 어디야?"

루잉은 입을 쩍 벌렸다.

"대체 여기가 어디냐고?"

루잉은 넋을 놓고 도시의 전경을 내려다보았다. 수평선 저 끝까지 뻗어 나간 도시의 모습이 도저히 믿기지 않았다. 야만스러운 악마의 땅 북부! 마물과 결합한 솔샤르의 터전에 이런 거대한 시가지가 있을 줄은 꿈에도 몰랐던 것이다.

그때 방문이 빼꼼 열렸다.

방이 워낙 커서 방문으로부터 창가까지 거리도 꽤 멀었다.

'누구지?'

루잉은 반사적으로 몸을 틀어 암막 커튼 뒤로 숨었다. 이곳이 적진 한복판이라는 생각을 하자 그의 근육이 팽팽하게 곤두섰다.

'검을 대신할 만한 것이 없나?'

루잉은 우선 무기부터 찾았다. 딱히 마땅한 것이 보이지 않았다. 루잉은 선반 위의 검들을 바라보았다.

'이 가냘픈 다리로 저쪽 벽에 걸린 검까지 달려가려면 몇 초나 걸릴까?'

루잉은 거리를 가늠했다. 그러면서도 방문을 열고 들어온 자들에게 신경을 곤두세웠다.

다행히 방문을 연 사람은 적이 아니었다. 살짝 열린 방문 틈으로 고개를 내민 상대는 다름 아닌 대머리 남자였다.

머리카락 한 올 없고, 수염도 전혀 나지 않는 대머리.

그 대머리 위에서 또 다른 대머리가 불쑥 얼굴을 들이밀었다.

둘 다 대머리라 그런지 구별이 잘 가지 않았다. 2명 모두 눈가에 짙은 스모키 화장을 했기에 더더욱 비슷해 보였다.

'둘 다 솔샤르는 아니야. 그냥 평범한 인간이야.'

루잉은 상대의 실력을 파악했다. 긴장이 살짝 풀렸다.

두 대머리는 텅 빈 침대를 보고 눈을 껌뻑거리다가 문을 벌컥 열고 안으로 들어왔다.

"하라간 님?"

"하라간 님, 혹시 깨어나셨습니까?"

두 대머리의 목소리는 징그러울 정도로 톤이 높고 나긋나긋했다. 대머리들의 복장은 갈댓잎을 엮어서 만든 통옷이었다.

루잉은 대머리들의 입술을 유심히 살폈다.

"გეაბზ ლ?"

"გეაბზ ლ? გეაბზ ლ?"

입술 모양만 보면 저건 분명 인간의 언어가 아니었다.

'역시 여기는 솔샤르 진영이었어! 꿈이 아니야. 후우우!'

루잉은 속으로 한숨을 쉬었다.

"하라간 님?"

대머리들이 고개를 두리번거리며 루잉을 찾았다.

입술 모양만 보면 분명 솔샤르의 언어인데, 이렇게 귀로 들으면 상대가 무슨 말을 하는지 쉽게 이해가 되었다.

루잉은 분명 솔샤르의 언어를 알지 못했다. 그런데 이렇게 저절로 해석이 되는 것을 보면 가면 소년의 언어능력이 신체에 남아 있다가 루잉에게 전달된 모양이었다.

"하라간 님? 어디 계십니까?"

"하라간 님?"

대머리들이 다급히 하라간을 찾았다.

"험험!"

루잉은 일부러 헛기침을 했다.

대머리들이 창문 앞에 서 있는 하라간을 발견했다.

"오오! 하라간 님! 흐어엉!"

"멀쩡하게 일어나셨군요! 신이시여, 감사합니다. 흐흐흑!"

대머리들은 즉시 무릎을 꿇고 감격의 눈물을 흘렸다.

이 대머리들은 수다쟁이에 울보가 분명했다.

루잉이 쓴웃음을 지었다.

Chapter 2

검붉게 찰랑거리는 액체가 루잉의 목구멍으로 꿀꺽꿀꺽 넘어갔다. 비릿한 냄새가 루잉, 아니 하라간의 후각을 자극했다.

'나는 루잉인가? 아니면 하라간인가?'

요 며칠 하라간은 자신의 정체성을 고민했다.

'처음엔 100퍼센트 루잉이라고 믿었지. 하지만 시간이 갈수록 혼란스러워.'

이제는 하라간이라고 불리는 것도 어색하지 않았다. 어느새 그는 하라간처럼 행동하고, 하라간처럼 말하기 시작했다.

약을 대령한 대머리가 간드러지게 웃었다.

"어휴, 먹기 고약한 약을 이렇게 잘 드시는 것을 보면 하라간 님께서도 이제 성인이 되신 것 같습니다. 홀홀홀홀홀!"

루잉, 아니 하라간이 눈을 찌푸렸다.

"흡! 죄송합니다."

대머리가 즉시 무릎을 꿇었다.

또 다른 대머리가 호박색 디저트를 대령했다.

"여기, 하라간 님께서 좋아하시는 벌꿀타르입니다. 이걸 드시면 약의 비린 맛이 입 안에서 사라질 것입니다."

하라간은 손을 저어 디저트를 물렸다. 그는 당분이 많이 들어간 음식은 검술 수련에 방해가 된다고 믿었다. 스승인 카일 백작이 그렇게 가르쳤다.

'가만! 난 누구지?'

이런 생각이 들 때면 다시 정체성에 대한 고민이 시작되었다.

"아니, 좋아하시던 벌꿀타르를 왜 거부하십니까? 하라간 님, 혹시 입맛이 없으십니까?"

"그럼 다른 디저트를 대령할까요?"

대머리들이 하라간의 비위를 맞추기 위해 안간힘을 썼다.

하라간은 입을 꾹 다물었다.

'대머리들의 종알거리는 소리는 너무나 잘 들려. 하지만 내가 솔샤르의 언어를 입으로 말할 자신이 없어.'

이 몸뚱어리의 주인이 솔샤르이니 분명 이들의 언어를 자유롭게 구사할 수 있을 것 같았다. 하지만 막상 입술을 떼려니까 혀에서 무슨 말이 튀어나올지 몰랐다.

다행히 대머리들은 하라간이 벙어리 행세를 해도 이상하게 생각하지 않았다. 평소 하라간은 말수가 적은 편이었다. 게다가 그는 지금 심장에 큰 부상을 입은 상태. 자연히 입을 열기가 싫을 것이라 여겼다.

하라간으로서는 정말 다행이었다.

"하라간 님, 약을 드셨으니 다시 잠을 주무소서. 한잠 푹 주무시고 나시면 한결 몸이 개운해지실 겁니다."

"저희는 이만 물러나겠나이다."

대머리들이 머리를 굽실거리며 뒷걸음질로 물러났다.

하라간은 상대가 완전히 물러나자 다시 침대에서 일어났다.

예전의 루잉은 편하게 쉬면 몸이 쑤시는 체질이었다. 그래서 한시도 검을 떼어 놓지 않고 수련에 매진했었다.

그런데 지금은 이틀째 누워만 있다.

"도저히 좀이 쑤셔서 견딜 수가 없구나."

하라간은 침대 밑에 숨겨 놓았던 검을 꺼내 자세를 취했다.

금과 보석으로 장식된 화려한 검!

하지만 실용성은 떨어진다.

화려한 장식은 검로를 헤쳐 나가는 데 방해만 되었고, 검날은 자주 닦아 주지 않아 무뎌진 상태였다.

"검아, 네게 미안하구나!"

하라간은 특이하게도 검에게 사과를 했다.

웅웅웅!

검이 칭얼거리며 울었다.

이 검, 분명 좋은 검은 아니었다. 좋은 주인을 만나면 스스로 울음을 토하는 명검과는 거리가 멀었다. 그런데 하라간의 손에 잡히자 마치 주인을 만난 강아지처럼 꼬리를 흔들었다.

마나의 벽 3단계!

이 높고 높은 경지 덕분이었다.

평범한 검이 하라간의 손에 쥐어지자 갑자기 명검으로 탈바꿈했다. 하라간은 애인을 애무하듯 검날을 부드럽게 쓰다듬은 다음, 검을 앞으로 쭉 뻗었다.

휘청, 휘청.

검로가 형편없이 어긋났다. 검이 제 갈 길을 찾지 못하고 엉뚱한 곳을 베었다.

이건 하라간의 근력이 부족한 탓이었다.

과거 루잉의 몸은 완벽할 정도 검에 잘 맞았다.

반면 지금의 이 몸뚱어리는 한숨이 나올 정도로 약하고 근력이 딸렸다. 이 몸으로는 마나의 벽 1단계에서 가능했던 동작들을 도저히 구현할 수 없었다.

마나의 벽 1단계!

무기에 오롯이 마나를 담아내는 경지!

과거 루잉이 너무나 손쉽게 펼쳐 냈던 동작들이 지금 이 몸으로는 불가능했다. 이 허약한 소년의 몸속엔 축전된 마나도 거의 없었다. 근력도 부족하고, 민첩성은 말할 것도 없이 떨어졌다.

“하아!”

하라간은 한숨을 쉬었다.

그렇다고 낙담을 하지는 않았다.

마나의 벽 2단계!

무기와 사람의 정신을 하나로 일치시켜 의지만으로도 무기를 부리는 경지!

루잉은 마나의 벽 2단계를 돌파하면서 '신체' 대신 '정신'을 담금질하는 법을 배웠다. 그리고 그때 이루었던 성취는 지금도 고스란히 남아 있었다.

"너는 잠시 쉬고 있거라."

하라간이 부드럽게 손을 뻗자 보석으로 치장된 검이 허공에 둥실 떠올라 왼쪽 벽의 선박 위로 스르륵 날아갔다.

이것이 바로 마나의 벽 2단계에서 가능한 동작 가운데 하나였다.

"이번엔 너랑 놀아 볼까?"

하라간이 손가락을 까딱거렸다.

선반에 걸려 있던 또 다른 검이 둥실 떠올라 하라간의 손으로 날아왔다. 조금 전의 검보다 절반 이상 가볍고 폭이 좁은 검이었다. 지금 이 신체로는 무거운 중검보다 가벼운 검이 더 적합했다.

우우우웅!

하라간의 간택을 받은 검이 흥겨운 듯 부르르 진동했다.

하라간은 흐뭇하게 상대를 어루만졌다.

"어디, 너는 또 어떤 녀석인지 볼까?"

하라간은 폭이 좁은 검을 따뜻한 눈으로 살피다가 검에 마음을 담았다.

마나의 벽 3단계!

마음의 검을 만들어 내어 부리는 경지!

루잉은 최근 토레와의 접전을 통해 마나의 벽 3단계에 올라섰다. 그러면서 '정신' 대신 '마음'을 담금질하는 법을 깨달았다.

그리고 이 지고한 경지가 루잉의 영혼을 통해 고스란히 전해졌다.

하라간이 마음을 일으키자 그의 가슴에서 하얀 씨앗이 형성되었다. 다른 사람들에게는 보이지 않고 오직 하라간에게만 보이는 빛의 씨앗이었다.

그 씨앗이 길쭉하게 자라 검의 형상을 갖추었다.

물론 이 빛의 검도 다른 사람들의 눈에는 보이지 않았다. 오로지 하라간의 눈에만 또렷하게 잡혔다.

하라간은 마음의 검을 진짜 검과 겹쳐 놓았다. 하라간의 손에 들린 검 속으로 마음의 검이 스르륵 들어갔다.

검으로부터 눈부신 광채가 뿜어져 나왔다. 하라간이 결심을 하는 순간, 이 광채에 스치는 모든 것들이 다 베어질 것 같았다. 하라간의 눈길이 닿은 곳 어디라도 이 마음의 검이 날아가 썽둥 잘라 버릴 수 있을 듯했다.

'물론 여기서 그런 행동을 할 수는 없지.'

하라간은 마음의 검을 다시 거두었다.

허전함을 느꼈는지 검이 웅웅 울었다.

"하하하! 줬다 뺏으니까 억울하냐?"

하라간은 손바닥으로 검날을 툭툭 두드려 달래 주었다.

Chapter 3

하라간은 벌써 한 시간이 넘게 검을 휘둘렀다.

이 검은 비교적 가벼워서 하라간의 약한 근력으로도 충분히 휘두를 만했다. 하라간은 검술의 기본 동작부터 차근차근 밟아 나갔다.

"마나의 벽 3단계에 올라서서 마음의 검을 사용하는 것도 중요하지만, 기초 체력이 받쳐 주지 않으면 반쪽짜리에 불과해."

하라간은 이렇게 중얼거렸다. 하루빨리 과거의 수준을 되찾으려면 오로지 수련에 매진하는 수밖에 없었다.

그렇게 20분 남짓 검을 휘두르자 하라간의 온몸에서 땀이 비 오듯이 쏟아졌다. 근육은 하라간에게 "주인! 내게 무슨 억하심정이 있어? 왜 이렇게 나를 괴롭히냐고?"라고 아우성쳤다. 실제로 하라간의 귀에는 근육이 항의하는 소리가 환청처럼 들렸다.

"훗! 앙탈 부리지 마라."

하라간은 그 비명을 가볍게 무시했다. 그러곤 표정 하나 바꾸지 않고 검술 동작 하나하나를 정확하게 구현해 내었다.

검을 휘두른 지 40분이 지나자 가슴의 상처가 살짝 벌어졌다. 붕대에 피가 맺혔다.

"후훗! 앙탈 부리지 말라고 했다."

하라간은 이 고통마저 즐겼다. 하라간의 뇌는 고통을 희열로 받아들였다. 이것은 카일 백작이 가장 부러워하던 재능이었다.

> "야! 나는 네가 검에 재능이 있어서 제자로 받아들인 게 아니야. 고통을 희열로 느끼는 그 이상한 뇌! 그 뇌 구조가 마음에 들어서 너를 제자로 들였다고."

과거 카일 백작은 루잉에게 이렇게 말했었다.

루잉은 스승의 말을 칭찬으로 받아들였다. 그 이후로 루잉은 자신의 몸을 극한까지 몰아붙일 때 발생하는 지독한 육체적 고통을 즐기게 되었다.

그 정신이 지금까지 이어졌다.

"아직 멀었어. 아직!"

하라간은 40분을 넘게 검을 휘둘렀다. 그리고 얼마 후 1시간을 돌파했다.

하라간의 약한 신체가 드디어 한계에 봉착했다. 고통이 너무나 커서 이제는 숨도 쉬어지지 않았다. 가슴의 붕대는 시뻘겋게 피로 물들었다.

그 상태가 되어서야 비로소 하라간의 입에 만족스러운 미소가 걸렸다. 하지만 여기서 그만두기는 약간 아쉬웠다.

하라간은 숨이 쉬어지지 않는 상태에서도 이를 악물고 계속 검을 휘둘렀다. 근육이 푸들푸들 경련했다. 뼈가 삐거덕삐거덕 소리를 냈다.

그런데도 검은 정확하게 제 갈 길로 뻗었다.

그 극한의 순간이 지나자 하라간의 몸이 백곰 카펫 위로 무너지듯 쓰러졌다.

"헉! 헉! 허억!"

하라간은 몸을 휙 뒤집어 거칠게 숨을 몰아쉬었다. 천장이 빙글 돌았다. 어지럽다 못해 구역질이 치밀었다. 그래도 기분은 너무 좋았다.

한계를 뛰어넘어서 끝까지 달려갔을 때 느끼는 그 강렬한 오르가즘!

"하하하하!"

하라간은 하얗게 이를 드러내고 웃었다.

"아이고, 이걸 어째! 붕대가 또 피로 젖으셨네."

"상처가 너무 깊어서 아직도 다 아물지 않으셨나 봅니다. 게다가 이 땀! 아무래도 약을 좀 더 강하게 써야 할 것 같습니다."

2명의 대머리가 하라간의 붕대를 갈아 주며 발을 동동 굴렀다. 그러다 그중 한 명이 눈을 묘하게 꿈틀거렸다.

"하라간 님, 아무래도 아직 거동하시는 것은 무리겠지요?"

그 말이 떨어지기 무섭게 다른 대머리가 고개를 주억거렸다.

"당연히 무리지! 하라간 님이 어디 보통 수술을 받으셨어? 부서진 심장을 새로 이식하셨으니 이게 어디 보통 일이냐고. 지금 거동을 하시는 건 불가능해."

"하면 웃전에 그렇게 아뢰어도 될까요?"

대머리들이 눈짓을 하며 하라간의 뜻을 물었다.

"웃전?"

하라간이 반사적으로 되물었다.

말을 하고 나서 하라간은 흠칫 놀랐다. 무의식적으로 입을 열었는데, 혹시 솔샤르의 언어가 아니라 인간의 말이 흘러나왔을까 봐 긴장되었다.

다행히 하라간의 입에서 흘러나온 것은 솔샤르의 언어였다.

2명의 대머리가 한 동작으로 고개를 끄덕였다.

"웃전 말입니다. 웃전."

"지금 웃전에선 하라간 님의 상태를 계속 물어 오고 계십니다. 상태가 좀 좋아지시면 어서 들어오라고 재촉이시지요."

'그러니까 그 웃전이 어디냐고?'

하라간은 속으로 이렇게 질문했다.

침대맡에 무릎을 꿇은 2명의 대머리가 계속해서 입을 놀렸다.

"하지만 아직 하라간 님께서 이동하시기엔 무리인 것 같습니다."

"웃전에서 재촉을 한다고 무작정 들어가셨다가 상처가 덧나기라도 한다면! 으흐흑! 그럼 저희 둘의 목이 잘려 장대에 높이 걸릴 겁니다. 하라간 님, 좀 더 안정을 찾으신 다음에 웃전에 드시지요. 부디 그러셔야 합니다."

"그렇습니다. 저희가 절대 저희 목숨이 아까워서 이런

말씀을 올리는 것이 아닙니다. 다만, 하라간 님께서 상처가 완전히 아문 다음에 움직이시는 것이 좋을 것 같아서 아뢰는 말씀입니다."

"물론 웃전의 환관들이야 속이 타겠지요. 홀홀홀홀! 위대하시고 또 위대하신 분께서 매일 같이 하라간 님의 상태를 하문하신다고 하던데, 하라간 님께서 웃전에 알현을 가지 못하시니 그분의 독촉이 어디로 쏟아지겠습니까? 지금 웃전의 환관 녀석들은 가시방석일 겁니다. 홀홀홀!"

여기까지 이야기를 듣자 하라간의 머리에 하나의 이름이 떠올랐다.

'군나르 아르네 솔샤르!'

북부를 다스리는 아홉 군주 가운데 하나!

그 군나르가 바로 환관들이 말하는 웃전인 것 같았다. 한데 군나르는 하라간이라는 소년의 몸 상태를 매일 같이 묻는다고 한다.

'그렇다면 혹시 이 소년이 바로 그 군나르의 직계 혈육이란 말인가?'

이 화려한 방!

눈앞에 펼쳐진 어마어마한 시가지!

그리고 군나르의 지대한 관심을 받는 소년 하라간!

'나, 대체 누구의 몸에 들어온 거야?'

루잉은 망치로 머리를 한 대 얻어맞은 기분이었다.

Chapter 4

갈댓잎으로 엮은 통옷을 입고, 가슴에 특별한 문양을 새긴 대머리들이 2열 종대로 들어왔다. 그들은 머리에 갈색 띠를 둘렀는데, 그 띠 앞쪽에 금속으로 만든 뱀 모형이 대가리를 바짝 쳐들고 있었다. 모두 수염이 나지 않는 환관들이었다.

선두의 두 대머리는 손에 긴 대롱을 하나 들었다. 대롱 끝에는 양팔 저울이 매달려 있었고, 그 저울 양쪽 끝에 양초가 타올랐다.

하라간의 방으로 줄지어 들어온 대머리들은 하라간 앞에서 무릎을 꿇고 정중하게 허리를 숙였다.

“미천한 것들이 감히 하라간 님을 뵙습니다.”

선두의 두 대머리가 이렇게 아뢰었다.

“미천한 것들이 감히 하라간 님을 뵙습니다.”

그러자 나머지 대머리들도 한목소리로 복창했다.

하라간은 나른한 눈빛으로 대머리들을 굽어보았다. 마치 “여긴 왜 왔어?”라고 하문하는 듯한 눈빛이었다.

선두의 두 대머리가 입을 모아 아뢰었다.

"위대하시고 또 위대하신 분님께서 하라간 님을 찾아 계시옵니다. 오늘은 하라간 님을 꼭 모셔 오라고 당부하셨습니다."

그 즉시 뒷열의 대머리들이 똑같이 복창했다.

"위대하시고 또 위대하신 분께서 하라간 님을 찾아계시옵니다. 오늘은 하라간 님을 꼭 모셔 오라고 당부하셨습니다."

하라간의 침대 옆에 시립해 있던 대머리가 대신 나섰다.

"이보시오. 오늘 아침에 웃전으로 통보를 올리지 않았소? 하라간 님께선 아직 몸이 완쾌되지 않아 거동이 불편하시오. 무리해서 움직이셨다가 상처가 덧나기라도 한다면, 그대들이 그 책임을 질 수 있겠소? 위대하시고 또 위대하신 분의 분노를 어찌 감당하려고 그러시오?"

상처의 악화?

그에 대한 책임?

위대하시고 또 위대하신 분의 분노?

이건 참으로 비수 같은 말들이었다. 말로써 사람을 죽이고, 혀를 검처럼 휘둘러서 상대의 목을 베는 환관들의 세계에서 이런 말을 들으면 가슴이 철렁할 수밖에 없었다.

"으윽!"

웃전에서 나온 환관들이 부르르 몸서리를 쳤다. 그들 대부분은 안색이 하얗게 질렸다.

선두의 대머리 2명이 입술을 꼭 깨물었다. 그들은 조심스레 얼굴을 들어 하라간을 올려다보았다.

하라간은 침대에 비스듬하게 누워 대머리들을 굽어보는 중이었다.

웃전의 환관들은 좀 더 자세히 하라간을 바라보았다.

다행히 하라간의 안색은 그리 나쁘지는 않았다. 상처도 상당히 좋아진 듯했다. 다만 가슴에 두른 붕대에 핏물이 살짝 배어 있는 점이 환관들의 마음에 걸렸다.

선두의 대머리 2명이 함께 아뢰었다.

"하라간 님, 위대하시고 또 위대하신 분께서 하라간 님의 상태가 너무 궁금하셔서 저희를 보내셨나이다."

"하오나 지금 가장 중요한 것은 하라간 님의 상태겠지요. 조금이라도 불편하시면 말씀해 주소서. 저희는 그만 물러나서 웃전으로 돌아가겠나이다."

하라간을 섬기는 대머리들이 냉큼 끼어들었다.

"그렇지. 지금은 우선 물러가시고, 다음에 다시 오시구려. 하라간 님께서 상태가 좋아지시면 우리가 바로 알려드리리다."

웃전에서 파견 나온 환관들이 날카로운 눈빛으로 두 대

머리를 쏘아보았다.

직위는 웃전의 환관들이 더 높았다.

하지만 똥개도 제집에서는 절반 이상 먹고 들어간다고 했다. 하라간을 섬기는 대머리들은 배에 힘을 딱 주고 버텼다.

'흥! 여기는 웃전이 아니라고.'

'맞아. 너희가 그렇게 노려보면 어쩔 건데?'

두 대머리의 얼굴엔 이런 속마음이 그대로 드러내었다.

"휴우!"

결국 웃전의 환관들이 기세 싸움에서 밀렸다.

선두의 두 대머리가 다시 하라간에게 고개를 돌렸다.

"하라간 님, 그럼 저희는 이만 물러나겠나이다."

"그만 안정을 취하시고, 속히 완쾌하소서. 그때 다시 모시러 오겠나이다."

그 말이 끝나기 무섭게 웃전의 환관들이 한 동작으로 일어섰다. 그다음 하라간을 향해 허리를 90도로 접고 뒷걸음질로 물러났다.

하라간이 손을 들었다.

"잠깐!"

"하실 말씀이 있으신지요?"

웃전의 환관들은 한 가닥의 기대를 품고 하라간을 바라

보았다.

하라간은 상대를 물끄러미 응시하다가 침대에서 일어났다.

하라간을 섬기는 두 대머리가 화들짝 놀라 그의 행동을 만류했다.

"하라간 님, 몸을 일으키지 마소서."

"그렇게 무리해서 움직이시다가 다시 피가 나올까 두렵사옵니다."

하라간은 듣지 않았다.

"채비를 해라. 웃전에 들어야겠다."

"오오오!"

"하라간 님!"

하라간의 말에 웃전의 환관들이 얼굴을 활짝 폈다.

"아이고!"

반면 하라간을 섬기는 대머리들은 울상을 지었다.

하라간은 군나르의 유일한 혈육이었다. 하라간이 웃전에 들면 분명 군나르를 알현할 것이고, 그럼 군나르가 하라간의 붕대에 배인 핏물을 보게 될 것이다.

그다음은 뻔했다.

군나르의 입에서 "너희들은 여태 무엇을 했기에 아직도 하라간의 상처가 낫지 않았느냐?"라는 호통이 터질 확률은 100퍼센트! 그럼 하라간의 치료를 담당한 의원과 하라간을 보살피는 환관들의 목이 잘릴 거다.

"하라간 님! 아직 움직이시면 아니 되옵니다."

"아이고, 하라간 님!"

겁이 덜컥 난 대머리들이 하라간의 발밑에 납죽 엎드렸다.

하지만 하라간은 그들을 본 척도 하지 않았다.

"가자."

하라간의 말이 떨어지기 무섭게 웃전의 환관들이 하라간을 에워쌌다.

"하라간 님, 저희가 방 앞에 가마를 대령했나이다."

"하라간 님의 상처가 벌어지지 않도록 조그만 진동도 없이 가마를 멜 것이니 안심하시고 행차하소서."

웃전의 환관들은 여왕벌을 호위하는 일벌처럼 하라간을 둘러싸 벽을 만들었다.

그 벽 너머에서 2명의 대머리들이 연신 울음 섞인 목소리를 토했다.

"아이고, 하라간 님!"

"아이고! 데이고!"

방문이 활짝 열렸다.

그 너머에 으리으리한 가마가 보였다. 웃전 소속의 젊은 환관 16명이 무릎을 꿇은 채 가마 줄을 어깨에 메고 대기 중이었다.

하라간은 성큼 가마에 올라탔다.

"하라간 님! 저희도 데려가소서."

"그렇습니다. 저희도 하라간 님과 함께 가겠습니다. 아니, 저희가 직접 하라간 님을 웃전까지 모시겠습니다."

2명의 대머리는 허둥지둥 하라간의 뒤를 쫓았다.

이 세상에서 군나르의 분노를 막아 줄 수 있는 사람은 오직 하라간뿐이었다. 두 대머리는 죽으나 사나 하라간에게 매달릴 수밖에 없었다.

가마가 움직이고, 방문이 다시 닫혔다.

'군나르 아르네 솔샤르! 그 군나르를 만난단 말이지?'

가마 위에서 하라간은 지그시 입술을 깨물었다.

Chapter 5

웃전 환관들의 능력은 정말 놀라웠다. 16명이 어찌나 보조를 잘 맞췄던지 가마의 흔들림이 전혀 느껴지지 않았다.

'허! 이거 가마를 탄 것 같지가 않잖아? 그냥 침대에 누워 있는 기분이야.'

하라간은 진심으로 감탄했다.

그사이 가마는 건물 밖으로 나와 성벽을 하나 지나고, 다시 두 번째와 세 번째 성벽을 차례로 통과했다.

하라간은 주변 지리를 꼼꼼히 기억해 두었다.

'만에 하나 군나르에게 내 정체를 들킨다면, 그때는 이곳을 탈출해야겠지?'

군나르는 하라간의 증조부였다. 당연히 그는 하라간에 대해서 속속들이 꿰뚫고 있을 터, 그러니 지금 하라간의 몸속에 다른 영혼이 들어와 있다는 사실이 들킬지도 몰랐다.

하라간은 최악의 경우를 염두에 두었다.

그러는 가운데 가마는 커다란 건물을 향해 다가갔다.

하라간의 앞에 나타난 이 건물은 다른 성채처럼 높지 않았다. 대신 옆으로 넓어서 건물 안에 방이 몇 개나 될지 짐작이 가지 않았다.

건물 앞에는 구불구불한 나무가 우거져 있었고, 그 옆으로 널찍한 연못이 보였다. 건물 뒤는 숲이 형성되었는데 그곳에서 뾰로롱 뾰로롱 새소리가 들렸다.

'공기가 무척 맑구나!'

하라간은 코를 킁킁거려 공기 냄새를 맡았다.

'그리고 평화로워.'

이곳이 평화롭다고?

정말 깜짝 놀랄 일이었다.

남부 사람들은 북부가 악마의 땅, 즉 죽음과 피와 살육이

난무하는 생지옥이라고 믿었다. 그런데 그 생지옥의 중심부에 이런 평화로운 장소가 있다는 사실이 믿어지지 않았다.

'허어어! 내가 왜 이러지?'

하라간은 속으로 혀를 찼다.

지금 하라간의 몸속에 들어온 루잉은 원래 뼛속까지 솔샤르에 대한 적대감으로 가득 찬 사람이었다. 무려 25년이 넘도록 솔샤르들과 싸워 오면서 생긴 이 적대감은 세상 그 어떤 것으로도 녹이지 못할 만큼 단단했다.

그런데 희한하게도 지금은 솔샤르에 대한 적대감이 별로 없었다. 마물에 대한 거부감도 많이 희석되었다.

'몸 주인의 영향을 받은 탓일까?'

하라간의 신체!

루잉의 영혼!

현재의 하라간은 이 둘이 결합되어서 만들어졌다.

비록 몸은 하라간의 것이지만 영혼은 루잉이므로 당연히 루잉의 영향력이 더 클 수밖에 없었다. 그런데 생각보다 하라간의 영향도 많이 받는 것 같았다. 그리고 그것이 꼭 나쁜 것 같지도 않았다.

하라간이 이런 생각을 하는 사이, 가마가 건물 안으로 들어갔다.

이곳은 군나르의 거처!

이 신성한 장소에 가마를 타고 들어올 수 있는 사람은 오직 군나르뿐이었다. 군나르의 직계 혈족인 하라간도 이곳에 들어올 때는 가마에서 내려서 걸어야 했다.

하지만 오늘은 예외.

“하라간 님, 그냥 가마에 앉아 계시옵소서. 하라간 님을 내실까지 가마로 모시라는 분부가 계셨나이다.”

선두의 환관이 공손히 아뢰었다.

하라간은 말없이 고개를 끄덕였다.

가마는 건물 내부의 긴 복도를 따라 이동했다.

하라간은 복도 중간중간에 일정한 간격으로 배치된 중무장 사내들을 눈여겨보았다. 이들 모두 대머리에 수염이 없었다. 다들 환관이라는 뜻이었다. 하지만 지금 가마를 든 환관들과는 기세가 사뭇 달랐다.

하라간은 그 차이를 금방 알아차렸다.

‘가마를 멘 환관들과 나를 이곳에 데려온 환관들은 일반인이다. 하지만 저 무장 환관들은 일반 사람이 아니야. 마물과 결합한 솔샤르들이지.’

하라간은 가마에 기대 지그시 눈을 감았다.

육체가 바뀌었어도 마나의 벽 2단계와 3단계에서 얻은

권능은 그대로였다. 하라간의 확장된 감각이 동심원을 그리며 넓게 퍼져 나갔다.

그 감각에 솔샤르들이 차례차례 걸려들었다.

건물 곳곳에 호위를 선 솔샤르들!

주요 거점에 매복 중인 솔샤르들!

건물 뒤편 숲 속을 방어 중인 솔샤르들!

하라간은 인근의 모든 솔샤르들을 감각에 담았다.

하지만 건물 중심부를 향해서는 일부러 감각을 뻗지 않았다. 혹시라도 군나르에게 발각당할까 우려했기 때문이었다.

군나르는 북부를 다스리는 아홉 군주 가운데 한 명!

그가 어떤 이능력을 갖고 있는지 아직 확실하지 않았다.

'섣불리 군나르를 탐색했다가 일이 꼬일 수 있어.'

하라간은 천천히 행동하기로 마음먹었다.

마침내 가마가 건물 중심부에 접어들었다.

그곳부터 시작해서 다시 9개의 문을 통과해야 비로소 군나르의 알현이 가능했다. 각 문의 입구엔 호위 무사들이 배치되어 엄중한 경계를 펼쳤다.

대신 문 자체는 활짝 개방된 상태였다. 문 앞엔 가늘게 쪼갠 대나무를 엮어서 만든 발이 드리워져 있었다. 웃전의 환관들은 Y자 모양의 막대기로 발을 들춰 하라간을 태운 가마가 편안히 문 안으로 들어갈 수 있도록 배려했다.

8개의 문을 차례로 통과한 뒤, 가마는 마지막 아홉 번째 문에 도착했다.

이 아홉 번째 문은 30 센티미터의 단 위에 설치되어 있었다. 문 입구엔 소용돌이치는 모양의 금박 옷으로 가슴과 엉덩이를 가린 반라의 미녀 2명이 무릎을 꿇고 대기 중이었다.

가마가 그 앞에서 멈췄다.

선두의 환관이 문을 향해 무릎을 꿇고 목소리를 가다듬었다.

"위대하옵고 또 위대하신 분이시여, 분부하신 대로 하라간을 모셔 왔나이다."

안에선 답이 없었다.

대신 반라의 미녀가 대답했다.

"들라고 하십니다."

말과 동시에 문이 스르륵 열렸다. 어둑한 실내에서 쌉싸래한 향이 풍겼다. 천장에 약봉지 같은 것들이 주렁주렁 매달려 있는 모습이 보였다.

환관이 하라간을 돌아보았다.

"가마째 안으로 모시오리까?"

"아니. 여기서부터는 걸어서 들어가겠다."

하라간은 걷는 것을 선택했다.

가마가 사뿐히 땅에 안착했다. 웃전의 환관들이 하라간을 부축하려고 달려들었다.

"하라간 님, 저희에게 기대소서."

"저희가 모시겠나이다."

하라간이 손을 내저었다.

"되었다."

사실 하라간은 남의 부축을 받을 만큼 아프지 않았다. 가슴의 상처가 아직 아물지 않은 이유는 하라간이 과격하게 검을 휘둘렀기 때문일 뿐, 환관들의 짐작처럼 몸이 아픈 것은 아니었다. 당연히 두 발로 걷는 데 아무런 지장도 없었다. 더군다나 하라간은 타인의 부축을 받는 것을 싫어했다. 당당히 두 발로 걸어 들어갔다.

Chapter 6

직사각형으로 길쭉한 실내는 밝지도, 어둡지도 않았다.

대신 방의 크기는 입이 딱 벌어질 정도로 컸다. 방 입구로부터 저 안쪽까지 거리가 50 미터는 족히 넘어 보였다.

그 끝에 수염이 희끗희끗한 노인이 바른 자세로 앉아 있었다. 리넨(아마의 한 종류) 재질의 무늬 없는 흰옷을 입고, 머리에 높고 뾰족한 모자를 쓴 노인이었다. 노인은 눈 주변에 짙은 스모키 화장을 해서 그런지 첫인상이 딱딱해 보였다. 또한 어깨에 두른 사자 갈기 숄이 노인의 위엄을 더해 주었다. 손에는 검은 바탕에 금색 줄무늬가 새겨진 지팡이를 들었는데, 구불구불한 지팡이의 모습이 마치 코브라 같았다.

'저 노인이 바로 군나르 아르네 솔샤르구나!'

하라간은 옷깃을 살짝 쥐어 손에 밴 땀을 닦았다. 북부의 아홉 군주라는 명성은 그의 손에 땀이 배게 할 만큼 묵직했다.

최근 하라간은 북부의 아홉 군주 가운데 한 명인 토레와 맞서 싸워 보았다. 그 거대한 벽에 전력을 다해 부딪친 덕분에 그는 마나의 벽 3단계를 돌파했다. 요 며칠 하라간은 토레와의 전투를 머릿속으로 되새김질을 했는데, 그렇게 속으로 복습을 할 때마다 상대가 주는 위압감에 압도당해 식은땀을 흘렸다.

지금 저 앞에 앉아 있는 노인도 토레와 같은 군주였다.

북부를 다스리는 아홉 군주 가운데 하나!

그런데 희한하게도 군나르에게선 아무런 기세도 느껴지

지 않았다. 하라간은 머릿속으로 2명의 군주를 비교했다.

군나르와 토레!

이 둘은 완전 딴판이었다. 토레가 세상 모든 것을 다 으스러뜨릴 듯한 폭풍이라면, 군나르는 조용한 물이었다. 토레가 거대한 산이라면 군나르는 살랑거리는 봄바람이었다. 하라간의 눈에 비친 군나르는 자상하고 부드러운 동네 할아버지 같았다.

"어서 오너라."

군나르가 먼저 말을 걸었다.

50 미터 밖에서 말을 했는데도 바로 옆에서 속삭이는 것처럼 목소리가 잘 들렸다. 하라간은 한 손을 가슴에 대고 정중하게 머리를 숙였다.

"위대하고 또 위대하신 군나르 님을 뵙습니다."

인사를 올리면서 하라간은 내심 긴장했다.

'이거 들키는 거 아냐? 군주 앞에서 무릎을 꿇거나 허리를 숙였어야 했나?'

그는 진짜 하라간이 아니었다. 솔샤르의 예의범절에 대해서 잘 모르는 것이 당연했다.

'군주를 알현할 때 어떻게 인사를 올려야 하는 거지?'

하라간은 눈치껏 환관들의 행동을 흉내 냈다.

다행히 군나르는 의심을 하지 않았다.

“예의는 그만 되었다. 무릎을 꿇거나 허리를 굽히지는 말거라. 그러다 상처가 다시 벌어질까 봐 걱정되는구나.”

‘역시 무릎을 꿇는 것이 올바른 대응이었어. 그냥 머리만 숙이는 것으론 부족해.’

하라간은 앞으로 조심해야겠다고 생각했다.

군나르가 하라간에게 손짓을 했다.

“얘야, 어서 이리 오너라. 어서!”

“네.”

하라간은 천천히 발걸음을 옮겼다. 오늘따라 50 미터라는 거리가 상당히 멀게 느껴졌다. 방 안 천장에 주렁주렁 매달린 약봉지들은 각기 다른 향을 내었는데, 하라간은 그 쌉싸래한 냄새 하나하나를 음미하면서 걸었다.

군나르가 얼굴을 찌푸렸다.

“허어! 발걸음이 꽤나 무겁구나. 그렇게 몸이 안 좋으면 그냥 방 안까지 가마를 타고 오지 그랬어? 오늘은 예의를 차릴 필요가 없다니까.”

“괜찮습니다. 걸을 수 있습니다.”

하라간은 공손히 대답했다.

50 미터를 걷는 동안 하라간은 군나르를 세심히 살폈다.

‘이렇게 가까이 접근했는데도 전혀 위압감이 느껴지지 않아. 어떻게 이럴 수가 있지?’

하라간에게는 군나르의 평범함이 오히려 더 무겁게 다가왔다.

'북부의 군주가 이토록 평범할 수 있단 말인가? 아니야. 그럴 리 없어. 단지 내가 가늠할 수 없을 정도로 상대가 막강하다는 뜻이겠지?'

너무나 막강해서 가늠조차 할 수 없는 상대라니!

하라간은 목이 탔다.

그러는 사이 거리가 점점 더 좁혀 들어 마침내 하라간이 군나르 앞에 섰다.

군나르가 자리를 권했다.

"거기에 앉겠느냐?"

"네."

하라간은 순순히 권유를 따랐다.

군나르가 물었다.

"혹시 앉기 불편하더냐? 그럼 누워도 좋다."

"아닙니다. 괜찮습니다."

하라간은 허리를 곧게 펴고 앉아 군나르를 마주 보았다.

군나르는 따뜻한 눈으로 하라간을 살피다가 고개를 갸웃했다.

"어허라?"

"왜 그러십니까? 뭔가 이상하십니까?"

하라간은 내심 긴장했다.

군나르가 하라간의 눈을 빤히 들여다보았다.

“네 눈빛 말이다.”

“네?”

“네 눈빛이 많이 달라졌구나. 뭐랄까? 무척 깊어지고 고요해졌어.”

하라간은 속이 뜨끔했다. 하지만 모르는 척 시치미를 떼었다.

“그렇습니까? 저는 잘 모르겠습니다.”

“그러냐? 흐음! 그럴 수도 있지. 한편으로는 이해가 가는구나. 심장의 마정석이 부서지고, 죽음의 문턱까지 가 보았으니 자연히 마음 수양이 깊어진 것이겠지.”

다행히 군나르는 깊게 파고들지 않았다.

“네. 그런 것 같습니다.”

하라간은 속으로 가슴을 쓸어내렸다.

Chapter 7

“어디 한번 보자.”

군나르가 턱으로 하라간의 심장 부위를 가리켰다.

"네?"

"뭘 그리 놀라느냐? 네 흉부 말이다. 상처가 얼마나 아물었는지 이 할아비가 한번 보고 싶구나."

군나르의 표정엔 증손자에 대한 걱정과 애정이 가득했다.

'하아! 북부의 군주는 모두 마왕이라고 생각했는데, 이건 내 생각과 너무 다르잖아.'

하라간은 속으로 이렇게 중얼거렸다. 그러면서 상의를 내리고 가슴의 붕대를 천천히 풀었다.

붕대 속에서 길게 찢긴 상처가 드러났다. 가슴에서 시작해서 등까지 일직선으로 뚫린 위급한 상처였다. 아직 다 아물지 않아 상처 주변에 핏물이 흐르고 딱지가 앉았다.

"이런 고얀 놈!"

군나르가 갑자기 눈썹을 꿈틀거렸다. 조용한 호수 같던 그가 분노를 일으키자 소름 끼치는 기운이 쫙 뻗었다.

"큭!"

하라간이 얼굴을 찡그렸다.

군나르는 얼른 화를 가라앉혔다.

"얘야, 아니다. 네게 화를 낸 게 아니야."

"하오시면?"

"토레, 그 괘씸한 놈에게 화가 치밀었을 뿐이란다. 너는 이 군나르의 하나밖에 없는 후계자가 아니더냐? 그런 네가 이런 몹쓸 짓을 당하게 만들다니! 하마터면 네 목숨이 그대로 스러질 뻔하지 않았더냐? 만약에 그런 참담한 일이 벌어졌다면 이 할아비가 장담하건대, 토레 그놈은 물론이고 그놈의 자식들, 손자 손녀를 비롯한 모든 혈육들, 부하들, 심지어 토레 가문의 가축 한 마리까지 남기지 않고 모조리 죽여 버렸을 것이야."

군나르는 사근사근한 어투로 말했다. 하지만 그 말뜻은 살벌하기 이를 데 없었다. 외모는 조용해 보이지만 역시 북부의 군주구나 싶었다.

'게다가 군나르는 토레와 싸워서 이긴다고 자신하는 듯해.'

북부의 군주들 사이에도 강함과 약함의 차이가 나는구나 싶었다.

'그렇단 말이지?'

은빛 가면 속 하라간의 눈매가 가늘어졌다.

군나르가 하라간을 향해 손짓을 했다.

"이리 가까이 오너라."

"네."

하라간은 조심스럽게 다가갔다.

"좀 더 가까이 오래두."

하라간이 좀 더 다가가 군나르 바로 앞에 무릎을 꿇었다.

지금 하라간과 군나르 사이의 거리는 불과 50 센티미터.

'기습을 해 볼까?'

하라간의 머릿속에 문득 이런 생각이 깃들었다.

이건 루잉의 영향이었다. 루잉 백작은 신의 뜻을 묻고자 바야크 장벽을 넘어 북부에 뛰어들었다. 당시 루잉은 북부에서 최대한 많은 솔샤르들을 도륙하기로 마음먹었다. 그리고 그 의지가 지금 하라간에게 영향을 미쳤다.

'내가 만약 군나르를 저격할 수 있다면?'

남부 연합의 입장에서 보면, 북부의 군주 가운데 한 명이 죽는다면 그보다 더 큰 경사는 없을 것이다.

게다가 지금은 가능성도 분명 높아 보였다. 이렇게 가까운 거리에서 마음의 검으로 공격을 한다면 상대가 아무리 막강한 존재라고 하더라도 충분히 타격을 줄 수 있을 것 같았다.

'하지만 내가 왜?'

그런데 선뜻 마음이 동하지 않았다. 하라간은 입술을 꾹 깨물었다.

'단신으로 북부에 쳐들어오기 전, 나는 신의 뜻을 물었다. 만약 내가 북부에서 죽는다면 그건 신이 용서를 택한 결과라고 생각했다. 그리고 만약 내가 북부에서 죽지 않고 살아난다면, 그건 신이 내게 복수를 허락하신 것이라고 믿었다. 그런데 나는 되살아났다. 그것도 솔샤르의 몸으로 부활했다. 그렇다면 신의 뜻은 무엇인가? 나더러 솔샤르, 즉 마물이 되어, 마물들의 군단을 이끌고 피의 복수를 하라는 뜻인가?'

죽고자 지옥에 왔는데, 죽기는커녕 되살아났다. 그것도 지옥의 군주 군나르의 후계자로 부활했다. 하라간은 장차 북부의 아홉 지배자 가운데 한 명이 될 인물이었다.

'신이시여! 대체 당신의 뜻은 어디에 있는 것입니까?'

하라간은 신에게 이렇게 물었다.

신은 답이 없었다. 괜히 하라간의 머리만 복잡해졌다.

그때였다.

군나르의 손이 불현듯 뻗어와 하라간의 가슴에 닿았다.

하라간이 움찔 몸을 떨었다.

놀랍게도 군나르의 음성도 가늘게 떨려 나왔다.

"아가! 얼마나 아팠을꼬? 이 불쌍한 것!"

'뭐라고?'

콰쾅!

하라간의 뇌 속에 번개가 쳤다.

하라간은 내심 큰 충격을 받았다. 순간적으로 군나르의 주름진 얼굴 위로 카일 백작의 모습이 겹쳐 보였기 때문이다.

어린 시절 루잉은 전쟁터에서 솔샤르들과 싸우다가 큰 상처를 입었다. 그때 카일 백작은 무척이나 무뚝뚝하게 굴었다. 카일 백작은 어린 루잉에게 "눈이 삐었느냐? 그런 느린 공격도 피하지 못해서 이런 상처를 입어? 못난 놈!"이라며 대놓고 면박을 주었다. 하지만 늦은 밤에 다시 찾아와 루잉의 상처에 약을 발라 주면서 이렇게 중얼거렸다.

"어린 것이 얼마나 아팠을까? 이 불쌍한 것!"

하라간은 그 당시 바르르 떨리던 카일 백작의 음성을 똑똑히 기억했다.

'그때 나는 민망해서 잠을 자는 척했지. 하지만 스승님의 따뜻한 손길에 감격해서 남몰래 눈물을 흘렸어.'

카일 백작이 죽은 이후로 세상 그 누구도 루잉에게 이렇게 따뜻한 말을 건네지 않았다. 부하들은 루잉을 어려워했다. 사랑하는 부인과 친구는 루잉의 등에 배신의 칼을 꽂았다. 카롤 왕국의 귀족들은 앞에선 웃는 낯으로 그를 대했지만 뒤에선 그의 출신이 천하다고 비웃었다. 림과 람 형제는 좋은 전우였지만, 루잉에게 혈육의 정을 주기에는 부족했다.

그런데 군나르는 달랐다. 그의 눈빛, 그의 손길 하나하나마다 진한 애정이 느껴졌다.

Chapter 8

'대체! 대체 나한테 왜 이러는 건데?'

하라간의 가슴속에서 울컥하고 뜨거운 것이 치밀었다.

군나르의 손이 하라간의 머리를 쓰다듬었다.

"그래. 아팠었구나. 죽음을 앞두고 겁이 났었던 게로구나."

머리에 전해지는 따사로운 손길!

하라간의 입술이 파르르 떨렸다.

마침내 군나르가 증손자를 끌어안았다.

'얘야, 걱정 말거라. 내가 울타리가 되어 주마. 세상 그 어떤 풍파에서도 너를 지켜 줄 것이니라.'

입으로 말은 하지 않았지만, 군나르의 품은 하라간에게 이렇게 속삭이는 듯했다. 일곱 살에 검을 들고 전쟁터에 나선 이후로 이런 따뜻한 기분은 처음이었다. 하라간은 잠시 버둥거리려 하다가 그냥 군나르에게 몸을 내맡겼다.

"괜찮다. 괜찮아."

군나르가 하라간의 등을 가볍게 토닥였다.

지옥 같았던 하라간의 마음이 모처럼 편안한 위로를 받

았다.

저격?

기습 공격?

솔샤르에 대한 적대감?

그딴 것들은 이미 하라간의 머릿속에서 지워지고 없었다.

한참 만에 군나르가 입을 열었다.

"그래도 토레 그놈이 양심은 있구나. 허허허!"

"무슨 뜻인지요?"

하라간이 군나르의 품에서 벗어나며 물었다. 하라간의 신체 나이는 고작 14세에 불과하지만, 그의 정신은 이미 40대였다.

'이 나이에 누군가의 품에 안겨서 위로를 받다니, 이거야 원!'

하라간은 조금 전의 일들이 민망해서 얼른 화제를 돌렸다.

군나르가 하라간의 심장을 가리켰다.

"네 심장."

"제 심장이요?"

"그래. 네 심장에 박힌 마정석 말이다."

하라간이 자신의 가슴을 내려다보았다.

군나르의 말이 이어졌다.

"SS급 마정석을 구하기 쉽지 않았을 텐데, 깨어진 마정석을 대신해서 정말 최고를 넣어 줬어. 토레 그놈이 양심은 있었던 게야. 껄껄!"

군나르의 설명에 따르면, 원래 하라간의 심장에 박혀 있던 마정석은 S급이라고 했다.

그런데 그 마정석이 마음의 검에 관통당해 완전히 박살 났다. 심장을 잃은 하라간은 숨이 뚝 멎어 버렸다.

다급해진 토레는 응급조치로 SS급 마정석을 꺼내 하라간의 몸에 넣어 주었다. 이 SS급 마정석은 토레가 정말 아끼고 또 아껴 두었던 보물이었다. 토레는 나중에 자신의 후계자가 결정되면, 그에게 이 SS급 마정석을 심어 주려고 했었다. 그런데 어쩔 수 없이 이번에 사용하게 되었다.

최고의 마정석이 들어오자 하라간의 몸에 다시 온기가 돌았다. 하라간은 죽음의 문턱을 반쯤 넘었다가 가까스로 되돌아왔다.

군나르의 설명을 들으면서 하라간은 솔샤르의 특징을 떠올렸다.

'솔샤르! 심장 적출!'

북부의 솔샤르가 악마처럼 강한 이유?

그 이유는 단 하나였다. 마해, 즉 악마의 바다에서 서식하는 마물들과 결합을 하기 때문에 그들이 그렇게 막강한 것이다.

남부 연합에서는 그래서 북부의 솔샤르들을 사람으로 취급하지 않았다. 그들은 사람이 아니었다. 절반은 인간이지만 나머지 절반은 악마인 괴물들이었다.

거기에 더해서 북부의 솔샤르들은 심장이 없었다. 마물과 결합하기 위해 심장을 적출하고 그 자리에 마정석으로 대체를 하기 때문이다.

평범한 인간이 마물과 결합을 한다고?

그건 불가능했다.

그런 말도 안 되는 짓을 했다간 그대로 마물들에게 잡아먹힐 뿐.

이를 보완하기 위해서 솔샤르 후보자들은 13세가 되어 몸이 성장기에 접어들면 심장을 적출하고 그 자리에 마정석을 박아 넣는다. 그다음 3년 뒤인 16세에 마물과 결합 의식을 통해 정식 솔샤르가 된다.

북부의 솔샤르들은 이것을 '성인식' 이라 불렀다. 심장 대신 마정석 안에 마물을 가둬 놓고 마물과 결합을 하는 중요한 의식!

이처럼 마정석을 매개체로 이용하면 마물에게 잡아먹히지 않고 온전한 결합이 가능했다.

그런데 심장이 없는 자들을 과연 인간이라고 부를 수 있을까?

이것이 남부 연합 사람들이 북부의 솔샤르를 괴물로 취급하는 두 번째 이유였다.

군나르의 증손자 하라간은 지금 14세.

하라간은 작년에 심장을 적출하고 솔샤르가 될 준비를 마쳤다. 그런데 이번에 마정석이 깨어지면서 숨이 멎었다.

토레는 반쯤 죽어 가는 하라간의 육체에 응급조치로 SS급의 마정석을 집어넣어 억지로 되살렸고, 그 신체에 루잉의 영혼이 깃들었다.

그렇다면 하라간은 루잉인가?

그건 아니었다. 신체에 루잉의 영혼이 깃든 것은 분명하지만, 지금의 하라간은 과거의 루잉과는 사고방식도 다르고 취향도 달랐다. 게다가 몸이 하라간의 과거를 기억했다. 입맛도 루잉보다는 하라간에게 가까웠다.

그렇다면 지금의 하라간은 예전의 하라간이라고 할 수 있을까?

그건 또 아니었다.

하라간의 습관이나 하라간의 취향, 하라간의 성격 등은 비록 몸에 녹아 있지만, 그 신체를 지배하는 의식은 분명 루잉의 것이었다.

하라간의 신체와, 그 하라간의 영향을 받아 변질된 루잉의 의식!

이 둘이 애매모호하게 뒤섞인 상태!

다시 말해서 지금의 하라간은, 하라간도 아니고 루잉도 아니었다. 그 둘이 뒤섞이면서 새로운 인격, 새로운 성품, 새로운 기질이 탄생했다.

군나르는 그런 하라간을 대견하다는 듯이 바라보았다.

'허허허! 한번 죽음을 겪어 보았기 때문일까? 아니면 SS급 마정석의 영향일까? 그도 아니면 지난 몇 달간 토레의 영토에 여행을 보낸 것이 효과를 본 것일까? 이 아이의 기질이 완전히 달라졌어. 아직 어린아이인 줄만 알았는데, 몇 달 사이에 부쩍 자란 것 같아. 허허허!'

군나르는 증손자의 변화가 마음에 들었다.

그 증거로 군나르의 입가에 흐뭇한 미소가 걸렸다.

제5화

마해 도감 I

Chapter 1

6월 1일.

사막 지역에 위치한 군나르 왕국엔 6월 초를 맞아 본격적인 무더위가 찾아왔다. 하라간은 시원한 여름옷으로 갈아입었다.

이곳 군나르 왕국의 의복은 몸에 밀착되지 않고 헐렁한 것이 특징이었다. 주로 갈대 잎사귀나 리넨(아마)을 엮어서 옷을 만드는데, 통풍이 잘되고 가벼워서 입기 편했다.

'카롤 왕국의 복잡한 의복보다 훨씬 낫네.'

하라간은 이 헐렁한 옷이 마음에 들었다.

의상은 검소했지만 대신 장신구는 화려했다. 하라간이

하얀 리넨을 몸에 걸치자 대머리 환관이 그의 머리에 칠보관을 올려 주었다.

"하라간 님, 이 칠보관은 황금에 일곱 가지 색깔의 유리 재질을 녹여 붙여 만든 것이랍니다. 위대하시고 또 위대하신 분께서 허락을 하셨으니 이제 하라간 님께서도 이 칠보관을 쓰실 수 있답니다. 홀홀홀!"

지금까지는 하라간도 칠보관을 쓰지 못했는데, 이제 정식으로 허락을 받았다는 의미였다. 하라간은 그 의미를 한 귀로 흘려들었다.

하라간이 착용한 칠보관은 새끼손가락 굵기의 띠 형태였다. 모양은 단순했지만 알록달록한 색깔이 햇빛을 받아 찬란하게 빛났다.

"거울을 한번 보시지요. 정말 멋지십니다."

또 다른 환관이 하라간 앞에 구리로 만든 거울을 들이밀었다. 얼굴에 은색 가면을 쓰고, 머리에 칠보관을 두른 소년이 거울 속에 앉아 있었다.

'저게 나인가?'

하라간은 거울을 물끄러미 바라보았다.

대머리 환관이 호들갑을 떨었다.

"정말 멋지십니다. 너무나 잘 어울리셔요."

"난 별로인데?"

하라간이 퉁명을 떨었다.

두 대머리가 동시에 펄쩍 뛰었다.

"아이쿠! 별로라니요, 절대 그렇지 않습니다."

"이곳 영토의 모든 소녀들이 하라간 님의 멋진 모습에 반해 밤잠을 이루지 못할 것입니다. 절대 그런 말씀은 말아 주십시오."

대머리 환관들은 침을 튀어 가며 하라간이 얼마나 멋진지 일장연설을 늘어놓았다.

'흥! 말이 되지 않는 소리! 얼굴을 가면으로 가리고 있는데 내가 멋이 있는지 없는지 지들이 어떻게 알겠어?'

하라간은 환관들의 치켜세우는 소리가 듣기 싫었다.

"그만!"

"넵!"

하라간의 눈빛이 단호하게 변하자 대머리 환관들이 동시에 입을 다물었다.

그러면서도 환관들은 끝까지 제 할 일을 했다. 환관 한 명은 하라간의 팔뚝에 칠보 팔찌를 끼워 주었다. 다른 한 명은 하라간의 발치에 무릎을 꿇고 앉아 그에게 가죽 신발을 신겨 주었다. 리넨으로 마무리를 한 가죽신이었다.

하라간은 마지막으로 황금색 칼라시리스(직사각형의 천 중앙에 구멍을 내고, 그 구멍에 머리를 집어넣어 로브처럼 어깨에 두르는 복장)까지 걸쳤다. 이제 의복 착용이 모두 완료되었다.

하라간이 낮게 투덜거렸다.

"꼭 이렇게까지 해야 하나?"

하라간은 실용적인 복장을 선호했다. 맨 처음 입은 헐렁한 옷은 좋았는데, 그 뒤에 칠보관을 쓰고, 칠보 팔찌를 차고, 끈 달린 가죽신을 신고, 칼라시리스까지 착용하자 짜증이 났다.

대머리 환관들이 펄쩍 뛰었다.

"무슨 말씀을! 당연히 의복을 갖추셔야죠."

"오늘은 새로운 스승을 맞아 배움을 청하는 날이 아니옵니까? 당연히 의복을 정식으로 갖춰 하라간 님의 품격을 드러내셔야 합니다."

이 대머리 환관들은 겁이 많으면서도 집요한 구석이 있어서 제 할 말은 끝까지 다했다. 하라간은 뭐라고 반박을 하려다가 그냥 입을 다물었다.

대신 속으로 투덜거렸다.

'흥! 배움은 무슨! 차라리 그 시간에 검을 한 번 더 휘두르는 것이 낫겠다.'

하라간의 정신은 이미 여물대로 여물었다. 지금 무언가를 더 배운다는 것이 그리 탐탁지 않았다.

잠시 후, 입구에서 소리가 들렸다.

"하라간 님, 스승께서 찾아오셨습니다."

하라간을 섬기는 어린 환관의 목소리였다.

대머리 환관이 대신 대답했다.

"안으로 뫼시어라. 하라간 님께서는 배움을 청할 준비를 마치셨다."

"네에!"

어린 환관이 소리를 길게 늘여 대답했다.

문에 드리운 대나무 발이 Y자 막대기에 의해 들리고, 그 아래로 수염을 배꼽까지 기른 노인 한 명이 들어왔다. 풍채가 제법 좋은 노인이었다.

노인은 하얀 리넨 옷에 노란 칼라시리스를 착용했고, 머리에는 기다란 천을 둘둘 말아서 모자처럼 썼다. 옆구리에는 두꺼운 책 세 권을 끼고 있었다.

하라간은 의자에 앉아 물끄러미 노인을 바라보았다.

대머리 환관이 쪼르르 달려가 노인을 안내했다.

"어서 오시지요. 하라간 님께서 기다리고 계십니다."

노인은 하라간 앞에서 허리를 깊게 숙인 다음, 다시 허리를 펴고 자기소개를 했다.

"하라간 님, 저는 칼리프라고 합니다. 위대하시고 또 위대하신 분의 명을 받아 오늘부터 하라간 님께 도움이 될 지식을 전달하고자 합니다."

대머리 환관이 하라간의 귀에 속삭였다.

"칼리프는 위대하시고 또 위대하신 분께서도 인정을 하신 이론가이시자 학자이십니다. 현재 그는 위대하시고 또 위대하신 분께 정책 자문을 하는 것과 동시에 궁전 도서관장을 겸하고 있습니다."

"그래?"

하라간은 나른한 눈빛으로 칼리프를 바라보았다.

'이 노인네, 단순한 학자가 아니야.'

하라간은 눈앞의 노인이 평범한 인간이 아님을 짐작했다. 상대가 문밖에서 대기 중일 때부터 하라간의 감각에 걸려들었다.

시선이 마주치자 칼리프는 살짝 고개를 숙인 다음, 하라간 앞에 앉았다.

텅!

둥그런 원탁에 세 권의 책이 올라왔다.

하라간의 시선이 슬쩍 책을 훑었다.

맨 위에 놓인 책 제목은 '군나르 왕조 계보'였다.

'쳇! 수업 내용은 보나 마나 뻔하군. 이곳 군나르 왕국의 역사와 계보를 읊는 지루한 시간이 되겠어.'

하라간의 눈가에 따분한 기색이 스치고 지나갔다.

칼리프가 눈치를 챘다.

"하라간 님, 제가 오늘 세 권의 책을 가져오기는 했습니다만, 첫 수업부터 지루하게 왕조 계보를 공부하지는 않겠습니다. 오늘 주로 강론할 내용은 바로 마해에 대한 것입니다."

칼리프에 의해 책의 순서가 바뀌었다. 맨 아래 깔려 있던 가장 두꺼운 책이 맨 위로 올라왔다.

마해 도감 I

하라간은 책 제목을 곁눈질하고는 눈을 반짝 빛냈다.

"마해 도감이라고?"

왕조의 계보는 따분하고 지루하다. 하지만 마해에 대한 이야기라면 이건 달랐다. 하라간은 의자를 바짝 당겨 앉았다. 하라간의 입가에 침이 고였다.

칼리프가 희미하게 미소를 지었다.

하라간이 수업을 받는 동안 대머리 환관들은 자리를 비켜 주었다.

수업 시간은 따로 정해져 있지 않았다. 공부를 하다가 하라간이 "오늘은 그만!"이라고 말하면 거기서 수업이 끝나도록 약속이 되었다.

환관들은 그때를 기다리며 방 문밖에서 대기했다.

한 시간, 두 시간…….

대머리 환관들은 다리가 저려 발끝을 옴찔거렸다.

세 시간, 네 시간…….

환관들이 아무리 목을 빼고 기다려도 하라간의 입에서 "그만!"이라는 소리가 들리지 않았다.

"햐아, 대단하네. 하라간 님께서 수업에 이렇게 열심히 참여하실 줄이야!"

"위대하시고 또 위대하신 분께서 이 이야기를 들으면 무척 기뻐하시겠어."

대머리 환관들은 서로를 마주 보며 이렇게 속삭였다.

방 안은 아직도 수업 열기로 뜨거웠다.

Chapter 2

칼리프의 수업은 욘 아르네의 편지로부터 시작되었다.

친애하는 벨커스,

한동안 연락이 뜸해서 미안하이.

하지만 내겐 그럴 만한 이유가 있었다네. 도대체 무슨 사정인지 자네는 짐작도 못 할 게야. 지금부터 그 이야기를 하려고 하네.

온갖 마물들이 서식한다는 마계(魔界)! 인간들이 상상 속에서 지어낸 마물들의 세계가 실제로 존재한다는 사실을 내가 발견했다면 믿을 수 있겠는가?

어허허!

분명 자네는 어이없다는 표정을 지을 게야. 그리고 그 마계가 바다와 닮은꼴이라는 사실은 더더욱 믿지 않겠지.

하지만 내 말을 잘 듣게.

마계!

아니 마해(魔海: 악마의 바다)는 실제로 존재한다네.

그것도 우리와 아주 가까운 곳에 있지.

한여름에도 눈보라가 몰아치고 1년 내내 코 밑에 고드름이 열리는 이곳 북부에서 나는 마해로 통하는 우물을 발견했으이.

자네가 이 편지를 받아 볼 즈음 나는 이미 이 세상 사람이 아닐지도 몰라. 나는 내 호기심과 목숨을 맞바꾸기로 결심했다네. 눈앞에 일렁거리는 검푸른 우물이 나를 미지의 세계로 인도할 것이라 믿네. 비록 내 모험이 죽음으로 끝난다고 해도, 그리고 내가 악마의 바다에 뛰어들었다가 흉포한 마물들의 한입 식사거리로 전락할지라도, 나는 내 결정을 후회하지 않을 걸세.

나 이제 새로운 신천지에 들어갈 거라네.

잘 있게.

내 유일한 벗이여.

추운 북부에서

욘 아르네.

"모든 아르네의 시조이시며 살아서 드래곤이 되신 신인께서는 800년 전에 뜻을 세우시고 세상에 신천지를 여셨지요. 그분으로부터 아홉 개의 가문이 뻗어 나와 지금의 세상을 이루었습니다."

입으로 '신인'을 언급하면서 칼리프는 45도 각도 상공을 우러러보았다. 칼리프의 눈이 거룩한 신을 알현한 듯 감동으로 물들었다.

하라간은 난생처음 듣는 이야기에 어리둥절했다.

"아르네의 선조에 대해서는 알겠어. 그런데 그분께서 살아서 드래곤이 되셨다고?"

솔샤르들은 마물과 결합을 한다. 그 때문에 남부 연합에서 솔샤르들을 악마로 취급하는 것이다.

욘 아르네는 그런 솔샤르들의 시조!

자연히 남부인들이 생각하는 욘 아르네는 '마왕에게 영혼을 팔고 그 마왕에게 자신의 신체를 제공한 최악의 흑마법사' 로 고정되었다.

그런데 북부의 시각은 달랐다. 칼리프는 욘 아르네를 '살아서 드래곤이 되신 신인' 이라고 표현했다. 하라간은 이 점을 이해할 수 없었다.

"드래곤이 되셨다는 것이 무슨 뜻이지?"

하라간의 질문에 오히려 칼리프가 눈을 껌뻑였다.

"진짜로 몰라서 물어보시는 것인지요? 신인께서 드래곤이 되신 것은 너무나 유명한 역사적 사실이 아닙니까?"

하라간은 속이 뜨끔했지만 그래도 시치미를 뚝 떼고 계속 물었다.

"아, 누가 그걸 몰라? 단지 나는 세세한 내용을 다시 듣고 싶단 말이야. 그분, 그러니까 신인께서 마해에 들어가셨는데, 드래곤이 되어서 나오셨단 말이야?"

"조금 전 제가 신인께서 남기신 편지를 읽어드렸지요."

"그래."

"거기에 마해가 언급되었지요?"

"그래."

하라간은 연신 고개를 끄덕였다.

칼리프가 물었다.

"혹시 하라간 님께선 그 마해가 진짜 마물들의 세계라고 생각하십니까?"

마해(魔海)!

마물들이 서식한다는 검푸른 미지의 바다!

그 마해가 마물들의 세계라는 것은 너무나 자명했다. 남부 연합의 그 누구도 이 점을 의심하지 않았다. 하라간도 남부 연합의 사고방식을 가지고 있었기에 칼리프의 질문에 선뜻 대답하지 못했다.

칼리프가 고개를 갸웃거렸다.

"거참 이상하군요. 지금까지 하라간 님의 교육을 담당했던 자들이 도대체 무엇을 가르쳤는지 의문입니다."

"내가 수업을 좀 대강대강 들었거든."

하라간은 이렇게 둘러대었다.

칼리프는 한숨을 크게 내쉬고는, 말을 이었다.

"마물과 몬스터의 차이가 무엇입니까? 그리고 몬스터와 이종족의 차이는 또 무엇입니까?"

"그건……."

하라간은 뚜렷하게 답을 하지 못했다.

칼리프가 다시 물었다.

"예를 들어, 대륙에는 수인족이 살지요. 이를테면 토레 님의 다스림을 받는 수인족들 말입니다. 그들은 몬스터입니까, 이종족입니까?"

"이종족."

"그들은 왜 몬스터가 아니라 이종족입니까?"

"수인족들은 문화가 있고, 생각이 있잖아. 우정이나 충성심도 알고 있고. 거기에 비해서 몬스터들은 오로지 본능만 있지."

하라간은 술술 대답했다.

칼리프가 칭찬을 해 줬다.

"잘 대답하셨습니다. 훌륭하십니다. 수인족은 몬스터가 아닙니다. 엄연히 이종족이지요. 하면 다시 여쭙겠습니다. 드래곤은 이종족입니까, 몬스터입니까?"

"그야…… 드래곤을 직접 본 사람이 아무도 없으니까 모르지. 드래곤은 오직 책에서만 나오는 생명체잖아."

"그 책에 표현된 드래곤은 이종족입니까, 몬스터입니까?"

"책의 표현대로라면, 이종족이지. 드래곤도 엄연히 문화가 있고, 인간보다 우월한 지혜와 지식을 가졌으니까. 아무도 드래곤을 몬스터라고 폄하하지 못할걸."

"옳습니다. 드래곤은 인간보다 우월한 신급 종족이지 몬스터가 아닙니다. 마물도 아닙니다."

"그런데 신인께서 그런 드래곤이 되셨단 말이야?"

"그렇습니다. 당시 신인께서는 당신을 추종하던 무수한 군중들 앞에서 본모습을 드러내셨습니다. 불덩어리처럼 이글거리는 세 개의 부리부리한 눈과 구름을 뚫고 치솟은 기다란 목! 한낱 인간으로서는 한눈에 다 담을 수도 없는 거대한 동체! 푸른 뇌전이 감도는 커다란 비늘! 끔찍할 정도로 거대한 발톱! 하늘을 뒤덮은 날개! 신인의 본래 모습은 드래곤, 그 자체였습니다."

칼리프의 눈동자가 기이한 열기를 품었다.

Chapter 3

'욘 아르네가 드래곤이 되었다고?'

하라간은 칼리프의 말을 믿을 수 없었다.

하지만 이 열광적인 광신도 앞에서 의심을 그대로 드러낼 수도 없었다. 하라간은 "에이, 거짓말!"이라는 말이 목구멍까지 치밀었지만 꾹 참고 돌려 물었다.

"그러니까 신인께서 마해에 들었다가 드래곤이 되셨단 말이지? 마물이 아니라 드래곤과 결합을 하신 거잖아."

칼리프가 당연하다는 듯이 대답했다.

"그렇습니다. 마해라는 이름이 붙었다고 해서 그곳이 진짜 악마의 세계는 아닙니다. 하라간 님께서 한번 생각을 해 보십시오. 악마와 인간의 결합이 가능하겠습니까?"

"응?"

"악마는 언제나 인간을 조종하려고 들지요. 그렇지 않습니까? 하지만 마해의 종족들은 인간을 조종하려고 하지 않습니다. 인간을 잡아먹거나, 아니면 인간과 결합하여 이 세상에 나오거나. 그들의 선택은 언제나 이 두 가지 중 하나입니다."

"아!"

듣고 보니 칼리프의 말이 옳았다.

악마는 인간을 조종하여 세상을 혼란에 빠뜨리는 것이 목적이었다. 그들은 인간을 농락하고, 괴롭히고, 뒤통수를 친다. 그리하여 나락에 떨어진 인간의 영혼을 수집하는 것이다. 남부 연합의 종교 지도자들은 항상 그렇게 말해 왔다.

한데 솔샤르와 결합한 마물들의 행동 양식은 종교에서 말하는 악마와는 사뭇 달랐다.

'그들은 주로 마해에 들어온 인간들을 잡아먹지. 그중 일부가 인간과 결합을 한 채 세상에 나와. 하지만 그렇게 세상에 나온 마물들이 인간들을 유혹해서 홀리거나 조종한 적은 없어. 그저 인간과 한 몸이 되어 세상을 살아갈 뿐.'

하라간은 고개를 주억거렸다.

칼리프의 설명이 계속되었다.

"하라간 님께서도 잘 아시겠지만, 우리 솔샤르들은 악마가 아닙니다. 물론 남부의 겁쟁이들은 우리를 악마라고 폄하하지요. 하지만 그들의 말처럼 우리 솔샤르들이 악마라면, 이곳 북부에 구축된 이 융성한 문화와 발전된 도시들은 대체 어떻게 이루어졌겠습니까?"

"음!"

칼리프가 혀로 입술을 한 번 축인 다음 말을 계속했다.

"그리고 만약 우리가 진짜 악마라면, 북부의 인간들이 어찌 살아가겠습니까? 아마도 인간들은 가축 취급을 받고 있겠지요? 언제든지 악마에게 잡아먹힐 수 있는 가축! 하지만 현실은 어떻습니까? 이곳 북부에서 솔샤르가 인간보다 존귀한 것은 사실이지만, 그렇다고 인간이 가축처럼 길러지는 것은 아닙니다. 오히려 인간들은 우리 솔샤르의 울타리 안에서 보호를 받고 있습니다. 그 좋은 예가 바로 전쟁입니다."

"전쟁?"

뜬금없는 말에 하라간이 고개를 갸웃거렸다.

칼리프는 자신감 넘치는 표정으로 주장을 펼쳤다.

"네. 남부의 겁쟁이들이 부쿤 대산맥에 높은 방벽을 쌓아 우리를 막으려고 하지만, 그것은 하찮은 노력일 뿐! 우리가 그들을 징계하려고 남하를 할 때 바로 남부와 북부 사이에 전쟁이 벌어집니다."

"그렇지."

하라간은 그동안 바야크 장벽에서 벌어졌던 수많은 전투를 머릿속에 떠올렸다.

칼리프가 검지를 번쩍 들었다.

"그 전쟁에, 우리 솔샤르들은 나약한 인간을 동원하지 않습니다."

"뭐?"

하라간이 눈을 동그랗게 떴다.

칼리프가 혀를 찼다.

"하라간 님, 인간은 나약하고 불쌍한 존재들입니다. 그래서 명예를 아는 우리 솔샤르들은 나약한 인간을 전쟁에 직접 동원하지 않습니다. 후방에서 보급품을 나르는 일 정도만 맡기지요. 만약 우리가 악마라면 인간들을 먼저 보내서 전쟁의 소모품으로 사용했겠지요. 하지만 우리는 그런 비겁한 짓을 하지 않습니다. 오직 솔샤르 전사들만이 전쟁에 뛰어들 자격이 있으니까요."

"아!"

생각해 보니 칼리프의 말이 맞았다. 루잉 백작이던 시절, 하라간은 무수히 많은 전투를 치렀다. 그때마다 그의 검에 수많은 솔샤르들이 죽었다. 하지만 마물과 결합을 하지 않은 순수한 인간과 싸운 적은 단 한 번도 없었다.

'내가 왜 그 생각을 못 했지? 북부라고 해서 솔샤르만 살고 있는 것은 아니잖아. 북부에는 솔샤르보다 더 많은 숫자의 인간들이 살고 있다고. 남부 연합에서는 그 인간들이 악마의 발밑에 깔려서 신음한다고 가르쳤어. 그런데 칼리프의 말이 옳아. 만약 솔샤르가 진짜 악마라면, 왜 전쟁에 인간들을 동원하지 않았겠어?'

하라간은 턱을 괴고 곰곰이 생각에 잠겼다.

칼리프가 갑자기 코웃음을 쳤다. 남부인들을 향한 비웃음이었다.

"흥! 오히려 남부인들이 더 악마에 가깝지요."

하라간이 이유를 물었다.

"잠깐! 남부인들이 더 악마에 가깝다고? 물론 그쪽 동네가 허약한 것은 알지만, 악마에 가깝다는 것은 또 무슨 뜻이야?"

"인간 기사들 말입니다. 그들은 제법 강하지요. 기사들 가운데 초인이라 불리는 몇몇은 우리 솔샤르와 맞서 싸울 정도의 무력을 갖추었습니다."

"그렇지. 그렇다고 들었지."

하라간이 맞장구를 쳐 주었다.

칼리프가 열변을 토했다.

"그런 초인들이 우리 솔샤르 전사들과 맞서 싸울 때 어떻게 합니까? 그들은 자신들보다 허약한 인간 병사들을 전쟁에 대거 동원합니다."

"아!"

"단지 동원만 하는 것뿐이겠습니까? 남부인들은 나약한 병사들을 앞장세워 인간 방패, 혹은 단순한 소모품으로 써먹지요."

"맞아!"

"우리 솔샤르들은 그런 비겁한 짓을 하지 않습니다. 그에 비하면 남부의 기사들은 명예도 모르는 비겁자이자 약자를 전쟁터로 내모는 진짜 악마들입니다."

칼리프의 말은 논리가 딱 잡혀 있었다. 하라간이 아무리 생각을 해 봐도 칼리프의 주장에 뭐라고 반박을 할 수가 없었다.

북부가 침공했을 때 남부 연합에서 일반 병사들을 앞장

세워서 기사와 초인들을 보호하는 것은 엄연한 사실이었다. 다들 '초인이 살아남아야 솔샤르를 막을 수 있다.' 고 믿었기에, 아무도 이 잔인한 전략에 대해서 불만을 제기하지 못했다.

"듣고 보니 그러네."

하라간은 한 손으로 턱을 괴고 고개를 끄덕였다. 그다음 손을 내리고 다시 물었다.

"그럼 마해에 서식하는 마물들은 뭐야? 그 마물들은 진짜 악마가 아니라 몬스터나 이종족에 가깝다는 거야?"

"그렇지요."

칼리프가 당연하다는 듯이 대답했다.

하라간이 다시 물었다.

"그럼 둘 중 어느 쪽이야? 몬스터야, 아니면 이종족이야?"

칼리프가 손가락 2개를 폈다.

"둘 다입니다."

"응?"

"몬스터에 가까운 저급한 마물! 그리고 이종족보다도 더 우월하고 인간보다도 월등한 고등 종족! 마해에는 양쪽 다 있습니다."

여기까지 대답을 한 뒤, 칼리프는 '마물 도감 I' 이라는 제목의 두꺼운 책을 펼쳤다.

"하라간 님, 오늘부터 거기에 대해서 수업을 해 보겠습니다. 마해에 서식하는 마물들에 대해서 말입니다."

"그거 재미있겠네."

하라간의 눈에 호기심이 어렸다.

"계속해 봐."

하라간은 의자를 바짝 끌어당겨 앉았다.

"네, 하라간 님."

칼리프는 하라간의 이런 적극적인 태도가 마음에 들었다.

'하라간 님께서 아직 어리신 줄만 알았는데, 벌써 다 크셨구나! 이렇게 호기심이 많고 열심히 배우려고 하시니 이 얼마나 큰 축복인가!'

칼리프는 살아서 드래곤이 되신 신인 욘 아르네에게 감사의 기도를 올렸다. 욘 아르네는 북부의 모든 솔샤르들이 온 마음을 다해 섬기는 신적 존재였다.

Chapter 4

마해는 크게 셋으로 나뉜다.

이곳 세상과 가장 가까운 연해!

깊은 바다에 해당하는 해구!

그리고 해구보다 더 깊고 어두운 심해저!

이 가운데 첫 번째 토막이 바로 연해였다. 그런데 이 연해에 서식하는 마물들은 다시 3개의 층으로 구분이 가능했다. 마해에 대해서 연구하는 학자들은 연해의 마물을 깊이별로 구분해서 연해 1층, 연해 2층, 연해 3층으로 나누었다.

연해 1층엔 가장 지능이 낮고 약한 마물들이 모여 살았다. 솔샤르 후보자들이 마해에 뛰어들었을 때 가장 먼저 접하는 것도 바로 이 연해 1층의 마물들이었다.

"연해 1층에 서식하는 대표적인 마물들이 바로 포르키스와 덴스, 케토 등입니다. 솔샤르들 가운데 이 세 종류의 마물과 결합한 비율이 가장 높지요."

칼리프는 마물 도감을 펼쳐 그림으로 설명해 주었다.

도감을 보자 마물의 모습이 생생하게 떠올랐다. 하라간은 마물들과 싸웠던 경험이 많았기에 마물들의 형태나 특징이 머리에 쏙쏙 들어왔다.

거인처럼 큰 체격에 두꺼운 껍질을 가진 마물, 포르키스!

도감을 보니 포르키스의 껍질이 게와 많이 닮았다는 사실을 쉽게 알 수 있었다. 그중에서도 표면이 우툴두툴한 킹크랩을 닮았다.

"포르키스는 방어력이 우수한 반면에 행동이 느리지요. 대신 포르키스의 집게발에 한 번 잡히면 어지간한 상대는 쉽게 빠져나갈 수 없습니다."

칼리프는 포르키스의 장단점을 짚어 주었다.

하라간은 흥미진진하게 그 이야기를 들었다.

"다음은 덴스입니다."

덴스는 쌍발궁수!

이 마물과 결합한 솔샤르들은 양손이 석궁 모양으로 변한다. 이들이 쏘는 화살은 허공에서 자유자재로 방향을 틀면서 목표를 타격하므로 상대하기 까다롭다.

칼리프는 덴스의 장점 한 가지를 추가했다.

"게다가 덴스들은 몸이 민첩하고 점프력이 뛰어나 다양한 군사작전에 동원할 수 있습니다. 이런 장점을 잘 활용하면 얼마든지 강한 적들을 상대할 수 있지요. 예를 들어서 덴스들을 수천 명 단위로 모아서 한 번에 마물 화살을 발사하면 그 위력이 실로 엄청납니다."

과연 그럴 것 같았다. 하라간은 바로 맞장구를 쳤다.

"맞아. 덴스들을 잘 훈련시켜서 동시에 집중 사격을 하면 어지간한 강자도 비교적 쉽게 잡을 수 있겠어."

"오오! 하라간 님! 그걸 꿰뚫어 보셨습니까? 맞습니다. 덴스들은 민첩성이 뛰어나지요. 따라서 한 명의 강자를 상대로 눈 깜짝할 사이에 포위한 다음, 집중 포격이 가능합니다.”

칼리프가 손뼉을 치며 대답했다.

‘잘 훈련시킨 덴스들을 조직 단위로 움직이면서 적에게 포위 공격을 펼친다면?’

그렇다면 초인들의 발을 묶어 놓는 것도 가능할 것 같았다. 하라간은 머릿속으로 덴스를 활용한 전략을 떠올렸다.

그러다 소스라치게 놀랐다.

‘내가 왜 이러지? 솔샤르 군대를 운용해서 남부 연합을 공격하는 상상을 하다니, 내가 미쳤나 봐!’

몸이 솔샤르로 바뀌니 생각도 변하는 것 같았다. 그래도 그렇지, 이건 너무한다 싶었다. 하라간은 부르르 몸서리를 쳤다.

그 와중에도 수업은 계속되었다.

덴스 다음은 케토!

칼리프가 케토의 특징을 읊었다.

“하라간 님, 여기 도감에 보이는 마물은 케토입니다. 이 마물과 결합을 한 솔샤르들은 양팔이 전기뱀장어처럼 변하는데, 그 팔에서 상당한 양의 전기를 뿜어내지요.”

아쉽게도 하라간은 케토와 싸워 본 경험이 없었다.

“케토도 흔히 볼 수 있는 솔샤르인가?”

하라간의 질문에 칼리프가 고개를 끄덕였다.

"그렇습니다. 하지만 케토들은 대부분 공격 전쟁에 투입되지는 않습니다. 이들이 뿜어내는 전기의 방출 범위가 그리 넓지 않아 공격 효용성이 떨어지기 때문입니다. 대신 케토는 수비용으로 좋습니다. 공격해 들어오는 적들에게 전기 충격을 줘서 마비를 시킬 수 있으니까요."

"음! 그럴듯하군."

솔샤르 진영을 향해 우르르 몰려오는 남부 연합의 기사들!

그때 갑자기 쏟아지는 전기 세례!

기사들의 갑옷을 통해 흐르는 고압 전류!

상상만 해도 케토의 유용함이 눈에 보였다. 하라간은 고개를 주억거리며 들었다.

"연해 1층을 지나 연해 2층으로 내려가면 보다 강한 마물들을 만나게 됩니다."

"연해 2층!"

"그렇습니다. 연해 2층에는 여기 도감에 그려진 것과 같이 데카포스나 에기르, 레르, 민치, 세인트 등의 마물들이 주류를 이루고 있지요."

이 가운데 데카포스는 하라간도 겪어 보았다.

데카포스와 결합한 솔샤르는 두 팔이 문어 다리처럼 변

한다. 그것도 한두 개가 아니라 10개에 달하는 다리가 생겨난다. 꾸물꾸물한 그 다리가 무려 30 미터 이상 늘어나고, 다리 하나마다 마물의 아가리 수천 개가 매달려 있다.

최근 전투에서 데카포스들은 바야크 왕국의 열기구를 긴 다리로 휘감아 추락시켰다.

데카포스 다음은 에기르!

도감에 그려진 그림은 푸른 불꽃에 휩싸인 마물이었다.

"이게 에기르인가?"

하라간이 손가락으로 도감을 가리켰다.

칼리프가 고개를 끄덕였다.

"그렇습니다. 에기르는 푸른 불꽃을 쏘아 적들을 몰살시키는 마물입니다. 비록 공격 간격이 느리기는 하지만, 그 한 방 한 방이 상당한 위력을 품고 있습니다. 게다가 에기르의 방어력은 포르키스를 능가할 정도로 뛰어납니다. 한마디로 말해서 에기르는 공격과 수비를 동시에 할 수 있는 만능 마물입니다."

"음!"

하라간은 머릿속으로 에기르를 떠올렸다. 전에 에기르와 한 번 싸워 본 적이 있어서 그 특성이 쉽게 이해가 되었다.

다음은 레르!

"여기 보이는 이 마물은 레르입니다. 마물 투창과 마물 방패로 무장한 레르는 연해 2층을 대표하는 주력 마물이지요. 레르는 공격과 수비가 뛰어난 데다 민첩성까지 탁월합니다. 에기르가 방어에 치중하면서도 나름 공격이 가능한 마물이라면, 레르는 공격에 치중하면서도 방어가 가능한 마물이라고 보시면 됩니다."

"토레 님의 영토에 유난히 레르가 많더군."

하라간은 토레와 싸웠던 당시를 회상했다.

칼리프가 맞장구를 쳤다.

"맞습니다. 수인족 솔샤르들 가운데 유독 레르와 결합한 전사들이 많습니다. 아마도 수인족의 공격적인 성향이 레르와 일치하기 때문인 것 같습니다."

하라간은 도감을 한 장 더 넘겼다.

"레르는 이만하면 되었고, 여기 이 마물은 뭐지?"

"민치 말씀이십니까?"

칼리프는 민치에 대한 설명을 시작했다.

제6화

마해 도감 II

Chapter 1

칼리프의 설명에 따르면, 마해의 마물들은 대부분 '독립 개체'로 이루어졌다고 한다.

이건 이해하기 쉬웠다.

사람도 한 명 한 명이 각자의 생각과 각자의 생명을 가진 독립 개체이기 때문이다. 사람뿐 아니라 늑대나 돼지와 같은 포유류, 독수리나 닭 같은 조류, 뱀과 같은 파충류, 심지어 개미 같은 곤충들도 모두 개별적인 생명을 가진 독립 개체들이었다.

"그런데 마물들은 다소 다릅니다. 그들 가운데는 여럿이 하나의 생명을 공유하는 군집 개체들이 있습니다."

칼리프는 그 예로 민치를 언급했다.

"연해 2층에 가끔 출몰하는 민치들이 군집 개체의 좋은 예입니다. 이 민치들은 몸이 뱀장어처럼 기다랗고 흰 바탕에 검은 줄무늬를 가진 형태인데요, 보통 20에서 100마리까지 몰려다닙니다."

"그거야 개미들도 모여서 군집 사회를 이루잖아. 개미들과 뭐가 다르지?"

하라간의 질문에 칼리프가 빙그레 웃었다.

"개미들은 각각 생명이 있지요. 한 마리를 죽인다고 해서 다른 개체에게 영향을 주는 것은 아닙니다."

"그렇지."

"민치는 다릅니다. 예를 들어 민치 100마리가 몰려다닌다고 하면, 이 100마리는 하나의 생명을 공유합니다."

"뭐?"

칼리프의 설명은 이해가 잘 되지 않았다.

칼리프가 예를 들었다.

"예를 들어 보겠습니다. 민치 100마리 가운데 하나를 죽이면, 그 한 마리는 죽지 않고 되살아납니다. 왜냐하면 민치들은 생명을 공유하니까요. 그 대신 하나가 죽었으니 그들의 생명력은 100분의 1만큼 닳았습니다."

"그래? 그게 참말이야?"

하라간은 난생처음 듣는 신기한 이야기에 눈이 휘둥그레졌다.

하라간이 수업에 적극적으로 참여하자 칼리프도 덩달아 신이 났다.

"껄껄껄! 참말이고 말고요. 제가 왜 하라간 님께 거짓을 고하겠습니까? 100마리의 민치들은 99마리를 죽여도 죽지 않습니다. 죽여도 죽여도 다시 살아나서 상대방을 공격합니다. 공격력도 처음과 똑같이 그대로 유지되지요. 대신 하나가 죽을 때마다 생명력이 계속 줄어들다가 최후의 한 마리까지 모두 죽이면 그제야 전투가 끝이 나지요."

"햐! 그거 지독한데. 상대하기 까다로울 것 같아."

하라간은 혀를 내둘렀다.

칼리프도 그 말에 동의했다.

"그래서 민치와 결합한 솔샤르들은 높은 대접을 받습니다. 우선 희귀해서 자주 보기 어렵기도 하고, 그 밖에도 민치의 유용한 점이 많기 때문입니다."

"유용한 점?"

"하라간 님, 민치와 결합한 솔샤르들은 주로 첩보와 통신 요원으로 육성됩니다. 그 이유가 무엇인지 짐작하시겠습니까?"

칼리프가 질문을 던졌다.

하라간은 턱을 괴고 고민했다.

"첩보와 통신 요원? 그렇지! 녀석들은 여러 개체로 보이지만 실상은 생명을 공유하는 하나의 생명체라고 했지? 그렇다면 서로 생각과 정보도 공유하겠네?"

"맞습니다. 역시 하라간 님은 영민하십니다. 민치들은 여러 개체로 보이지만 사실은 하나의 생명체입니다. 따라서 하나의 민치를 이곳저곳에 흩어서 배치해 놓으면, 그 개체들이 보고 듣고 느낀 것들이 모두 중앙으로 모여들게 됩니다."

예를 들어서 두 민치를 멀리 떨어진 장소에 배치했을 때, 이 둘은 보고 듣고 느낀 점들을 실시간으로 공유할 수 있다. 심지어 생각도 실시간으로 공유한다. 왜냐하면 이 민치는 사실 둘이 아니라 하나이기 때문이다.

"아아!"

하라간은 무릎을 쳤다.

민치 하나만 있으면 장거리 실시간 통신이 가능하다. 멀리 떨어진 곳에서도 의사 전달이 가능하고, 중요한 명령을 실시간으로 주고받을 수 있다. 통신병으로 민치보다 더 뛰어난 마물은 없을 것 같았다. 뿐만 아니라 첩보병으로 사용하기에도 민치는 최적의 조건을 갖추었다. 오랜 군대 경험이 하라간으로 하여금 민치의 중요성을 파악하게 만들어 주었다.

칼리프가 설명을 덧붙였다.

"하지만 아쉽게도 민치는 발견이 어렵고 결합도 까다롭습니다. 녀석은 연해 2층에서 주로 활동하는 마물이지만, 이런저런 이유로 인해서 연해 3층의 마물보다 더 높은 대접을 받게 되지요."

다음은 세인트.

"세인트는 민치보다는 자주 접할 수 있는 마물입니다. 하지만 데카포스나 에기르, 레르처럼 쉽게 발견되는 마물은 아닙니다."

"음!"

"그리고 세인트의 또 한 가지 특징은, 바로 이 마물이 주로 여성과 결합을 한다는 점입니다."

"여성?"

"그렇습니다. 대부분의 마물들은 공격성이 강한 남성과 결합을 하는데, 특이하게도 몇몇 마물은 남성보다 여성을 더 선호합니다. 세인트도 그중 하나이지요."

칼리프의 말을 듣자 하라간의 뇌리에 떠오르는 것이 있었다.

"아! 혹시 세인트가 치유 능력이 있는 마물인가?"

"그렇습니다. 세인트와 결합한 여성 솔샤르들은 눈이 변합니다. 평소에는 일반 사람의 눈 같지만, 마물의 능력을 드러낼 때 그녀들의 눈은 하얗게 흰자위만 남게 됩니다. 그밖에 다른 신체 변화는 없습니다."

하라간은 과거 전투에서 세인트를 겪어 보았다. 두 눈이 새하얗게 번들거리는 세인트의 지원을 받자 평범한 포르키스가 아무리 죽여도 죽지 않는 괴물로 변했다.

하라간은 그때를 회상하면서 도감에 그려진 세인트의 모습을 유심히 관찰했다.

칼리프가 도감을 한 장 더 넘겼다.

"여기서부터는 연해 3층입니다."

연해 3층에 서식하는 대표적인 마물들로는 듀오로, 아이쉐아, 에비스, 막케토, 그리고 노덴스가 꼽혔다.

"물론 연해 3층에 이 다섯 종류의 마물들만 있는 것은 아닙니다. 마해에는 저희 학자들이 파악하지 못한 수많은 마물들이 있습니다. 그리고 연해 1층, 2층, 3층이라는 구분도 저희 학자들의 편의에 의해 나눈 것뿐입니다. 이를테면, 민치는 연해 2층이 주 서식지로 알려져 있지요. 이것이 학계의 통설입니다. 하지만 실제로 마해에 잠수해 보면, 연해 3층! 혹은 그보다 더 깊은 해구 1층에서 민치가 발견되는 경우도 있습니다."

칼리프의 설명은 그럴듯했다.

실제 바다도 그러했다. 얕은 바다에서 주로 사는 물고기가 경우에 따라서는 깊은 바다로 헤엄쳐 가기도 했다.

"으음! 그렇겠지. 누군가 강제로 마해에 그물을 쳐서 층을 나눠 놓은 것도 아닐 테니까 말이야."

"그렇습니다. 마해가 실제로 층이 나뉘어 있는 것은 아닙니다. 하지만 한 가지 확실한 것은 있습니다."

칼리프가 검지를 세워 1자를 만들었다.

"그게 뭐지?"

"마해 깊은 곳에서 발견된 마물일수록 더 강하다는 것!"

"아!"

"하라간 님, 마해의 권력 구도는 단순합니다. 강자가 깊은 바다로 가고, 약자는 얕은 바다에 머무릅니다. 마물들은 깊은 바다로 갈수록 더 많은 기운을 흡수해서 더 빨리 강해질 수 있지요. 그래서 강자들은 깊은 바다로 몰려드는 것입니다. 반면 약자들은 강자를 피해서 얕은 바다에 머무를 수밖에 없고요."

Chapter 2

"바다가 깊을수록 마물들이 더 많은 기운을 흡수한다고?

그 기운이 대체 뭐야?"

하라간이 칼리프의 말을 끊었다.

칼리프가 고개를 설레설레 저었다.

"송구합니다만, 그건 저희 학자들도 밝혀내지 못했습니다. 저희가 파악한 한계선은 해구 3층까지입니다. 그곳을 넘어선 심해저는 탐사를 한 적도 없고, 정보도 없습니다. 다만 한 가지!"

여기까지 말을 한 뒤, 칼리프는 침을 한 번 꿀꺽 삼켰다.

칼리프의 입에서 무언가 중요한 정보가 나올 것 같았다. 하라간은 상대의 말이 이어지기를 조용히 기다렸다.

"다만 한 가지! 살아서 드래곤이 되신 신인께서는 솔샤르 최초로 이 심해저에 접근하셨습니다."

"뭐?"

하라간이 눈을 동그랗게 떴다.

칼리프는 열기 띤 얼굴로 신인을 찬양했다.

"오오오! 세상 만물의 흠숭을 받으실 분! 모든 솔샤르들의 아버지! 이 땅에 진정한 신세계를 여신 분! 오직 그분! 오직 신인께서만 심해저 접근이 가능하셨습니다. 그분 이전과 이후, 역사상 그 어떤 솔샤르도 심해저까지 내려간 적이 없습니다. 그리고 신인께서는 그 깊고 깊은 심해저에서 드래곤를 만나 위대한 결합을 하셨습니다."

칼리프의 목소리가 갈수록 증폭되었다. 칼리프는 목에 핏대를 세우며 신인과 드래곤의 결합을 노래했다.

연해!

해구!

심해저!

칼리프의 설명에 따르면, 마해는 크게 세 토막으로 나눌 수 있다고 했다. 그리고 이 세 토막 가운데 인간의 발길을 허용한 곳은 딱 해구 3층까지라고 했다.

그러니까 욘 아르네는 인간이 아니다.

인간이 아니라 신인이기에 인간의 한계를 넘어 심해저까지 들어갈 수 있었고, 그곳에서 드래곤과 결합하여 진정한 신이 되었다고 했다.

'욘 아르네!'

하라간은 욘 아르네에 대해서 깊은 생각에 잠겼다.

짧은 휴식을 가진 뒤, 칼리프의 수업이 계속되었다.

연해 3층에서 서식하는 듀오로!

이 특이한 마물은 세인트와 비슷하게 주로 여성 솔샤르와 결합을 한다고 했다.

하지만 듀오로가 여성형 마물인 것은 아니었다. 듀오로는 독특하게도 암수 한 쌍이었다. 여성 솔샤르와 결합한 듀오로는 목표 남성과 접촉했을 때 그 남성의 몸에 알을 하나 심어 놓는데, 이 알이 남자의 몸속에서 부화해서 뇌로 기어 올라간다고 했다.

"일단 듀오로의 부화가 시작되면 그것을 막을 방법은 없습니다. 부화한 알이 목표 남성의 뇌에 안착해서 촉수를 뻗고 조종을 시작하지요. 그 남성은 죽을 때까지 여성 듀오로의 노예가 되는 것입니다."

칼리프는 이렇게 설명했다.

"거참, 특이한 마물도 다 있군."

하라간은 혀를 차며 들었다.

다음은 아이쉐아!

칼리프는 도감의 그림을 손가락으로 짚어가며 설명했다.

"아이쉐아는 여기 그림에 그려진 것처럼 다관절 마물입니다. 각 관절마다 발이 달려 있어 거대한 지네를 연상시킵니다."

그 말처럼 도감에 그려진 아이쉐아의 모습은 지네를 닮아 있었다. 칼리프는 아이쉐아의 꼬리를 가리켰다.

"아이쉐아는 보통 12쌍의 다리를 가졌고, 꼬리에 지독한 독침을 보유했습니다. 아이쉐아와 결합한 솔샤르들은 보통 몸 전체가 변형을 하면서 관절이 생기고 다리가 돋아나지요. 그리고 여기 이 그림처럼 엉덩이 부위가 꼬리로 변형되면서 지독한 독침을 품습니다."

칼리프의 말에 따르면, 아이쉐아의 껍질은 포르키스보다 아홉 배나 더 단단하고, 공격력은 레르의 투창보다 스무 배 정도 더 강하다고 했다. 하지만 그 공격력보다 더 무서운 것이 바로 아이쉐아의 극독이다.

"아이쉐아의 꼬리에 한 번 쏘이면 어지간한 솔샤르들은 그냥 즉사합니다. 심지어 연해 3층보다 더 깊은 곳에 서식하는 해구의 마물들도 아이쉐아의 독을 두려워할 정도입니다."

아이쉐아에 이어서 에비스에 대한 설명이 계속되었다.

"에비스는 딱히 정해진 형체가 없습니다."

칼리프는 이렇게 말했다.

실제로 도감에도 에비스에 대한 모습이 그려져 있지 않았다. 대신 그 페이지엔 빙글빙글 회전하는 소용돌이가 자리했다.

"에비스는 형체가 없는 마물입니다. 대신 녀석은 주변 공기나 물을 강하게 회전시켜 소용돌이를 만들어 내는 능력을 지녔지요. 에비스와 결합한 솔샤르들도 신체 변형을 하지 않습니다. 대신 이 솔샤르들이 손을 뻗으면 엄청난 회오리가 발생한답니다."

칼리프는 손가락을 빙글빙글 돌려가며 에비스의 회오리

능력을 설명했다.

다음은 막케토의 차례였다.

칼리프가 빙그레 웃으며 물었다.

"하라간 님, 혹시 막케토라는 이름을 듣고 생각나는 것이 있으십니까?"

하라간은 고개를 갸웃했다.

"글쎄? 없는데?"

"제가 조금 전에 연해 1층에 서식하는 마물 가운데 전기뱀장어를 닮은 녀석이 있다고 말씀드렸지요?"

"아하!"

그제야 생각이 났다. 하라간은 손바닥으로 자신의 이마를 탁 쳤다.

"케토가 있었지!"

케토는 전기뱀장어를 닮은 마물이다. 녀석은 공격 범위가 짧아 공격보다는 방어용으로 활용한다고 했다.

칼리프가 고개를 주억거렸다.

"그렇습니다. 연해 1층의 케토가 진화해서 만들어진 마물이 바로 막케토입니다."

"응? 마물이 진화도 해?"

이건 처음 듣는 이야기였다.

칼리프는 당연하다는 표정으로 대답했다.

"당연하지요. 마물들은 깊은 바다로 내려갈수록 더 강한 기운을 받을 수 있습니다. 그리고 그 기운을 흡수하면서 점점 더 강해지지요. 그렇게 강해지다가 돌연변이처럼 발생한 것이 바로 진화형 마물들입니다."

"그럼 막케토가 케토의 진화형이란 말이야?"

하라간이 중간에 말을 끊고 물었다.

칼리프는 빙그레 웃었다.

"바로 맞추셨습니다. 막케토는 케토의 진화형이지요. 녀석의 생김새는 케토와 유사합니다. 다만 덩치가 거의 열 배로 커지고, 하나뿐이던 머리가 4개로 분화를 하게 되지요. 막케토는 이 4개의 머리에서 동시에 전기를 뿜어냅니다. 그런데 이 네 가닥의 전기가 서로 위상(Phase)을 맞추면서 한 방향으로 길게 뻗어 나갈 수 있습니다."

"아! 그러면서 케토의 단점을 극복하는구나!"

하라간이 정답을 맞혔다. 막케토는 4개의 머리에서 동시에 전기를 쏘아 내는데, 이 전기의 위상을 서로 일치시키실 수 있다. 그러면 짧은 거리에서만 사용하던 전기 공격을 무려 100 미터 밖까지 길게 뽑아내는 것이 가능했다.

강력한 전기를 100 미터 길이로 길게 뽑아내서 전쟁터를 누비는 장면!

하라간은 머릿속으로 막케토의 공격 방식을 상상해 보았

다.

"이야! 그거 대단하겠는데?"

상상하는 것만으로도 감탄이 절로 나왔다.

Chapter 3

칼리프는 막케토에 이어서 '노덴스' 라는 마물을 이야기했다.

본격적인 설명이 시작되기도 전, 하라간이 먼저 끼어들었다.

"노덴스라고? 이거 혹시 덴스의 진화형 아니야?"

덴스는 연해 1층에 서식하는 쌍발궁수형 마물이다. 마물들 가운데 가장 약한 편에 속하지만, 몸이 민첩하고 원거리 공격이 가능해서 남부 연합의 일반 병사들은 상대가 불가능하다. 심지어 어지간한 수준의 기사들도 덴스를 만나면 고전하기 일쑤였다.

하라간의 질문에 칼리프가 활짝 웃었다.

"오호라! 하라간 님께선 하나를 배우시면 열을 깨우치시는군요! 맞습니다. 노덴스는 덴스의 진화형입니다."

"그런데 왜 이름이 노덴스야? 막덴스라고 불러야 하는

거 아냐?"

케토의 진화형은 막케토.

그러니 덴스의 진화형은 막덴스라 불러야 할 것 같았다. 하라간은 그 점을 지적했다.

칼리프가 신이 나서 설명했다.

"아아, 정말 하라간 님은 가르치는 보람이 있습니다. 핵심을 탁탁 알아차리시니 정말 가르치는 맛이 납니다. 덴스의 진화형이 노덴스라고 불리는 이유는, 바로 이들이 특이한 진화형이기 때문입니다. 케토는 단독으로 진화해서 막케토가 되지요. 하지만 덴스는 단독으로 진화하지 못합니다. 대신 10개의 개체가 함께 모여서 하나의 새로운 팀을 이루는 방식으로 진화했습니다. 덴스 입장에서 보면, 좀 더 깊은 바다로 내려가서 빨리 강해지고 싶은데, 연해 1층을 떠나기는 무섭고, 그래서 10개 개체씩 짝을 이뤄서 아래로 내려갔다고 보시면 됩니다."

칼리프는 덴스 열 마리가 모여서 노덴스가 된다고 설명했다.

하라간이 다른 질문을 던졌다.

"그럼 노덴스도 군집 개체인가? 민치랑 비슷한 거야?"

"아닙니다. 민치와 노덴스는 정반대입니다. 민치는 여럿으로 나뉘어 보이지만 사실 하나의 생명을 공유하는 하나의 개체입니다. 반면 노덴스는 10개의 생명을 갖는 10개의 개체인데, 이들이 모여서 외관만 하나의 개체처럼 보이는 것입니다."

설명을 들어도 선뜻 이해가 되지 않았다. 하라간은 눈을 살짝 찌푸렸다.

그러자 칼리프가 비유를 들어 설명했다.

"좀 더 쉽게 설명드리겠습니다. 하라간 님, 머릿속에 나무를 떠올려 보십시오."

"나무?"

"그렇습니다. 가지가 많은 나무입니다. 그런데 홍수가 나서 강 상류로부터 토사가 밀려왔습니다. 나무는 이 토사에 깔려 줄기 부분이 다 뒤덮였습니다. 수북이 쌓인 흙더미 위로 잔가지들만 무수히 올라와 있지요."

하라간은 칼리프가 시키는 대로 토사에 뒤덮인 나뭇가지를 떠올렸다.

칼리프의 말이 이어졌다.

"하라간 님께서 만약 흙에 파묻힌 잔가지들을 보고 있다고 상상해 보십시오. 그러면 이 잔가지 하나하나가 서로 독립된 식물처럼 보이시겠지요? 그런데 사실 이 잔가지들은 여러 개의 식물이 아니라 하나의 생명체, 즉 한 뿌리에서 난 하나의 나무입니다. 민치도 바로 이와 같습니다. 여러 개체로 보이지만, 사실은 하나입니다. 단지 그 뿌리가 사람들 눈에 보이지 않을 뿐이지요."

"아!"

이렇게 비유를 들어 설명을 하니 이해하기 쉬웠다.

'뛰어난 선생이야.'

하라간은 칼리프의 능력에 감탄했다.

칼리프의 말이 계속되었다.

"반면 노덴스는 이와 정반대입니다. 하라간 님, 나비를 한번 떠올려 보십시오."

"이번엔 나비인가?"

"그렇습니다. 하라간 님께서도 잘 아시겠지만, 나비는 비교적 연약한 곤충입니다. 그래서 단독으로는 다른 곤충의 먹이가 되기 쉽지요. 그런데 나비 열 마리가 모여서 서로 날개를 맞대고 하나의 커다란 형태를 만든다고 상상해 보십시오. 그 모습을 보면 사마귀도 함부로 달려들지 못할 것입니다. 이렇게 똘똘 뭉친 나비 무리는 외부에서 보면 하나의 생명체 같지만, 사실은 10개의 개체가 모여서 이루어졌습니다. 노덴스도 이와 마찬가지입니다."

여기까지 설명을 한 뒤, 칼리프는 책을 뒤져 노덴스의 그림을 보여 주었다.

"아!"

하라간의 입에서 곧바로 탄성이 흘렀다. 그림을 보는 순간 알 수 있었다.

'이건 벌리스터다. 4 킬로미터 전방에서 바야크 성벽을 때리던 그 십자머리 벌리스터! 알고 봤더니 그 벌리스터가 바로 노덴스였구나!'

루잉 백작이 장벽을 넘어 이곳 북부로 진격한 것은 실비아와 줄리앙 때문이었다. 그들에게 복수를 해도 되는지, 신의 뜻을 묻기 위해서 목숨을 걸었다.

하지만 루잉에게 빌미를 제공했던 것은 다름 아닌 이 노덴스였다. 당시 루잉은 장거리 포격을 하는 벌리스터를 막아야 한다는 핑계로 바야크 장벽을 넘었다.

'이게 바로 그 마물이구나.'

하라간은 책에 그려진 노덴스를 손으로 쓰다듬었다.

예전에는 노덴스를 징그러운 마물로 생각했는데, 지금 다시 보니 어쩐지 귀여운 느낌이 들었다. 게다가 10명의 솔샤르들이 힘을 합쳐서 이 거대한 벌리스터를 만든다고 생각하자 그들의 노고를 칭찬해 주고 싶었다.

하라간은 자신도 모르게 중얼거렸다.

"10명이 힘을 합쳐 하나가 된다는 것이 보통 일이 아니지. 우선 10명의 손발이 딱딱 맞아야 하고, 개개인이 한 치의 오차도 없이 톱니바퀴처럼 돌아가야 해. 덴스가 진화해서 노덴스가 된다는 거, 그거 생각보다 쉬운 일이 아닐 거야. 오로지 피나는 노력을 통해서만 이룰 수 있는 일이겠지."

하라간의 몸에 깃든 루잉은 전쟁터에서 평생을 보낸 사람이었다. 일곱 살에 처음 전쟁터에 뛰어든 이후로 루잉은 무려 35년 가까이 전쟁만 생각하며 살았다. 그는 전쟁 중에는 적을 죽이는 것만 생각했고, 휴전 중에는 병사와 기사들을 어떻게 훈련시켜서 적을 막을 것인지 고심했다.

10명이 한 조를 이뤄서 톱니바퀴처럼 탁탁 돌아간다?

이거, 생각만큼 쉬운 일이 아니었다. 10명이 한 몸처럼 되기까지 얼마나 많은 노력과 피땀이 투입되어야 하는지, 하라간은 누구보다도 더 잘 알았다. 노덴스를 보자마자 짠한 마음이 든 것은 바로 그 때문이었다.

하라간의 중얼거림에 칼리프가 깜짝 놀랐다.

"오오오! 하라간 님!"

칼리프는 수업을 하다말고 자리에서 벌떡 일어나더니 하라간 앞에 대뜸 무릎을 꿇었다.

"하라간 님, 정말 훌륭하십니다."

"응?"

"아직 어리신 나이에도 불구하고 이렇게 부하들의 마음을 잘 헤아리시다니요! 그렇습니다. 10명이 하나가 된다는 것이 보통 일이 아닙니다. 우리 솔샤르 전사들은 정말 온 힘을 다해 노력하고 있습니다. 그런데 장차 위대하신 군주가 되실 하라간 님께서 우리 전사들의 마음을 이렇게 어루만져 주신다면, 그들의 피와 땀은 결코 헛되지 않을 것입니다. 크흐흑!"

늙은 학자의 눈에는 어느새 눈물이 그렁그렁 고여 있었다.

'이 노인네가 갑자기 왜 이래?'

하라간은 영문을 몰라 두 눈만 껌뻑거렸다.

Chapter 4

연해 3층까지 설명을 마친 뒤, 칼리프는 책을 덮었다.

"연해 1, 2, 3층에 서식하는 주요 마물들은 대부분 말씀드렸습니다. 다음 수업 시간에는 연해보다 더 깊은 해구에 대해서 말씀을 드리겠습니다."

"뭐야? 벌써 수업이 끝난 거야?"

하라간이 아쉬움을 표현했다.

원래 수업의 종료 시간은 하라간의 뜻에 달렸다. 하지만 칼리프가 오늘 준비해 온 책이 다 끝났으니 더 이상 수업을 진행하기 어려웠다.

"하라간 님, 제가 가져온 책이 다 끝나서 어쩔 수가 없습니다. 죄송합니다. 내일은 더 많은 책을 가져오겠습니다."

칼리프는 정중하게 사과를 했다. 그러면서 속으로 '이렇게 책을 좋아하시다니! 하라간 님은 앞으로 정말 훌륭한 군주가 되시겠구나!' 라고 생각했다.

'누가 이분을 어리다고 하겠는가!'

칼리프의 눈에 비친 하라간은 그동안 그가 환관들에게 귀동냥으로 듣던 것과는 완전히 달랐다. 칼리프는 한 번 더 욘 아르네에게 감사의 기도를 올렸다.

'오오오! 신인이시여! 저희 군나르 왕국에 이런 좋은 군주의 재목을 내려 주셔서 감사합니다. 정말 감사합니다.'

자리에서 물러나던 칼리프를 하라간이 붙잡았다.

"잠깐!"

"왜 그러십니까?"

"마지막으로 하나만 더 물을게."

칼리프가 걸음을 멈추고 희미하게 미소를 지었다.

"뭐든지 물어보십시오. 제가 아는 것은 모두 말씀드리겠습니다."

"오늘 연해 1, 2, 3층에 대해서 배웠잖아. 그런데 연해와 해구, 왜 이렇게 나누지? 연해 3층 다음이 해구 1층이잖아? 그럼 해구 1층을 그냥 연해 4층이라고 부르면 안 돼?"

"좋은 질문이십니다. 하지만 학자들이 마해를 크게 세 토막, 그러니까 연해, 해구, 그리고 심해저로 구분 짓는 데는 이유가 있습니다."

"그러니까 그 이유가 뭐냐고."

하라간이 답답하다는 듯이 대답을 재촉했다.

칼리프가 공손히 아뢰었다.

"그건, 연해 3층과 해구 1층 사이에 큰 차이가 있기 때문입니다."

"큰 차이?"

하라간이 눈을 살짝 좁히자 칼리프가 냉큼 비유를 들어 설명했다.

"연해 1층과 2층의 마물들은 요 정도의 차이가 난다고 보시면 됩니다."

칼리프는 오른손 손바닥을 아래로 향한 채 방바닥에서 1미터 높이로 들어 보였다.

"요 정도의 차이라면 구분이 되긴 하겠지요. 하지만 극복하기 불가능할 정도로 큰 차이는 아닙니다. 경우에 따라서는 연해 1층 밑바닥에서 노니는 데카포스가 연해 2층의 에기르를 잡아먹기도 하니까요."

"호오!"

"하라간 님께서도 아시다시피 사자가 늑대보다 강하지요. 하나 늙어서 힘 빠진 사자는 늑대 무리에게 사냥을 당해서 잡아먹히는 경우도 있지 않겠습니까? 마해에서도 그와 같은 역전 현상들이 벌어지곤 합니다."

듣고 보니 그럴듯했다. 하라간은 고개를 주억거렸다.

"계속해 봐."

"연해 2층과 3층의 경계도 이와 마찬가지입니다. 둘 사이에는 그저 이 정도 수준의 차이가 있지요. 하지만 이 또한 극복 가능한 격차입니다. 경우에 따라서는 연해 2층 밑바닥의 민치들이 연해 3층까지 잠수해서 듀오로들을 사냥하기도 하니까요."

"마치 힘센 늑대 무리가 상처 입은 사자를 사냥하는 것처럼 말이지?"

하라간이 중간에 끼어들었다.

칼리프는 "허허!" 소리 내어 웃었다.

"잘 맞추셨습니다. 연해 2층과 3층의 간극은 딱 그 정도입니다. 하지만 연해 3층과 해구 1층은 다릅니다. 연해 3층 밑바닥에서 활개를 치면서 나름 포식자로 군림하는 마물들도 해구 1층에는 감히 접근하지는 못합니다. 연해와 해구는 완전히 격이 다르니까요."

"격이 다르다!"

"그렇습니다. 굳이 거리로 표현하자면, 연해 2층과 3층의 간극이 1 미터라면, 연해 3층과 해구 1층 사이의 간극은 10 미터, 100 미터, 어쩌면 그 이상일지도 모릅니다. 연해의 마물과 해구의 마물들은 절대 같은 수준으로 볼 수 없습니다. 마찬가지로 연해 레벨의 솔샤르와 해구 레벨의 솔샤르는 하늘과 땅의 차이가 나지요. 그 차이가 바로 일반 솔샤르와 귀족 솔샤르의 차이입니다."

말을 하면서 칼리프의 눈가에 숨길 수 없는 자부심이 떠올랐다.

하라간이 히죽 웃었다.

"칼리프, 그대……."

"말씀하십시오."

"해구 레벨의 솔샤르구나?"

"헙!"

칼리프는 깜짝 놀랐다. 그는 오늘 하라간을 가르치면서 여러 번 놀랐지만, 그중에서도 지금이 가장 강도가 셌다.

"어, 어떻게 아셨습니까?"

칼리프는 놀란 마음에 말까지 더듬었다.

하라간은 빙그레 웃었다.

"뭘 그렇게 놀라? 연해 레벨의 솔샤르와 해구 레벨의 솔샤르는 하늘과 땅의 차이가 난다며? 그 말을 하면서 그대의 얼굴이 자부심으로 가득 찼는데 왜 모르겠어?"

"허허! 그렇게 티가 났습니까? 허허허! 제 정신 수양이 부족했군요. 허허허!"

이렇게 웃어넘기기는 했지만 칼리프의 가슴은 쿵쾅쿵쾅 뛰었다. 하라간의 눈빛이 너무나 담담한 탓이었다.

하라간의 지적대로 칼리프는 해구 2층 레벨의 솔샤르였다. 그는 '케토' — '막케토' — '다즈케토' 로 이어지는 진화의 연결고리 정점에 위치한 포식자이자, 이곳 군나르 왕국에서 몇 손가락 안에 꼽히는 절대 강자였다.

반면 하라간은 아직 솔샤르가 아니었다. 지금의 하라간은 그저 솔샤르 후보자에 불과했다. 심장을 적출하고 그 자리에 마정석을 박아 넣어 솔샤르가 될 준비를 마친 후보자 말이다.

물론 지위는 칼리프보다 하라간이 더 높았다.

뒷배경도 칼리프보다 하라간이 더 대단했다. 하라간은 위대하고 또 위대한 군나르 아르네의 증손자이자, 장차 이 왕국을 물려받을 적통이었다.

혈통도 비교할 수 없다. 하라간은 살아서 드래곤이 되신 위대한 욘 아르네의 위대한 피를 물려받았다.

하지만!

그래도 아직까지 하라간은 힘이 약한 어린 새끼 사자에

불과했다. 아직은 솔샤르가 되지 못한 미생(未生)에 해당했다.

그런 하라간이 진짜 솔샤르, 그것도 해구 2층 레벨의 초강자를 맞닥뜨리면 눈가에 한 줄기 불안감이 감돌아야 정상이었다. 새끼 사자와 다 큰 늑대를 한 방에 놓아두면 새끼 사자가 두려움에 벌벌 떠는 것과 마찬가지 이치였다. 하라간도 칼리프를 부담스러워해야 마땅했다.

그런데 칼리프를 향한 하라간의 눈빛은 너무나 태연했다.

칼리프는 그 점이 이해가 되지 않았다.

'물론 내가 하라간 님께 해를 끼칠 생각은 없어. 하지만 모든 솔샤르들은 본능적으로 강자에 대한 두려움을 느끼게 마련! 하라간 님도 내 레벨을 파악하셨다면 마땅히 부담을 느끼셔야 해. 나와 단둘이 한방에 머물면 몸이 떨려야 정상이거든? 그런데 어쩜 이렇게 담대하시지?'

칼리프는 홀린 듯이 하라간을 바라보았다.

"뭘 그렇게 봐?"

하라간이 툭 쏘았다.

칼리프는 서둘러 머리를 흔들었다.

"아닙니다. 아무것도 아닙니다. 제가 감히 하라간 님께 결례를 범했습니다."

“훗! 결례는 무슨. 오늘 수업 재미있었어. 내일 또 보자고.”

하라간은 능청맞게 손을 흔들었다.

칼리프는 멍한 표정으로 방에서 물러 나왔다.

‘아아아! 나는 어쩌면 엄청난 분을 군주로 모실지도 모르겠구나! 위대하고 또 위대하신 분보다 더 엄청나신 분을!’

하라간에 대한 칼리프의 평가가 한 번 더 바뀌었다.

제7화

성인식

Chapter 1

2년이 훌쩍 지났다.

하라간은 어느새 16세의 청소년이 되었다.

나이가 들면서 하라간의 신체에도 변화가 생겼다. 그동안 하루도 쉬지 않고 검을 휘둘러 온 덕분에 하라간의 신체는 잘 빠졌다는 생각이 들 정도로 성장했다. 2년 전의 하라간은 또래보다 왜소하고 깡말랐었다. 반면 지금의 하라간은 또래보다 키도 컸고 몸의 균형도 잘 잡힌 모습이었다.

물론 과거의 루잉처럼 건장하고 위압감이 넘치는 체형은 아니었다. 하라간의 외형은 약간 말라 보이면서도 싱싱한 느낌을 주었다.

은행나무로 만든 침대 위에서 하라간이 깊은 잠에 빠졌다.

꿈속에 여자가 나왔다. 정숙하고 아름다운 외모의 미인이었다.

'이 여자의 이름이 실비아였던가?'

이제는 이름도 가물가물했다. 하라간은 과거와 달리 객관적인 시각으로 여자를 바라보았다.

꿈속의 미녀가 하라간을 향해 활짝 웃었다. 순간적으로 꽃봉오리가 만개하는 듯했다. 여자의 웃음엔 치명적인 매력이 넘쳐흘렀다.

"여보!"

미녀가 하라간을 '여보'라고 불렀다.

"훗! 여보는 무슨."

하라간이 피식 비웃음을 던졌다.

"여보!"

꿈속의 미녀가 하라간을 향해 두 팔을 활짝 벌렸다.

하라간은 다가서지 않고 기다렸다.

"여보!"

오히려 미녀가 하라간을 향해 날듯이 다가왔다.

그런데 누군가 한발 앞서 여자를 가로챘다. 미녀의 미끈한 팔뚝이 낯선 남자의 등을 껴안았다. 미녀가 낯선 남자의 품에 안겨 까르르 웃음을 터뜨렸다.

과거의 루잉은 이 대목에서 '안 돼!' 라고 악을 쓰려고 했지만, 목소리가 제대로 나오지 않아 괴로워했다.

지금의 하라간은 달랐다. 그는 굳이 악을 쓰려고 하지 않았다. 그저 두 남녀의 행동을 묵묵히 지켜볼 뿐이었다.

두 남녀가 깔깔거리며 하라간의 시야에서 멀어졌다.

과거의 루잉은 발작을 하고 머리카락을 쥐어뜯으며 괴로워했다.

지금의 하라간은 발작하지 않았다. 그저 "오늘도 또 이 악몽을 꾸는구나! 이제는 지겹다, 지겨워."라고 푸념할 뿐이었다.

언제나 그렇듯이 꿈은 여기서 끝났다.

하라간이 악몽에서 깨었을 때 주변은 고요했다. 아직 동이 트지 않아 사방은 어두웠다. 침대 아래 2개의 향로에서 상쾌한 향이 피어올랐다.

"웃차!"

하라간은 자리를 털고 일어났다.

지난 2년간 매일 똑같은 악몽을 꾸다 보니 이제는 별다른 느낌도 없었다. 하지만 하루라도 빨리 과거의 실력을 회복해서 스승의 복수를 해야 한다는 생각은 하라간의 머릿속에 꽉 틀어박혀 있었다. 그 생각만 하면 잠이 오지 않았다.

"오늘도 잠은 다 잤네. 복잡한 머리를 식힐 겸, 검이나 휘둘러야겠다."

하라간은 침대에서 일어나 몸을 쭉쭉 풀었다. 그다음 벽을 향해 자연스럽게 손을 뻗었다.

선반 위의 검이 휘리릭 날아와 하라간의 손 안에 착 감겼다.

웅웅웅!

쇠붙이가 기분 좋게 울어 댔다.

"일찍 일어나서 좋냐?"

하라간은 정성껏 검날을 쓰다듬었다.

지금 하라간의 손이 어루만지는 것은 검날이었지만, 그가 진짜로 어루만지는 것은 마음이었다. 하라간은 매일 새벽 검을 통해 마음을 다스렸다.

검과 마음!

마음과 검!

이 둘을 일치시키는 것은 지극히 어려운 일이었다. 대륙의 역사를 통째로 훑어보아도 검수들 가운데 이 지고한 경지에 올라선 사람은 거의 없었다. 검과 마음이 하나가 되기 위해서는 마나의 벽 3단계라는 전설적인 경지에 올라서야 하기 때문이다.

하라간은 2년 3개월 전 마나의 벽 2단계를 돌파했다.

그리고 2년 전에는 마나의 벽 3단계에 올라섰다.

마나의 벽 3단계라는 절대적인 경지!

"그런데 엉뚱하게도 마나의 벽 1단계가 아직까지 요원하단 말이지. 으흐흐!"

마나의 벽 3단계까지 올라선 하라간이 아직까지 1단계 수준의 검술 구현이 불가능하다니, 어이가 없어 헛웃음만 흘러나왔다.

이런 엉뚱한 사태가 발생한 것은 벽의 특성 때문이었다.

마나의 벽 2단계와 3단계는 각각 정신과 마음을 수련하는 경지로, 하라간은 과거 루잉이 밟았던 수준을 고스란히 물려받았다. 그래서 단숨에 마나의 벽 3단계에 올라섰다.

반면 마나의 벽 1단계는 마나의 총량과 근육, 민첩성과 같은 육체적인 능력에 의해 결정되었다. 지난 2년간 하라간은 쉬지 않고 검술을 연마했지만, 아직까지 마나의 벽 1단계를 돌파하지 못했다. 1단계에 올라서려면 지금보다 마나는 3배 이상 증폭시키고, 근력이나 체력도 더 보강해야만 했다.

"이 나약한 몸뚱어리를 좀 더 극한까지 몰아붙여야 해.

그동안 내가 너무 편하게 훈련했나 봐.”

검에 비친 자신의 가면을 바라보면서 하라간은 이렇게 중얼거렸다.

누가 들으면 기겁을 할 소리였다. 하라간은 매일 새벽 미친 듯이 수련에 몰두했다. 그는 온몸의 근육이 다 찢어지고 뼈가 으스러질 정도로 스스로를 다그쳤다.

‘그런데 편하게 훈련을 했다고? 주인, 너 미친 거 아냐?’

하라간의 근육과 뼈가 하라간에게 이렇게 아우성을 쳤다.

“훗! 앙탈은!”

하라간은 신체가 내뱉는 불만들을 무시했다. 그저 무심하게 검을 들고 일어섰다.

“타핫!”

벼락처럼 검이 공간을 갈랐다.

방 안 공기가 후끈한 열기를 머금었다.

새벽 3시.

오늘도 어김없이 검술 훈련이 시작되었다.

Chapter 2

"하라간 님, 하라간 님."

"하라간 님, 어디 계세요?"

아침부터 대머리 환관들이 호들갑을 떨었다.

"무슨 일이냐?"

목욕을 마친 하라간이 어여쁜 시녀들의 시중을 받으며 걸어 나왔다. 하라간의 표정은 시큰둥했다.

두 대머리들은 하라간 앞에 넙죽 엎드렸다.

"아이고, 하라간 님, 웃전의 환관들이 이른 아침부터 쳐들어왔습니다."

"위대하시고 또 위대하신 분께서 하라간 님을 찾으신다고 합니다."

대머리들의 말이 끝나기 무섭게 웃전 환관들이 하라간의 방문 앞에 도착했다.

"하라간 님, 기침하셨습니까? 위대하시고 또 위대하신 분께서 하라간 님을 당장 모셔 오라고 명하셨습니다."

"어서 저희가 준비한 가마에 오르시지요."

예정에도 없던 군나르의 호출이다.

최근 하라간은 이틀에 한 번꼴로 군나르를 알현해 왔다. 하지만 오늘처럼 예정에도 없이 부름을 받은 적은 없었다.

대머리 환관들은 '이게 무슨 일인가?' 싶어 혼이 쏙 빠졌다. 군나르의 부름을 받는다는 것은 그만큼 큰일이었다.

반면 하라간은 태연했다.

"가자."

하라간은 웃전 환관들 사이로 휘적휘적 걸어 들어갔다. 환관들이 부랴부랴 양 갈래로 갈라져 하라간을 맞았다.

하라간을 섬기는 대머리들이 부랴부랴 쫓아와 하라간의 옷깃을 잡았다.

"잠깐! 잠깐만 기다려 주십시오, 하라간 님."

"위대하시고 또 위대하신 분께서 갑자기 왜 하라간 님을 찾으시는지요? 앞뒤 사정은 좀 전해 듣고 가셔야 하지 않겠습니까?"

대머리 환관들은 웃전의 환관들을 다그쳤다.

웃전의 환관들도 딱히 답을 하지는 못했다.

"하라간 님, 저희도 이유는 알지 못하옵니다."

"그저 당장 하라간 님을 모셔 오라는 명을 받았을 뿐입니다."

이마에 뱀 머리 장식을 매단 수석 환관들이 이렇게 대답했다.

하라간은 어깨를 으쓱했다.

"왜 찾으시는지 가 보면 알겠지. 가자."

하라간은 아무런 거리낌도 없었다. 이곳 왕국에서 군주의 갑작스러운 부름을 받고도 이렇게 태연할 수 있는 사람은 오직 하라간뿐이었다. 군나르에게 하고 싶은 이야기를 다 할 수 있는 사람도 오직 하라간뿐이었다.

'야아! 이제 승계 구도가 확실해졌구나!'

'이거, 우리 예상보다 빨리 권력 이양이 이루어질지도 모르겠어.'

웃전의 환관들이 하라간 몰래 눈짓을 주고받았다.

원래 환관들은 권력의 향배를 파악하는 능력이 남다른 자들이었다. 그들은 하라간의 당당한 태도를 보고 어떤 느낌을 받았다.

'이거 하라간 님을 모시는 대머리들과 조만간 술자리를 한번 마련해야겠는걸!'

'어떻게든 하라간 님의 최측근들과 가까워져야겠어.'

환관들의 눈알이 좌우로 빠르게 굴러다녔다.

그걸 아는지 모르는지 하라간의 표정엔 변화가 없었다.

천장에 약봉지가 주렁주렁 매달린 커다란 방.

직사각형의 길쭉한 방 안 저 안쪽에 군나르가 앉아 있는 모습이 보였다. 하라간은 방 입구에서 가슴에 주먹을 대고 무릎을 꿇더니 그대로 머리를 조아렸다.

"찾아 계시옵니까?"

"그래. 어서 이리 가까이 오너라."

군나르가 하라간에게 손짓을 했다.

하라간은 당당하게 허리를 펴고 걸었다. 콧속으로 쌉싸래한 향기가 스며들었다.

"거기 앉거라. 차 한 잔 내주마."

군나르와 하라간 사이에는 조그만 화로가 놓여 있었는데, 그 위에서 물이 보글보글 끓었다. 군나르는 팔뚝만 한 장작을 하나 잡아 손바닥으로 가볍게 톡 쳤다. 장작이 네 갈래로 쩍 쪼개졌다. 군나르는 4분의 1로 갈라진 장작 하나를 화로 아래쪽에 넣어 화력을 키웠다. 물이 좀 더 세차게 끓었다. 군나르는 조그만 자기병의 뚜껑을 열었다. 말린 찻잎이 가득 찬 자기병이었다. 군나르는 찻잎 두 스푼을 끓는 물에 넣었다.

투명하던 물이 푸르른 연녹색으로 변했다. 군나르는 얼굴 높이에서 손을 안으로 저어 수증기를 코로 끌어당겼다.

"으음, 적당하군."

그렇게 차향을 음미한 군나르가 장작을 빼내 화력을 줄였다. 보글보글 끓던 찻물이 사르륵 가라앉았다. 군나르는 주전자를 들어 빈 잔에 따랐다. 쪼르륵 소리와 함께 연한 찻물이 잔에 차올랐다.

"한번 음미해 보거라."

"네."

하라간은 무릎을 꿇은 채 찻잔을 입으로 가져갔다.

후욱, 좋은 향이 콧속으로 먼저 빨려 들었다. 하라간은 차 한 모금을 입에 머금고 혀로 굴렸다. 후각을 자극하는 향기와 미각을 자극하는 차의 맛이 서로 어우러져 고급스러운 느낌을 자아내었다. 하라간은 찻물을 천천히 목구멍으로 넘겼다.

부드럽게 넘어가는 맛도 일품이었다.

"좋네요."

하라간의 칭찬에 군나르가 "허허!" 웃었다.

"괜찮지? 이번에 새로 구한 차인데, 혼자 마시기 아까워서 너를 불렀구나."

군나르의 말투엔 하라간에 대한 애정이 듬뿍 배어 있었다. 마정석으로 이루어진 하라간의 딱딱한 심장이 군나르의 말 한마디에 스르륵 녹았다.

그 감정이 낯간지러워 하라간은 얼른 차 한 모금을 더 마셨다. 그다음 잔을 내려놓고 군나르를 정면으로 바라보았다.

"왜 그러느냐? 할아비의 얼굴에 뭐라도 묻었느냐?"

군나르가 온화한 미소를 머금었다.

하라간도 씨익 미소를 지었다.

"그저 차나 마시자고 저를 부르신 건 아니시겠지요? 갑자기 찾으신 이유가 무엇입니까?"

"왜? 그냥 이유 없이 부르면 안 되느냐? 난 네 증조할아비이자 이 영토를 다스리는 군주이니라. 당연히 너를 보고 싶으면 부를 수도 있지."

놀랍게도 군나르의 입에서 투정 섞인 목소리가 흘러나왔다.

환관들이 보았다면 기겁을 할 일이었다. 지금까지 군나르는 그 누구에게도 이렇게 풀어진 모습을 보인 적이 없었다.

하라간이 다시 웃었다.

"하하! 그야 언제든지 부르셔도 되지요. 하지만 오늘은 그냥 차를 마시자고 저를 찾으신 것 같지는 않습니다. 이제 이유를 말씀해 주세요."

"쳇! 재미없는 녀석!"

군나르는 혀를 한 번 차고는, 본론을 꺼냈다.

"때가 왔느니라."

"네?"

"마해가 열릴 때 말이다. 이달 보름에 열릴 것이야. 그때를 맞아 네 성인식을 치를 것이니 마음의 준비를 하거라."

성인식!

마해에 들어가 마물과 결합을 하는 의식!

성인식을 마치면 하라간은 정식 솔샤르가 된다. 더 이상 인간이 아닌 존재가 되어 버린다.

'으음!'

하라간은 입술을 꾹 다물었다.

군나르가 하라간의 어깨를 툭 쳤다.

"왜? 긴장되느냐? 허허허! 긴장할 필요 없느니라. 너는 이 군나르의 증손자이자, 욘 아르네 선조님의 피를 물려받은 직계혈족이 아니더냐? 다른 후보자들은 직접 마해에 뛰어들어 목숨을 걸고 성인식을 치러야 하지만, 너는 그럴 필요가 없어. 네 위대한 핏줄이 너를 안전하게 지켜 줄 것이야. 허허허!"

안전한 성인식?

솔샤르의 세계에서 이런 말은 없었다. 마물들이 득실거리는 바다는 그야말로 위험 천지! 하라간이 아는 한, 안전하게 성인식을 치를 방법 따위는 세상에 존재하지 않았다. 마해에 뛰어들어 마물과 결합하는 의식은 치열한 전쟁터에 맨몸으로 뛰어드는 것보다도 더 위험했다. 솔샤르 후보자들 가운데 90퍼센트 이상이 제대로 결합도 하지 못하고 마물들의 먹이로 전락하는 형편이었다. 그런데 군나르는 하라간의 안전을 장담한다.

"북부의 아홉 군주들 가운데는 차별이 분명히 있느니! 살아서 드래곤이 되신 욘 아르네 님의 위대한 피를 이어받은 건 아홉 가문 가운데 오직 셋뿐이란다. 나머지 여섯 가문의 선조들은 욘 아르네 님의 제자에 불과하지. 우리 가문도 이 위대한 혈통 가운데 하나! 다른 후보자들에게 성인식은 위험한 도전일지 몰라도, 네게는 그렇지 않단다. 너는 안전하게 성인식을 치를 수 있어. 그것은 네가 바로 도플갱어이기 때문이란다."

Chapter 3

군나르의 입에서 충격적인 이야기가 흘러나왔다.

도플갱어!

대륙 남부에서 도플갱어는 '이중으로 돌아다니는 자' 라는 의미로 통한다. 간단하게는 분신, 혹은 복제인간이라고 불리기도 한다.

하지만 실제로 도플갱어의 존재가 검증된 적은 없었다. 그저 '도플갱어를 만나면 죽는다더라.' 괴담으로 떠돌 뿐이었다.

도플갱어의 능력은 상대방을 복사하는 것.

하라간의 눈빛이 깊어졌다.

군나르가 말을 계속 이었다.

"살아서 드래곤이 되신 욘 아르네 님께서도 당연히 도플갱어셨지. 그리고 그분의 피를 직접 이어받은 세 분의 선조들도 모두 도플갱어셨단다. 물론 이 할아비도, 그리고 너도 도플갱어의 능력을 물려받았어."

"네."

하라간은 묵묵히 군나르의 말을 경청했다.

자신의 혈관 속에 도플갱어의 피가 흐르고 있다는 사실을, 하라간은 이미 알고 있었다. 6개월 전에 군나르가 직접 이야기해 주었다.

하지만 이번 성인식에서 도플갱어의 능력이 왜 필요한지는 아직까지 듣지 못했다. 오늘 군나르는 하라간에게 아주 중요한 비밀을 말해 줄 참이었다.

군나르가 손바닥을 아래로 향해 바닥을 쓸었다.

화로 옆의 모래가 사라락 움직여 3차원 입체 형태로 우물의 모양을 만들었다. 지름 20 센티미터 크기의 조그만 우물 모형이었다. 그런데 군나르가 숨결을 불어 넣자 우물 중앙이 검푸른 빛깔로 물들어 빙글빙글 소용돌이쳤다.

군나르는 손가락으로 우물을 가리켰다.

"성인식이 시작되면 이렇게 우물물이 회전을 하면서 마해가 열린다. 그때 솔샤르의 후보자들은 일제히 마해로 뛰어들겠지?"

"네."

"한번 생각해 보거라. 솔샤르 후보자들은 모두 다 강한 마물과 결합하기를 원할 것이야. 그 목표를 달성하려고 다들 깊은 바다로 잠수할 것이란다."

조그만 우물 모형에 바다로 뛰어드는 사람들의 모습이 맺혔다. 놀랍게도 군나르는 손짓 하나만으로 3차원 입체 영상을 만들어 내었다.

하라간은 집중해서 영상을 보았다.

군나르의 말이 이어졌다.

"그렇게 깊이 잠수하는 순간, 마물들이 나타난다."

입체 모형에 마물들이 우르르 등장했다. 집게발을 딱딱 움직이는 포르키스부터 시작해서, 쌍발궁수 덴스, 전기뱀장어를 닮은 케토들이 무수히 나타났다.

솔샤르 후보자들이 마물과 접촉하기 위해 애를 썼다. 하지만 그들 대부분은 제대로 손도 가져다 대지 못하고 마물들의 한입 식사거리로 전락했다.

좀 더 깊은 곳으로 잠수한 후보자들은 더욱 강한 마물들을 만나 갈가리 몸이 찢겼다. 투창과 방패로 무장한 레르가 솔샤르 후보자들을 긴 창으로 꿰뚫어 죽였다. 10개의 다리를 가진 데카포스가 각 다리마다 솔샤르 후보자들을 하나씩 휘감아 뜯어먹었다.

검푸른 마해에 시뻘건 핏물이 번졌다.

군나르가 냉혹하게 말했다.

"우리 왕국에서 이번에 성인식을 치를 솔샤르 후보자는 다 합쳐서 9,000명이 넘는다. 이 가운데 결합에 성공할 확률은 10퍼센트 미만! 나머지 후보자들은 모두 마물의 먹이가 되는 게지."

설명이 이어지는 동안, 드문드문 결합에 성공하는 후보자들이 나타났다. 마물의 몸에 접촉해서 결합에 성공한 후보자들은 다시 수면 위로 헤엄쳐 올라왔다.

군나르가 손바닥을 빙글 뒤집었다.

3차원 입체 모형이 하라간을 향해 90도 돌아갔다. 덕분에 하라간은 위에서 내려다보는 각도로 우물을 굽어볼 수 있었다. 피바다로 변한 마해 한복판에 시커먼 어둠이 일렁거렸다.

군나르가 그 어둠을 손가락으로 짚었다.

"보이느냐? 이 어둠이?"

"보입니다."

"솔샤르 후보자 9,000명이 한꺼번에 마해에 뛰어들면 사방에서 마물들이 몰려든단다. 그리고 그 마물들이 거칠게 날뛰면서 물보라가 치고, 결국 그 물보라가 회전을 하면서 중앙에 이렇게 빈 공간이 나타나지. 물론 이 빈 공간은 아주 짧은 시간 동안만 지속하다가 금세 사라져 버린다. 이 짧은 시간이 바로 네게 주어진 기회다."

군나르의 입에서 '기회' 라는 단어가 튀어나왔다.

하라간의 눈이 번쩍 빛났다.

"기회입니까?"

"그래, 기회다! 아주 짧은 순간에 불과하지만, 소용돌이가 만들어 낸 이 빈 공간은 연해를 지나 저 깊숙한 해구 아래쪽까지 그대로 관통한다. 그때 너는 얼굴에 쓴 가면을 벗고, 깊고 깊은 마해의 저 밑바닥을 노려보거라!"

"가면을 벗고 마해를 보라고요? 직접 마해에 뛰어드는 것이 아니라요?"

마물과 결합하여 마정석에 담으려면 직접 마해에 뛰어들어 신체 접촉을 해야 한다. 그것이 솔샤르가 되는 유일한 방법이다.

지금까지 하라간은 그렇게 알고 있었다.

한데 군나르는 다른 편법을 입에 담았다.

"그래. 너는 도플갱어가 아니야? 굳이 마해에 뛰어들어서 마물과 직접 접촉할 필요가 없어. 그저 가면을 벗고 우물 밖에서 마해 안쪽을 바라보기만 해도 된다. 네 눈이 마물의 눈과 마주치는 순간, 네 안에 잠재된 도플갱어의 권능이 마물 그 자체를 복사해 올 것이야. 그리고 지금까지 네게 도플갱어의 특성이 나타나지 않았던 이유는 바로 그 가면 때문이니라. 가면에 담긴 마법이 네 능력을 제한했던 것이지."

도플갱어는 시선이 마주친 상대를 복사할 수 있다. 상대의 형상, 상대의 능력, 상대의 모든 것을 그대로 가져오는 것이 가능하다.

군나르가 선언하듯이 말했다.

"바로 이것이야말로 살아서 드래곤이 되신 욘 아르네 님의 유산! 그분의 피를 이어받은 너 하라간은 복제 능력을 이용해서 마물을 가져올 수 있느니라."

복제 능력을 이용한 마물의 복제!

이건 참으로 충격적인 이야기였다. 다른 솔샤르 후보자들을 이용해서 해구 저 아래까지 관통하는 거대한 소용돌이를 만들고, 그로 인해 발생한 빈 공간을 통해 해구의 마물을 복제해 온다는 것은 실로 잔인하면서도 놀라운 방법이었다.

하라간이 물었다.

"그렇게 복제를 하면, 제 몸에 직접 마물의 형상이 복제

되겠군요. 마물의 능력도 함께 복제될 테고요."

"그렇다."

군나르가 고개를 주억거렸다.

하라간이 다시 물었다.

"그럼 저는 굳이 심장을 적출할 필요가 없지 않습니까? 다른 솔샤르처럼 신체 접촉을 통해 심장 안에 마물을 가두는 것이 아니라, 마물의 형태와 권능만 복사해 오면 끝 아닙니까? 그런데 제 심장을 마정석으로 바꾼 이유는 무엇입니까?"

"우리에게 도플갱어의 피가 흐른다는 사실은, 세상 그 누구도 모르는 극비 사항이다. 너를 가르친 칼리프도, 나를 보좌하는 그 어떤 심복들도 이 비밀은 알지 못한다."

"그러니까, 다른 이들을 속이기 위해 제 심장을 적출한 것입니까?"

하라간의 의식 상당 부분은 루잉의 영혼에 기반을 두었다. 그렇기에 심장 적출에 대해서 그다지 좋은 감정을 가지지 않았다. 질문을 하는 하라간의 목소리에 날이 섰다.

군나르는 평온하게 대답했다.

"그건 아니다. 고작 남들을 속이려고 심장 적출을 한 건 아니야. 욘 아르네 님의 위대한 피를 이어받은 우리가 단지 남들 눈이 무서워서 심장 적출을 할까?"

"그럼 마정석으로 제 심장을 대신한 이유는 무엇입니까?"

하라간이 따져 물었다.

"바로 승계 때문이다."

군나르의 눈이 아련한 빛으로 물들었다.

하라간의 눈동자는 바르르 흔들렸다.

"승! 계!"

"그렇다. 승계! 네가 성인식을 마치고 나면, 나는 조만간 승계 과정을 밟을 작정이다."

"그건 안 됩니다!"

하라간이 목소리를 높였다.

승계!

솔샤르 세계에서 승계란, 몸속의 마물을 후손에게 물려주는 것을 의미한다. 귀족 솔샤르들은 바로 이 승계 과정을 통해 자신의 후계자에게 모든 힘과 권능, 그리고 권력까지도 물려주었다.

문제는 승계 이후!

평생 결합했던 마물을 떠나보낸 뒤, 그 솔샤르의 여생은 비참하기 이를 데 없었다. 온몸이 붕괴하는 듯한 고통이 매일 찾아오고, 정신적인 공허감에 공황 상태에 빠지기 일쑤였다.

하라간이 단호하게 외쳤다.

“승계는 안 됩니다. 저는 아직 승계를 받을 나이가 아닙니다.”

Chapter 4

“절대 안 됩니다. 저는 승계를 받을 수 없습니다. 말씀을 거두어 주십시오.”

하라간의 입술이 부들부들 떨렸다.

군나르는 증손자의 손을 가만히 잡았다.

“얘야, 너는 우리 가문이 왜 위축되었는지 아느냐?”

“그건…….”

“너도 알다시피 우리는 욘 아르네 님의 직계혈족이다. 그런데 요새 우리 가문은 북부의 아홉 가문 가운데 하위권으로 추락하고 말았어.”

말을 하는 동안 군나르의 표정이 침통하게 변했다.

하라간은 차마 뭐라고 말을 할 수가 없었다.

군나르가 피를 토하듯 말했다.

“그 이유가 무엇이겠느냐? 이 할아비의 힘이 부족해서? 그건 아니다. 나 군나르 아르네 솔샤르는 다른 군주들보다 무력 면에서 뒤떨어진다고 생각하지 않는다. 오히려 다른 군주들이 이 할아비의 눈치를 보지. 그런데도 요새 우리 가문의 위상은 많이 추락했어. 너는 그 이유가 무엇인지 아느냐?"

하라간은 잠시 침묵했다가 답을 했다.

"저 때문입니다. 가문을 이어받을 후계자가 저 하나밖에 없어서 이렇게 되었습니다."

말을 하면서 하라간은 고개를 푹 숙였다. 지금 이 상황이 하라간의 잘못은 아니지만, 군나르에게 너무나 미안했다.

군나르가 손으로 수염을 쓰다듬었다.

"그래. 잘 알고 있구나. 가문의 후계자가 너 하나밖에 없으니까 내가 마음대로 활개를 칠 수가 없어. 다른 군주들과 얼굴을 붉힐 일이 있어도 그냥 양보하고 말지. 만에 하나 그 군주들이 네 목숨을 노린다면? 그래서 네가 잘못되기라도 한다면? 그럼 우리 가문은 끝이니까."

그 사실이 분했는지 군나르는 부르르 수염을 떨었다.

"그래서 이 할아비는 그동안 적을 만들지 않고 조용히 살았다. 오로지 너를 보호하기 위해서! 그런데 그것도 이제 한계다. 우리 가문을 노리는 적들은 무수히 많아. 그들은 이 할아비의 눈치를 보면서 호시탐탐 기회를 노리고 있지. 그래서 빠른 승계가 필요한 것이란다. 적들이 미처 예상하지 못한 순간에, 적들의 예측보다 한발 앞서서 네가 강해질 필요가 있어. 최소한 이 할아비만큼은 강해져야 네가 적들의 위협 속에서 버틸 수 있단다."

"크윽!"

하라간이 주먹을 꽉 움켜쥐었다.

군나르가 하라간을 품에 꼭 끌어안았다.

"불쌍한 것! 네 잘못이 아니란다. 그러니 자책할 필요 없어. 하지만 너도 이 할아비의 진심을 알아주었으면 좋겠구나. 이번 성인식을 마친 뒤, 곧바로 승계 작업을 하자. 그래야 이 할아비의 마음이 편안해져."

하라간의 어깨를 토닥거린 뒤, 군나르가 말을 덧붙였다.

"하라간, 이것이 우리 가문의 비밀이란다. 도플갱어의 권능을 이용해서 마물을 복사해 오면 그것이 네 첫 번째 힘이 될 것이다. 그리고 바로 이어서 승계 작업을 통해 마정석에 또 다른 마물을 받아들이면 그것이 네 두 번째 힘이 될 테지. 이 둘이 합쳐진다면 네 능력이 얼마나 대단해지겠느냐? 그동안 우리 가문은 이런 방법을 통해서 강한 힘을 이어왔느니라. 우리뿐 아니라 다른 가문도 이와 비슷한 방법을 사용하고 있어. 비밀리에 말이다."

"저는……."

하라간이 정색을 하고 군나르를 바라보았다.

그 눈에 담긴 힘이 어마어마해서 군나르가 흠칫 놀랐다. 하라간의 입에서 엄청난 포효가 터졌다.

"저는 어린애가 아닙니다. 저는 그렇게 나약하지 않습니다. 저를 위해서 희생하지 마십시오. 저를 보호하기 위해서 적들에게 고개를 숙이시지 마십시오. 오히려 제가 지켜드릴 것입니다. 제가 지키겠습니다. 할아버지를! 이 왕국을! 재가 지킬 것입니다. 우리 가문을 위협하는 적들은 제가 다 쓸어버릴 것입니다. 전부 다! 모조리 다아—아!"

순간적으로 하라간으로부터 엄청난 기백이 터져 나왔다. 그 기운이 어찌나 사납고 강렬했던지 군나르의 피부가 다 찌릿찌릿해질 정도였다.

"너어?"

군나르는 입을 쩍 벌리고 증손자를 바라보았다.

하라간의 눈은 마주 바라보기 힘들 정도로 강렬한 백색의 광채를 뿜어내었다.

"어어엇?"

군나르의 몸에 소름이 쫙 돋았다.

6월 15일.

운명의 날을 맞아 군나르 왕국의 모든 솔샤르 후보자들이 한자리에 모였다. 이 가운데 대부분은 일반 청소년 가운데 재능이 있는 사람들을 모아서 훈련시킨 후보자들이었다. 그들은 다들 긴장한 표정으로 마해가 열리기만을 기다렸다.

후보자들 가운데는 기세가 남다른 자들이 드문드문 섞여 있었다. 이들 대부분은 귀족 솔샤르의 자식들이었다.

칼리프가 손을 번쩍 들었다.

"곧 마해의 문이 열린다. 후보자들은 뛰어들 준비를 하라."

후보자들이 침을 꿀꺽 삼켰다.

귀족의 자식들도 비로소 긴장한 표정을 지었다.

콰콰쾅!

하늘에서 벼락이 쳤다. 하늘에 먹장구름이 우르르 몰려들고, 사방이 시커멓게 변색되었다.

"저, 저기 좀 봐!"

"우물의 색이 변한다."

왕궁 중앙에 위치한 거대한 우물이 서서히 군청색으로 물들었다.

이 커다란 우물은, 우물이 아니라 호수라고 불려야 마땅했다. 그 큰 호수 주변에 솔샤르 후보자들이 빙 둘러 모였다.

쿠르르르—!

무언가 갈리는 소리와 함께 우물물이 회전을 시작했다. 빙글빙글 돌아가는 군청색의 물 아래에 거대한 그림자들이 휙휙 지나갔다.

"마해가 열렸다!"

칼리프가 다시 한 번 목청을 높였다.

"뛰어들자!"

후보자들 가운데 누군가가 먼저 마해에 뛰어들었다.

"에잇!"

다른 후보자들도 앞다투어 마해에 몸을 던졌다.

하라간은 그 자리에 있지 않았다. 솔샤르 후보자들이 마해의 관문에 몸을 던져 성인식을 치르는 동안, 하라간은 군나르 곁에 머물렀다.

지금 군나르의 방바닥은 군청색 우물물로 변해 있었다. 마해로 연결된 관문이 또 하나 열린 것이다.

"내가 신호를 주마. 그때 가면을 벗고 해구 밑바닥까지 직시하거라. 그러면 된다."

군나르가 흥분한 기색으로 소리쳤다.

쿠르릉쿠르릉 울리는 소리에 파묻혀 군나르의 목소리는 잘 들리지 않았다.

제8화

심해저의 마물

Chapter 1

"이 할아비의 신호만 기다리거라. 너는 내가 신호를 줄 때, 그때 가면을 벗고 해구 밑바닥까지 직시하면 되는 게야. 이 할아비의 말만 들어."

군나르는 다짐을 받듯이 말을 반복했다.

하라간은 고개를 가로저었다.

"싫습니다."

"뭐?"

깜짝 놀란 군나르가 하라간을 돌아보았다.

하라간이 군나르를 직시했다.

"저는 나약한 어린아이가 아닙니다. 저를 보호하기 위해 희생하지 마십시오. 제가 할아버지를 지킬 것입니다. 제가 이 왕국, 우리 가문을 지킬 것입니다."

"뭐, 뭣?"

"전에 말씀하셨지요? 제게는 도플갱어의 능력이 있으니까 마해에 뛰어들지 않고도 해구 레벨의 마물을 복사해 올 수 있다고 하셨지요? 그렇다면 말입니다, 만약에 제가 저 마해에 직접 뛰어들면 어떻겠습니까? 해구까지 구멍이 뻥 뚫렸을 때, 그 해구 밑바닥까지 직접 뛰어들어 해구보다 더 깊은 곳을 본다면 어떻겠습니까? 그럼 제가 과연 무엇이 되겠습니까? 제가 무엇을 복사해 올 수 있겠습니까?"

하라간의 말은 폭풍이었다.

"뭐, 뭐라고?"

군나르의 눈가가 부르르 떨렸다.

그 순간 콰콰쾅!

마해에 천둥이 쳤다.

물살이 서서히 빨라진다 싶더니, 이내 무섭게 소용돌이가 치면서 시커먼 동공이 열렸다.

"안 돼! 위험해, 하라간!"

군나르가 손을 뻗었다. 그 손에서 강한 흡입력이 발생해서 하라간을 붙잡았다.

하라간은 놀랍게도 군나르의 힘을 뚫고 직접 마해에 뛰

어들었다. 그의 날렵한 몸뚱어리가 시퍼런 마해 깊숙이 낙하했다.

"아아안— 돼—애—애!"

머리 위에서 군나르의 고함이 길게 늘어져 들렸다.

콰콰콰콰콰콰콰—!

세상 모든 것을 갈아 버릴 듯이 무섭게 회전하는 군청색의 바닷물이 하라간을 집어삼켰다. 하라간은 죽음을 각오하고 까마득한 아래로 뛰어내렸다.

아니, 이건 뛰어내리는 수준을 넘어섰다.

하라간의 손끝에서 새하얀 씨앗이 자랐다. 그 씨앗은 이내 거대한 검의 형상을 갖추었다.

저 까마득한 밑바닥을 향해 곤두선 마음의 검!

하라간은 마음의 검에 온몸을 실었다.

검과 하나가 된 하라간이 벼락과 같은 속도로 낙하했다.

소용돌이에 의해 순간적으로 뻥 뚫렸던 구멍이 이내 메워졌다. 하라간을 실은 새하얀 검은 그 구멍이 메워지기 전에 해구 1층과 2층을 돌파했다.

사방에서 군청색 물살이 밀려들면서 하라간을 가뒀다.

하라간은 이를 악물고 더 밑바닥으로 돌파했다.

세상 그 무엇으로 뚫을 수 없는 것이 마해의 바닷물이다. 하지만 마음의 검은 그 밀도 높은 물을 가르며 그대로 해구

3층까지 돌파했다.

새하얀 빛이 낙하하자 해구 3층의 거대한 마물들이 몰려들었다. 온갖 흉측한 형상의 마물들이 아가리를 쩍 벌리고 하얀빛을 물어뜯으려고 들었다.

하라간은 가속에 가속을 더했다.

밑에서 입을 쩍 벌린 거대한 마물이 마음의 검에 그대로 관통당해 몸이 뚫렸다. 하라간은 마물을 몸으로 뚫고 파고들어 심해저에 다다랐다.

연해와 해구!

해구와 심해저!

칼리프는 이들 사이의 간극이 하늘과 땅 차이라고 가르쳤다.

'칼리프 노인네, 직접 이곳에 와 본 적도 없으면서 정말 뛰어난 통찰력을 가졌어.'

하라간은 감탄했다.

칼리프의 말은 100퍼센트 사실이었다.

군청색이던 바닷물은 어느새 진한 보랏빛을 띠었는데, 그 경계가 바로 연해와 해구 사이였다. 그리고 그 보랏빛이 어느덧 완벽한 흑색으로 물들었다.

'여기서부터는 심해저다!'

하라간의 뇌에 느낌이 왔다.

해구 3층을 지나 아래로 내려오자 한동안 마물들이 보이지 않았다. 하라간은 여전히 빛의 속도로 하강했다.

그렇게 빠르게 하강을 하는데도 여전히 마해의 밑바닥은 보이지 않았다.

그러던 한순간, 말로 표현할 수 없이 거대한 것이 하라간의 머리 위를 스쳐 지나갔다.

'심해저의 마물!'

그 마물은 더 이상 마물이라고 부를 수가 없었다. 대륙을 등에 지고 다닐 만큼 거대한 크기에, 온몸에서 뿜어지는 그 위엄!

이건 마물이 아니라 차라리 신이었다.

저 마물이 입을 쩍 벌리면 하라간은 그대로 빨려 들어가 공중분해될 것 같았다.

'여기서 그만둘까?'

이미 심해저였다.

여기서 그만 멈추고 가면을 벗는 것이 현명한 선택이었다. 심해저의 마물을 복사한다면, 하라간은 세상 그 누구도 두려워할 필요가 없었다. 오히려 군나르보다 더 강해질 것이었다.

그런데 하라간은 하강을 멈추지 않았다.

'한번 끝까지 가 보자!'

역사 이래 심해저까지 내려온 사람은 욘 아르네뿐이라고 했다.

하라간은 욘 아르네를 뛰어넘고 싶었다. 살아서 드래곤이 되었다는 그 신인보다 더 강해지고 싶었다.

'이이이익!'

하라간이 이를 악물었다.

시커먼 바다의 밀도는 금속보다도 더 높았다. 이건 바닷속으로 잠수하는 것이 아니라 쇳덩어리 속을 파고드는 기분이었다.

하라간은 그래도 멈추지 않고 온 마음을 다해 밑바닥으로 내리꽂혔다.

아무것도 보이지 않고, 아무것도 들리지 않고, 아무것도 감각할 수 없는 그 깊고 깊은 심해저!

마침내 마음의 검도 힘이 다해 하얀 빛이 점점 흐려졌다.

하라간은 숨을 쉴 수도 없었다.

죽음과 삶의 경계가 모호하게 흐려진 그 괴상한 공간에서 하라간은 젖 먹던 힘을 다해 가면을 벗어 던졌다.

강한 압력에 찌그러진 가면이 하라간의 살갗에 꽉 달라붙었다.

"이이익!"

하라간은 얼굴 가죽을 잡아 뜯는 심정으로 가면을 벗었다.

눈앞에 너무나 거대해서 형체도 알아볼 수 없는 마물이 다가오는 것이 느껴졌다. 12개의 기다란 목을 가진 그 마물은 꿀—렁 몸을 뒤틀면서 하라간을 향해 입을 벌렸다.

그 순간 하라간은 마물을 보지 않았다. 이대로 잡아먹히는 한이 있더라도, 좀 더 아래층의 마물을 복사하고 싶어서였다.

얼굴 가죽이 팍 뜯어지면서 가면이 벗겨졌다. 하라간은 두 눈을 부릅뜨고 아래를 노려보았다.

Chapter 2

'이이이이익! 벗겨지란 말이야!'

하라간은 얼굴 가죽과 함께 가면을 벗어 던졌다. 그 즉시 하라간은 시선을 내리깔았다. 그의 눈이 저 시커먼 밑바닥을 관통할 듯이 쏘아보았다.

목이 긴 마물이 하라간의 향해 아가리를 쩍 벌렸다.

그 찰나의 순간!

번쩍!

벼락이 쳤다.

번쩍!

눈이 맞았다.

번쩍!

세상이 핑그르르 돌았다.

'뭐지?'

분명 어떤 존재와 눈이 맞았다.

그런데 그 존재가 대체 어떤 놈인지, 어떻게 생겼는지, 얼마나 큰지, 어떤 능력을 지녔는지, 하나도 확인하지 못했다.

그저 본능적으로 그 존재를 복사해 버렸을 뿐이다.

하라간은 꿈을 꾸었다.

하라간의 눈앞에 컴컴한 마해 밑바닥 심해저가 펼쳐졌다.

빛 한 점 들지 않는 심해 밑바닥은 너무나 비현실적이었다. 거대한 무언가가 하라간의 머리 위를 스치며 수우욱 지나갔다.

괴생명체의 크기가 어찌나 거대했던지 하라간의 시야에 다 들어오지도 않았다. 거대한 존재는 오른쪽 수평선 끝부터 왼쪽 수평선 끝까지 온 세상을 가득 채웠다. 눈으로 다 볼 수가 없으니 이 거대한 괴생명체가 대체 어떤 형태를 가졌는지 파악할 길이 없었다.

수평선 전체를 다 가린 어마어마한 괴생명체가 수우욱 지나가다가 말고 몸체를 뒤틀었다. 거대한 몸통을 지나 까마득한 저 멀리, 머리에 해당하는 부분이 하라간을 향해 고개를 뒤로 돌렸다. 뱀처럼 기다란 목이 꿈틀 움직이고, 이어서 시뻘건 3개의 안광이 하라간을 노려보았다.

'으욱!'

3개의 눈에서 뿜어지는 광채가 얼마나 강렬했던지 하라간은 눈이 멀 것 같았다. 당연히 괴생명체의 얼굴을 볼 수도 없었다.

슈우욱—

그때 괴생명체가 갑자기 속도를 내었다. 녀석의 아가리가 하라간을 향해 쩍 벌어지는 것 같았다.

너무나 거대한 생명체라 제대로 볼 수는 없었다. 다만 녀석이 아가리를 벌리는 것이 하라간의 감각에 포착되었다.

이대로 잡아먹히면 그대로 공중분해!

하라간은 눈을 질끈 감았다.

꾸어어엉!

그 순간, 깊은 심해가 엄청나게 요동쳤다. 온 사방으로 끈적끈적하게 검은 물보라가 튀고 물거품이 일었다.

해저 밑바닥엔 검은 기둥 같은 것들이 투창처럼 콰콰콱! 내리꽂혔다. 그 기둥 하나하나가 신전을 떠받치는 석주보다 훨씬 더 굵었다. 얼핏 보기엔 괴생명체의 피부에서 기둥이 돋아나 해저에 내리꽂히는 것 같았다. 소리 없는 아우성이 세상 온 천지를 뒤흔들었다.

시커먼 바닷물이 갑자기 시뻘겋게 변했다. 크게 몸을 뒤틀던 괴생명체가 한순간에 거짓말처럼 사라졌다. 몸뚱어리의 절반이 투확! 사라지고, 이어서 나머지 절반이 투확! 자취를 감추었다.

시뻘겋게 변한 심해에서 비릿하게 피 냄새가 풍겼다. 핏물은 소용돌이를 치면서 심해 밑바닥으로 빨려 들어갔다.

이윽고 피 냄새가 모두 사라지며 심해는 다시 검은색으로 되돌아왔다.

조용해진 심해에 범고래처럼 생긴 생명체가 살랑살랑 꼬리를 치며 헤엄쳤다. 이 녀석은 조금 전 등장한 괴생명체에 비하면 상당히 작은 크기였다. 하지만 바다에 사는 진짜 범고래보다는 수만 배, 아니 수십만 배나 더 몸집이 컸다.

게다가 이 녀석은 단순히 범고래라고 부를 수도 없었다. 적록색 몸체를 가진 범고래의 머리 위에는 거대한 나무가 한 그루 자라고 있었는데, 그 나뭇가지 한 가닥 한 가닥마다 이빨이 뾰족하고 몸에서 형광색을 내뿜는 상어들이 열매처럼 매달려 스읔스읔 바다를 유영했다.

나뭇가지에 매달린 상어의 수는 헤아릴 수 없이 많았다.

그 많은 상어들이 형광색을 뿜어내자 깜깜한 바다에 찬란한 별이 한가득 뜬 것 같았다.

'아아아!'

이 환상적이면서도 신비로운 광경에 하라간은 입을 쩍 벌렸다.

꾸어어엉—!

깊은 심해 밑바닥이 쩌어억! 아가리를 벌렸다.

심해저가 지진으로 몸살을 앓았다.

하라간은 천천히 부상했다.

금속보다도 밀도가 훨씬 높은 시커먼 심해저를 뚫고 올라와, 보랏빛 액체가 찐득하게 일렁거리는 해구를 통과한 다음, 군청색 물결이 넘실거리는 연해로 접어들었다.

하라간이 떠오르는 동안 마물들의 방해는 없었다.

당연한 일이었다.

하라간은 심해저의 마물을 복사하는 데 성공했다. 그 마물의 정체가 무엇인지는 아직까지 정확하게 모르겠지만, 어쨌거나 심해저의 마물을 얻었다. 다시 말해서 하라간은 심해저 레벨의 솔샤르가 된 것이다.

역사상 이 레벨에 도달한 사람은 오직 욘 아르네 한 명뿐!

그런 하라간이 부상하는 중이다.

해구의 마물 따위?

우습다. 녀석들은 이미 겁에 질려 눈에 보이지도 않는 곳으로 도망쳤다.

연해의 마물들?

이딴 건 한 끼 식사거리도 되지 않는다. 주위를 둘러봐도 눈에 걸리는 마물이 없었다.

하라간이 처음 마해에 뛰어들어 저 까마득한 밑바닥 심해저까지 잠수할 때, 그는 마음의 검에 몸을 싣고 거의 빛의 속도로 하강했다. 그렇게 엄청난 속도로 내리꽂혔는데도 시간이 꽤 걸렸다. 마해가 상상을 초월할 정도로 광대하기 때문이다.

그런데 이번에 거꾸로 올라올 때는 비교적 여유를 갖고 천천히 부상했다. 그러다 보니 시간이 상당히 오래 소요되었다. 하라간이 마해에서 보낸 시간은 무려 한 달이 넘었다.

6월 15일에 시작된 성인식은 닷새 뒤인 6월 20일 저녁에 종료되었다. 제법 깊은 곳까지 잠수했던 솔샤르 후보자들도 6월 20일까지는 모두 복귀했다.

아직까지 생환하지 못한 후보자들은 모두 마해에서 죽은 것으로 처리되었다. 마해에서의 실종은 곧 사망을 의미했다. 그들은 모두 마해의 마물에게 잡아먹혔을 것이다.

오직 한 명!

하라간만이 예외였다.

군나르는 긴 칩거에 들어갔다.

Chapter 3

성인식이 끝난 6월 20일 저녁.

왕국의 주요 대신들이 웃전으로 우르르 몰려들었다.

"예년의 경우를 보면 마물과 결합에 성공할 확률이 보통 7퍼센트, 많아야 8퍼센트 수준 아니었소? 그런데 이번 성인식에선 무려 11퍼센트나 성공했다고 합디다."

"어허허! 이 소식을 들으면 위대하시고 또 위대하신 분께서 무척 기뻐하실 거외다. 허허허!"

"어디 그뿐이겠소? 이번 성인식에서는 연해 3층 레벨의 솔샤르가 4명, 심지어 해구 1층 레벨의 솔샤르도 무려 2명이나 탄생했다고 하더이다. 성인식에서 귀족 레벨이 탄생한 것이 도대체 얼마 만이오? 으허허! 이건 참으로 큰 경사외다."

대신들의 표정은 밝았다. 이번 성인식에 거둔 수확이 대신들의 기대치를 몇 배나 넘어선 까닭이었다. 대신들은 군나르를 알현한 뒤 성인식의 결과를 상세히 고할 예정이었다. 그러면 군나르는 신임 솔샤르들을 불러 성대한 연회를 열어 주고 그들에게 일일이 축복을 내릴 것이다. 이 축하연이야말로 이번 성인식을 마무리 짓는 종료 의식이었다.

한데 군나르가 접견을 거부했다.

"피곤하니 모두 물러나라. 축하연과 축복은 다음에 하마."

군나르의 뜻을 웃전의 수석 환관이 대신 전했다. 군나르의 방문은 완강하게 닫혀 있었다.

"허어! 대체 무슨 일이신가?"

"전에는 이런 일이 없으셨는데?"

대신들이 크게 당황했다.

그 가운데 몇몇은 환관들에게 이유를 물었다.

"저희도 잘 모르겠습니다."

환관들도 딱히 답을 내놓지 못했다. 사실 군나르의 심중을 정확하게 파악하지 못해 당황한 사람은 바로 환관들이었다.

이 찜찜한 소식이 곧 왕궁 전체에 퍼졌다. 전례가 없던 사태에 왕궁이 바짝 얼어붙었다. 이곳 북부에서 솔샤르들의 성인식은 가장 중요한 의식 가운데 하나였다. 지금까지 군나르가 이 의식에 소홀한 적은 단 한 번도 없었다. 군나르는 매년 웃는 낯으로 축하연을 열었고, 그 자리에서 신임 솔샤르들에게 축복을 내려 주었다.

그런데 이번은 예외.

대신들은 군주의 속마음을 헤아리지 못해 발만 동동 굴렀다.

오직 한 명!

칼리프만이 무언가를 짐작했다.

'혹시! 하라간 님의 성인식이 올해였던가?'

칼리프는 눈썹을 잔뜩 찌푸린 채 생각에 잠겼다.

'하라간 님은 왕국의 유일한 적통이자 후계자시다.'

이로 인해 하라간에 대한 모든 사항은 극비 중의 극비로 관리되었다. 하라간은 늘 가면을 쓰고 있어서 본모습을 아는 자가 없었다. 심지어 스승인 칼리프도 하라간의 진짜 얼굴을 보지 못했다.

하라간의 나이도 비밀이었다. 하라간을 직접 섬기는 환관들도 주인의 정확한 나이를 알지 못했다. 당연히 성인식 일정도 모를 수밖에 없었다.

하라간의 심장 적출은 군나르가 직접 행했다. 심장을 적출한 시기도 오직 군나르만이 알고 있었다.

'혹시 하라간 님께서 이번에 성인식을 치르신 것이 아닐

까? 그렇다면 하라간 님께 사고가 생겼단 말인가? 오오오! 신인이시여! 그건 안 됩니다!'

칼리프의 얼굴이 새하얗게 질렸다. 만약 하라간에게 문제가 생겼다면 이건 정말 큰일이었다. 왕국을 물려받을 후계자의 신변에 문제가 생겼다는 건 결코 가볍게 넘길 만한 일이 아닌 것이다.

"이거 몸이 좋지 않네. 나 먼저 퇴궐함세."

칼리프는 동료 대신들에게 작별을 고한 뒤, 휘청휘청 궁을 나왔다.

"하라간 님! 크허헝!"

궁전 기둥을 짚고 선 칼리프의 입에서 울음 섞인 목소리가 흘러나왔다.

하늘이 빙글 돌았다.

군나르의 침묵은 한 달이 넘게 이어졌다.

이 한 달 동안 왕궁엔 살얼음판을 걷는 듯한 긴장이 감돌았다. 평소 오두방정을 떨던 환관들도 모두 고개를 숙이고 입을 다물었다.

그렇게 달이 바뀌고 7월 15일이 되었다.

우당탕!

굳게 닫혀 있던 군나르의 방문이 요란한 소리와 함께 열렸다. 군나르의 들뜬 목소리가 환관들의 귀에 쩌렁쩌렁 울렸다.

"여봐라! 게 아무도 없느냐?"

"네이! 여기 있사옵니다."

"찾아 계시옵니까?"

환관들이 우르르 달려와서 군나르 앞에 무릎을 꿇었다.

군나르가 환한 표정으로 명을 내렸다.

"대신들에게 당장 입궐하라 이르라. 그들과 함께 축하연의 날짜를 잡아야겠다."

"며, 명을 받들겠나이다."

수석 환관이 황급히 이마를 땅에 처박고 외쳤다.

"지엄하신 명을 받들겠나이다."

웃전의 환관들이 한목소리로 복창했다.

드디어 축하연이 열린다!

침울하던 궁전에 갑자기 활기가 돌았다. 지난 보름간 어두컴컴하던 건물들이 일제히 불을 밝혔다. 환관과 시녀들의 표정이 활짝 되살아났다.

군나르의 주름진 얼굴에도 웃음꽃이 피었다.

"어허허! 요 기특한 녀석! 어이구, 내 새끼!"

군나르는 증손자의 손을 꼭 잡고 놓지 않았다.

"그렇게 좋으세요?"

마해에서 돌아온 하라간이 피식 웃었다.

"좋다마다! 기쁘다마다!"

군나르는 체통이고 뭐고 다 벗어던지고 일어나 덩실덩실 춤이라도 추고 싶은 심정이었다. 왕국을 물려받을 단 하나뿐인 혈육이 마해에서 무사히 살아 돌아왔다. 군나르에게 이보다 더 기쁜 소식은 없었다.

Chapter 4

같은 시각.

남부 연합의 홀리랜드(Holy Land: 신성한 땅).

카롤 왕국과 바야크 왕국 사이에 샌드위치처럼 낀 홀리랜드는 클로테스 성녀가 다스리는 신성 왕국이었다. 클레테스는 여신을 섬기는 종파의 법왕이자 홀리랜드를 다스리는 여왕이었다.

피올로 대주교는 법왕궁의 기다란 회랑을 따라 걸었다. 둥근 아치 형태의 기둥들이 줄지어 늘어선 회랑엔 투명한 햇볕이 일직선으로 내리쬐었다. 피올로는 햇볕을 피해 기둥 그늘을 따라 걸음을 옮겼다. 그러다 잠시 발걸음을 멈추고 원망스러운 눈길로 태양을 노려보았다.

"후우! 7월이 되니 덥군."

피올로는 손부채질로 땀을 식혔다.

피올로가 원망을 하건 말건 태양은 강한 열기를 뿜어 댔다.

"쳇! 오는 더위를 사람이 막을 수 없으니 의복이라도 좀 시원하게 만들어 주든지. 무더위에도 이렇게 복장을 다 갖춰야 하니 이거야 원!"

태양에게 눈을 흘겨 봤자 돌아오는 것은 없었다. 대신 피올로는 법왕궁의 융통성 없는 행정 처리를 원망했다.

맞은편에서 걸어오던 법왕궁의 주교들이 피올로에게 꾸벅 인사를 하고는 서둘러 자리를 피했다.

피올로의 별명은 꼬챙이!

몸이 꼬챙이처럼 비쩍 말라서 생긴 별명이기도 하지만, 독설로 사람을 푹푹 쑤신다고 해서 꼬챙이라고도 불렸다.

물론 이곳 법왕궁에서 대놓고 피올로의 별명을 부를 사람은 없었다. 홀리랜드에는 총 8명의 대주교가 있는데, 이 가운데 다섯은 클로테스 성녀를 보필하는 문관들이고, 나머지 3명은 외침에 맞서서 신성 왕국을 지키는 수호자들이었다.

피올로는 이 3명의 수호자 가운데 하나.

홀리랜드에서 피올로가 차지하는 위상은 사람들의 예상

보다 훨씬 더 높았다.

"여신의 종이 성녀님을 뵙습니다."

성스러운 느낌이 물씬 풍기는 새하얀 주교복에 팔각 모자를 쓰고 어깨에 보라색 띠를 두른 피올로가 성녀 앞에서 정중하게 고개를 숙였다.

"대주교님, 어서 오세요."

클로테스 성녀는 노란 꽃이 만개한 정원에서 피올로를 맞았다.

클로테스의 나이는 63세.

하지만 아무도 그녀를 60대로 보지 않았다. 클로테스 성녀는 30대 초반의 아름다운 외모에 온화한 기품을 지닌 사람이었다.

피올로가 조용히 다가가 성녀 앞에 섰다.

클로테스가 가냘픈 손을 내밀었다.

"여신이시여, 성녀님을 지켜 주소서!"

피올로는 감격한 표정으로 클로테스의 손을 잡고는 손등에 입술을 맞추었다.

클로테스가 생긋 웃었다. 성녀의 웃음은 만개한 꽃보다 더 아름다웠다.

"일어나세요."

클로테스의 말이 떨어지자 비로소 피올로가 허리를 폈다.

클로테스는 피올로를 물끄러미 바라보다가 산책을 권했다.

"대주교님, 잠시 같이 걸을까요?"

"모시게 되어서 영광입니다."

피올로가 한 손을 가슴에 대고 고개를 숙여 대답했다.

법왕궁의 정원은 지상에 건설된 낙원이었다. 이름도 들어 본 적이 없는 다양한 꽃들이 저마다의 아름다움과 향기를 뽐내었다.

클로테스는 치렁한 법복을 바닥에 끌면서 걸었다.

피올로 대주교가 한 발 뒤에서 성녀를 뒤따랐다.

두 사람은 한동안 대화를 나누지 않았다. 결국 클로테스가 먼저 침묵을 깼다.

"일전에 부탁하셨던 거 있죠? 드디어 신탁의 결과가 나왔습니다."

"아!"

피올로의 눈가가 파르르 떨렸다.

클로테스는 깊은 눈으로 피올로를 바라보다가 화제를 돌렸다.

"그 전에 하나만 물을게요."

"무엇이든 하문하십시오, 성녀님."

"우리 법왕궁에서 제조한 성물들은 저마다 고유한 성력을 품고 있고, 제가 신탁을 통해 그 성력의 흔적을 추적할 수 있다는 사실을 대주교도 알고 계실 거예요."

"그렇습니다."

"대주교는 제게 루잉 백작이 착용했던 수호성력 목걸이의 행방을 수배해 달라고 부탁하셨지요?"

"그렇습니다."

"그런데 이상하죠? 2년 4개월 전, 전쟁을 코앞에 둔 그 시점에 카롤 왕국에서 바야크 왕국으로 공간 이동한 성물 가운데 수호성력이 담긴 목걸이는 없었어요."

"네에? 그럴 리가요?"

피올로가 어리둥절한 표정을 지었다.

클로테스는 상대의 속을 꿰뚫어 볼 듯한 눈으로 응시하다가 가볍게 한숨을 내쉬었다.

"하아! 그럼 제가 대주교께 거짓말을 하고 있다는 뜻입니까?"

"아, 아닙니다. 제가 어찌 감히 성녀님께 그런 불경한 생각을 품겠습니까?"

피올로가 당황했다.

클로테스는 상대의 이런 반응이 재미있다는 듯 손으로

입을 가리고 웃었다.

피올로는 얼굴을 붉히며 말을 계속했다.

"성녀님, 제가 루잉 백작의 부관으로부터 전해 들은 바에 따르면, 분명 그 날 루잉 백작은 여신의 수호성력이 담긴 목걸이를 착용했다고 했습니다. 루잉 백작의 부인께서 남편을 위해 선물한 목걸이라더군요."

클로테스가 고개를 갸웃했다.

"그거 이상하네요. 분명히 그 날 포탈을 통해 공간 이동한 성물 가운데 수호성력이 담긴 것은 없었어요. 대신 분노성력이 담긴 목걸이는 있었지요. 위기의 순간에 몸속 기운을 한꺼번에 폭발시켜서 적을 궤멸하고 본인도 순교하게 만드는 분노성력 목걸이 말이에요."

클로테스의 말에 피올로가 깜짝 놀랐다.

"분노성력이라고요? 말도 안 됩니다. 분노성력은 순교자가 사용하는 물품인데, 루잉 백작의 부인이 왜 그런 것을 전쟁터로 나가는 남편에게 선물하겠습니까?"

"그야 저도 모르지요. 하지만 분노성력이 분명해요."

클로테스는 단호하게 말했다.

"허어!"

피올로의 눈이 곤혹스럽게 찌푸려졌다.

클로테스가 추가로 물었다.

"신탁의 결과를 말해 주기 전에 하나만 더 묻죠."

"무엇이든 하문하십시오."

피올로가 한 손을 가슴에 대고 고개를 숙였다.

"만약에 말이죠, 만약에……."

클로테스는 약간 망설이다가 질문을 이었다.

"만약에 2년 4개월 전에 실종된 루잉 백작이 아직 살아 있다면, 대주교께서는 어찌하실 건가요?"

"네엣? 그게 사실입니까? 정말 루잉이 살아 있습니까? 그것이 신탁의 결과입니까?"

피올로가 펄쩍 뛰었다.

클로테스는 한숨을 삼키며 대답을 재촉했다.

"신탁의 결과는 조금 뒤에 말씀드릴게요. 우선 제 질문에 답해 보세요. 만약 루잉 백작이 살아 있다면 대주교는 어떻게 할 생각인가요?"

"성녀님, 저는…… 이 한 몸을 바쳐서 루잉 백작의 구출 작전에 뛰어들 생각입니다."

피올로가 클로테스의 눈을 똑바로 바라보았다. 피올로의 얼굴은 신념으로 가득 차 있었다.

"하아!"

클로테스는 그럴 줄 알았다는 듯이 한숨을 쉬었다.

"피올로 대주교는 우리 홀리랜드의 수호자 가운데 한 분이세요. 그런데 그 중요한 임무를 내팽개치고 목숨을 잃을 것이 뻔한 구출 작전에 뛰어들겠다고요?"

"죄송합니다, 성녀님. 하지만 어쩔 수 없습니다. 2년 전 루잉 백작의 희생이 아니었다면 바야크 장벽은 뚫렸습니다. 그리고 북부의 악마들이 물밀 듯이 밀고 내려왔겠지요. 그렇게 바야크 왕국이 쓰러지면 그다음은 우리 홀리랜드의 차례입니다. 그런데 루잉 백작의 숭고한 희생으로 그 피해를 막았습니다. 그렇다면 루잉의 구출에 제 목숨을 내놓는 것이 마땅하다고 저는 생각합니다. 그러니 대답해 주십시오. 신탁의 결과가 어찌 나왔습니까? 루잉 백작이 아직 살아 있습니까?"

피올로의 두 눈이 활활 타올랐다.

클로테스는 잠시 침묵하다가 결국 입을 열었다.

"대주교도 알다시피 모든 성력은 사람의 영혼에 영향을 주지요. 그 날 루잉 백작이 착용한 것이 분노성력 목걸이가 맞는다면, 그 목걸이는 분명 루잉 백작의 영혼에 영향을 주었습니다. 그리고 그 성력의 향기가 루잉 백작의 영혼에 스며들었겠지요. 저는 여신께 기도를 올려 그 향기의 흔적을 여쭀습니다. 그리고 얼마 전에 여신으로부터 답을 받았습니다."

"오오오! 드디어! 대체 여신께서 뭐라고 답을 주셨습니까?"

피올로가 답을 재촉했다.

클로테스는 눈을 질끈 감고 말했다.

"안타깝게도 향기의 흔적은 끊어졌습니다. 2년 4개월 전에 이미 이 땅에서 향기가 사라졌다고 신탁이 전하네요. 미안해요, 대주교."

"으허헝! 안 돼! 으허허헝!"

피올로는 부끄러움도 잊고 그 자리에 주저앉아 눈물을 흘렸다.

"오오오! 여신이시여! 왜 그러셨습니까? 루잉과 같은 영웅을 왜 그리도 일찍 데려가셨습니까? 으허허허헝!"

피올로는 무릎을 꿇고 하늘을 우러러보며 버럭버럭 악을 썼다.

클로테스가 속으로 한숨을 삭였다.

'하아아! 과연 잘한 일일까? 대주교에게 신탁을 전해 주지 않은 것, 과연 잘한 일일까?'

2년 4개월 전, 카롤 왕국에서 바야크 장벽으로 공간 이동한 분노성력의 향기는 분명히 북부로 이어졌고, 아직까지 북부에 그 흔적이 남아 있다. 대륙 북서부 사막 지역이 향기가 감도는 곳이다. 신탁은 분명히 그렇게 말해 주었다.

'그렇다면 루잉 백작은 아직까지 살아 있을 확률이 높

아. 만약 그가 죽어 영혼이 소멸되었다면 분노성력의 향기도 함께 사라졌을 테니까.'

이 사실을 잘 알면서도 클로테스는 거짓말을 했다. 평생 거짓이라고는 모르던 성녀가 피올로에게 진실을 숨겼다.

'하아아! 미안해요, 대주교. 나도 어쩔 수 없는 속물이네요. 루잉 백작의 생존 소식이 마냥 기쁘지는 않으니까 말이에요. 하지만 우리 홀리랜드를 지키기 위해서는 어쩔 수 없어요. 만에 하나 루잉을 구출하려다가 피올로 대주교를 잃는다면? 그런 결과는 상상하기도 싫어요. 그래서 어쩔 수 없이 대주교에게 거짓말을 할 수밖에 없네요. 이렇게 비겁한 나를 용서해 줘요.'

클로테스는 피올로에게 마음속으로 용서를 빌었다.

"크허허헝! 루잉! 루잉 백작! 허허헝!"

피올로는 그때까지도 울음을 멈추지 않았다.

〈다음 권에 계속〉